HEATHER GRAHAM
Al caer la noche

Editado por Harlequin Ibérica.
Una división de HarperCollins Ibérica, S.A.
Núñez de Balboa, 56
28001 Madrid

© 2009 Heather Graham Pozzessere. Todos los derechos reservados. AL
CAER LA NOCHE, N° 94 - 1.2.10
Título original: Night of the Wolves
Publicada originalmente por HQN™ Books.
Traducido por María Perea Peña

Todos los derechos están reservados incluidos los de reproducción, total o
parcial. Esta edición ha sido publicada con permiso de Harlequin
Enterprises II BV.
Todos los personajes de este libro son ficticios. Cualquier parecido con
alguna persona, viva o muerta, es pura coincidencia.
™ TOP NOVEL es marca registrada por Harlequin Enterprises Ltd.
® y ™ son marcas registradas por Harlequin Enterprises Limited y sus
filiales, utilizadas con licencia. Las marcas que lleven ® están registradas
en la Oficina Española de Patentes y Marcas y en otros países.

I.S.B.N.: 978-84-671-7923-1
Depósito legal: B-46701-2009

PRÓLOGO

1838
República de Texas

Primero, oyó el aullido de los lobos. En el Oeste, una vez pasados los pueblos, en los caminos que conducían a las tierras de los rancheros y los colonos, aquel sonido no era algo fuera de lo corriente.

Pero no se oía tan temprano...

Y después de eso, cuando todo quedó tan silencioso...

Entonces fue cuando Molly Fox supo que algo iba mal, muy mal.

Bartholomew, que normalmente era un estupendo perro guardián, no se estaba comportando como tal. Comenzó a gañir, metió la cola entre las patas y se escondió bajo la cama arrastrándose por el suelo.

Aquel extraño silencio continuó. Molly escuchó, pero ni siquiera pudo oír el sonido del viento entre los árboles.

Tomó el viejo rifle de Lawrence y salió al porche. Desde allí, observó el sol del crepúsculo en el cielo, por el oeste.

Parecía que estaba cayendo a la tierra algo como un globo de fuego, alargando tentáculos de llamas para molestar al cielo.

Era muy bello, pero después, como si lo hubieran envuelto en una manta oscura, se hundió en la tierra y desapareció. Los últimos vestigios de rosa y amarillo, malva y plateado, se disiparon en el cielo. La noche se había adueñado de todo.

Molly permaneció en el porche, a oscuras, durante un momento. Después se estremeció y entró rápidamente a la casa para encender la lámpara de queroseno de la mesa.

Bartholomew todavía estaba escondido en el dormitorio.

—Sal de ahí, pillo —le dijo Molly, aunque todavía se sentía nerviosa.

Estaba acostumbrada a vivir allí. Lawrence y ella habían dejado Luisiana y habían ido a Texas a recibir la herencia de un padre a quien ella no había conocido: un pequeño rancho de ganado, no demasiado rentable. Sin embargo, habían conseguido contratar a cinco trabajadores; los peones vivían en la barraca que había al otro lado de los establos. También tenían una chica que ayudaba a limpiar y a cocinar cinco días a la semana. Eran jóvenes; pasaban las noches soñando y los días trabajando para cumplir sus sueños.

Cada vez que Lawrence tenía que marcharse para trasladar el ganado, como en aquella ocasión, se sentía incómodo dejándola sola, y una vez le había sugerido que ahorraran para que ella pudiera alojarse en la ciudad. Molly se había negado. A Lawrence le preocupaba que pudiera ir al rancho algún vaquero descarriado, o un ladrón, o un malhechor de cualquier clase. Sin embargo, ella sabía disparar, y oiría a cualquier jinete que se aproximara. Además tenía a Bartholomew, que al menos, hacía muchísimo ruido cada vez que se acercaba un extraño.

Normalmente, no se escondía debajo de la cama. Molly encendió el resto de las luces de la casa, la del salón, la del comedor, la de la cocina e incluso la de su habitación. No quería que Bartholomew se asustara más.

Entonces, los lobos comenzaron a aullar de nuevo, y Bartholomew gimió suavemente, de miedo.

—Bartholomew, eres un sabueso, no eres una gallina —le dijo Molly al perro, intentando calmarse—. Son sólo los lobos, tonto. Tus primos, en realidad.

Incluso su misma voz le sonaba poco natural.

Y, mientras el sonido de su voz se acallaba, volvió a percibir aquel silencio pesado e incomprensible.

Dejó el rifle junto a la puerta y, rápidamente, volvió por él. Lo agarró con una mano, abrió la puerta con la otra y salió al porche delantero.

Allí fuera no había nada. La luna ya estaba en el cielo, y bajo su luz, veía el terreno que había frente a la casa, la robusta valla que habían construido Lawrence y los hombres, y más allá, los potreros. Un poco antes había salido a dar de comer a los dos caballos que se habían quedado en los establos, y a las gallinas, y se alegraba de haberlo hecho. No quería alejarse de la casa, ni de Bartholomew, por muy poca utilidad que tuviera el perro en aquel momento. No vio nada, no oyó nada, pero de todos modos estaba asustada.

Ojalá pudiera oír ruido de cascos, o a unos trabajadores bulliciosos, o incluso a unos forajidos; Molly sabía cómo tratar a los hombres de malos modales, pese a que Lawrence temiera por ella. Se ruborizó. Lawrence estaba convencido de que ella era guapa y de que todo el mundo lo veía. Molly tenía un admirable sentido del honor; creía en Dios, y creía que Él quería que todos fueran decentes con el prójimo. Sin embargo, cada vez que se lo decía a Lawrence, él sacudía la cabeza y miraba al cielo con resignación, como si ella fuera una ingenua. Pero Molly era feliz. Él la quería, y era un hombre magnífico: alto, fuerte, capaz. Molly adoraba sus manos encallecidas, porque Lawrence se había hecho aquellas durezas trabajando por ella. Por los sueños de los dos. Pero él se preocupaba.

Molly contaba con el respeto y la amistad de mucha gente del pueblo. No los temía; ni siquiera tenía miedo de los trabajadores locales ni de los granjeros. Era capaz de suprimir su mal comportamiento con una mirada de desaprobación.

No, Molly nunca tenía miedo...

Fue de ventana en ventana, asegurándose de que estaban bien cerradas. La casa se había construido al estilo sureño, con una vía de ventilación de fachada a fachada, así que fue hasta la puerta trasera para asegurarse de que también estaba bien cerrada.

Todas las lámparas estaban encendidas.

El mundo, sin embargo, continuaba extrañamente silencioso.

Puso agua al fuego para hacerse un té. Sería mejor que superara aquella tontería, se dijo. Faltaban semanas para que Lawrence volviera de aquella caravana de ganado.

Mientras el agua se calentaba, entró al dormitorio. Bartholomew había salido de debajo de la cama, pero todavía estaba agazapado, y seguía gimiendo de una manera muy rara.

—¡Barty, ya está bien! —le imploró Molly.

Se acercó al tocador. La lámpara de queroseno proyectaba sombras extrañas que bailaban por la habitación, algo que no ayudó a calmar sus nervios. Su cara aparecía demacrada en el espejo, aunque en sus ojos color castaño relucían unos reflejos dorados. Su pelo atrapaba la luz, y tenía un brillo de fuego, más rojizo de lo normal. Se sentó y comenzó a darse sus cien cepillados en la melena.

Bartholomew ladró. Ella se inclinó hacia el perro.

—¡Barty!

Él gimió y golpeó con la cola en el suelo.

Con un suspiro, ella se volvió hacia el espejo.

Entonces, lo vio.

Gritó, y se volvió con un jadeo, y después, con una carcajada de alivio.

Era Lawrence. Había conseguido, de alguna manera, cambiarse la ropa. No llevaba los pantalones vaqueros de trabajo, ni la camisa de algodón; estaba maravilloso con un traje negro, un chaleco rojo y un sombrero negro. Era tan recto y tan fuerte, tan guapo... tenía sangre cajún. Sus cejas, el bigote y la barba, perfectamente recortados, eran negros como el carbón, como el pelo y los ojos. Tenía unos rasgos fuertes y una boca generosa, y una sonrisa llena de diversión y con un matiz de picardía.

Ella caminó hacia él, pero a medio camino se quedó helada.

Había algo raro. Lawrence estaba muy pálido. Él alzó una mano como si quisiera mantenerla a distancia.

—Molly —susurró—. Molly, te quiero.

Estaba enfermo o herido, pensó ella. Parecía que estaba a punto de desmayarse. Llena de amor, se acercó a él.

—¿Qué te ha pasado? Dios mío, Lawrence, ¿cómo has conseguido entrar en casa? He echado todos los cerrojos. Bueno, no importa. ¿Qué ocurre? ¿Dónde estás herido?

Lo abrazó y lo condujo hacia los pies de la cama. Los dos se sentaron juntos, pesadamente, y él se volvió a mirarla. Debía de tener fiebre, pero estaba helado al tacto. Molly le acarició la cara.

—Mi amor, ¿qué pasa?

Temblando, él también le acarició la cara. Mientras la miraba con intensidad, le dijo:

—Molly, te quiero. Te quiero mucho. Tú eres todo por lo que he vivido, todo lo bueno, lo maravilloso y lo puro de la vida.

Entonces, la besó, y aunque al principio sus labios estaban helados, había pasión en su contacto, y parecía vibrante, vital y...

Desesperado.

La besó profundamente, con un hambre que resultaba seductora. La forma en que movía la lengua dentro de la boca de Molly fue sugerente y salvajemente sexual. Ella sintió las yemas de sus dedos en el hombro, tirándole del algodón de la blusa, y el hecho de que la tela se rompiera y se rasgara cuando él se la quitó no tuvo ni la más mínima importancia. Él se quitó el sombrero, la subió por la cama, y tenía fiebre en los ojos mientras la miraba. Después escondió la cara en su cuello, en su pecho.

—Te quiero. Te quiero muchísimo. No debería estar aquí, pero tengo que estar aquí. Dios, no haré daño a ningún otro hombre, pero debo estar aquí.

Ella metió los dedos entre su pelo negro, espeso.

—Te quiero, siempre te querré, y tu sitio está aquí —respondió.

Él dijo algo, pero sus palabras se ahogaron contra la carne de Molly mientras él le besaba los pechos, se los acariciaba con la lengua, los rozaba con los dientes, le causaba un dolor pequeño, pero extrañamente erótico. Su ropa terminó esparcida por todas partes, y ella pensó que nunca había recibido besos tan febriles, tan completos. Tuvo la sensación de que él le cubría cada centímetro del cuerpo con los labios. Incluso mientras ella intentaba devolverle las caricias líquidas, su apremio la surcó como un rayo. En lo más profundo de su mente seguía preocupada por si él estaba enfermo. Sin embargo, no podía estarlo; ningún hombre podría amar con una pasión de acero como aquélla si estuviera enfermo...

Él le prestó una minuciosa atención a todo su cuerpo, primero a la longitud completa de su espalda, y después le dio la vuelta y dibujó un zigzag perezoso por sus clavículas y sus pechos, hacia su ombligo, las caderas, los muslos, y entre ellos. Ella gimió de placer y lo arañó, y finalmente lo atrajo hacia sí de nuevo. No podría haberse sentido más amada, más sensual ni más sexual cuando él se elevó sobre ella y penetró en su cuerpo de una embestida. La amó con el cuerpo y con el alma, y Molly se quedó deslumbrada, voló, susurró, gritó, elevándose más y más. Cuando llegó al clímax, el mundo explotó como los fuegos artificiales, y después tembló como si hubiera un terremoto. Al final, se aferró a él, volviendo a la cordura entre las sombras de su dormitorio.

Se quedó inmóvil mientras recuperaba el aliento, y después de un largo rato, se curvó contra él y dijo:

—Lawrence, ¿por qué has vuelto? Se suponía que no estarías aquí hasta….

Él le puso un dedo sobre los labios.

—Todo a su tiempo —susurró.

Casi parecía que estaba llorando, pero ella no le preguntó nada. Lo conocía lo suficientemente bien como para saber que él respondería cuando estuviera listo. Se habían criado juntos, y habían cumplido su sueño de tener una vida el uno junto al otro, para siempre.

Él la abrazó durante mucho rato, y después hicieron el amor de nuevo. Durante todo el tiempo, él le susurró que la quería tantas veces que Molly perdió la cuenta.

Y cuando se quedó dormida, lo hizo entre la protección de sus brazos, deleitándose en el amor de su juventud y en sus sueños para el futuro.

Pero, por la mañana, él no estaba.

Molly se quedó asombrada. No daba crédito. Incluso fue al pueblo a preguntar si lo había visto alguien. El sheriff Perkin la miró como si se hubiera vuelto loca.

—Vamos, Molly, querida. Ya sabes que se ha ido a llevar el ganado con vuestros peones. Cariño, acaba de irse. No sería humano si hubiera podido volver tan pronto, ¿no? ¿Seguro que estás bien allí, tú sola? Estás un poco paliducha. Deberías venir a quedarte con mi Susie. Con todos nuestros hijos ayudando en la caravana del ganado, está muy sola.

Molly le dio las gracias, pero le dijo que no podía quedarse. Volvió a casa completamente perpleja. Lawrence había estado allí en lo que ella había comenzado a llamar la noche de los lobos, por aquellos extraños aullidos. Molly lo sabía. Todavía veía sus ojos, oía sus palabras, notaba su contacto. Él la quería; había hecho el amor con ella.

Dos días después, el doctor Smith fue a visitarla junto al sheriff y su encantadora esposa, Susie. Los tres estaban pálidos y abatidos.

Ella supo que algo no iba bien. Lo había sabido en realidad, cuando había oído el ruido de los cascos de sus caballos. Salió al porche y se agarró a la barandilla mientras ellos se acercaban. A su lado, Bartholomew dejó escapar un aullido de pena.

Como los lobos.

Molly tuvo miedo. Más miedo del que hubiera sentido en su vida. Y, cuando el sheriff se acercó a ella, y vio su vieja cara llena de tristeza, lo supo.

—¡No! —gritó—. No, no está muerto. Lawrence no está muerto. No es verdad, no...

—¡Pobrecita! —dijo Susie Perkin, y se acercó rápidamente a ella para abrazarla.

—Sufrieron un ataque a las afueras del pueblo, a pocos días después de irse. Supongo que fueron cuatreros, porque no había ni rastro del ganado —le dijo el sheriff—. Ladrones de ganado, comanches o apaches, seguramente. No lo hemos podido distinguir. Pero hay algunas flechas y algunas plumas en el lugar...

—¡No! Lawrence conocía a las tribus locales, a sus chamanes y sus jefes, y no ha muerto a manos de los indios, ¡eso lo sé!

El doctor Smith era un hombre bueno, el más bueno del mundo, y tomó de la mano a Molly.

—Tienes que venir al pueblo con nosotros —le dijo.

—Y Bartholomew también —añadió el sheriff.

—¡Pero si él no está muerto! ¡Estuvo aquí! Y va a volver. ¡Volverá en cualquier momento! —les dijo Molly. Se estaba desmoronando, pero ellos habían ido allí para apoyarla—. Estuvo aquí, y por eso fui a preguntarles si lo habían visto. Estuvo en casa, pero después desapareció. Pero no está muerto. No me creo que esté muerto, y a menos que vea su cuerpo, no lo creeré.

—Oh, Señor, no puede ver ese cadáver —susurró el médico.

—No es él. Sé que no lo es. No me importa lo que digan, sé que no es él —protestó Molly.

—Vamos, vamos —dijo Susie.

Al final, tuvieron que mostrarle los restos de su marido. Llevaba la ropa de Lawrence. Tenía su reloj de bolsillo y su cartera. Llevaba la cadena de oro al cuello, con un relicario en el que estaba el retrato de Molly.

El pelo enredado y ensangrentado que quedaba era negro. El cuerpo había sido hallado junto a otros cinco, y aquellos hombres, de eso sí estaba segura, eran sus trabajadores. Jody, que se reía todo el tiempo. Beau, tan grande como un buey. Daryl, Steven y Jacob, también.

Después de empeñarse en verlos, en la morgue de la ciudad, Molly se quedó espantada. Fue más de lo que pudo soportar, y se desmayó.

Finalmente, tuvo que admitir que aquel hombre era Lawrence.

Sin embargo, después pensó que no, que no era él. Lawrence había ido a verla, le había hecho el amor, después de que aquella… aquella cosa estuviera muerta.

Seis semanas después, Molly supo que tenía razón. No sabía cómo; era un misterio que nunca podría comprender, pero Lawrence había ido a verla aquella noche.

Estaba embarazada.

Alquiló su casa y sus tierras a un ranchero vecino, y les dio las gracias a los Perkin por todo lo que habían hecho por ella. Después se marchó con el resto de su familia a Luisiana, a la ciudad. Todos lloraron cuando la vieron alejarse en la diligencia. Ella también lloró. Habían sido buenos amigos. Sabía que querían que se quedara, que se enamorara de nuevo.

Pero ella quería a Lawrence. Él la quería a ella. Y ella pasaría el resto de la vida esperándolo.

Había ido a verla una vez; quizá volviera.

Y, entre tanto, tendría un hijo que criar.

CAPÍTULO 1

*Verano
1864*

Era de noche en Nueva Orleans. Aunque el detestado gobernador militar de la Unión, Benjamin «Bestia» Butler, ya no tenía el control de la ciudad, las calles permanecían silenciosas en la oscuridad, como si el odio que sentían sus habitantes por aquel hombre fuera un hedor, y el hedor todavía impregnase el ambiente. Mientras se acercaba a la oficina de Dauphine en la que lo habían citado, Cody Fox se quedó sorprendido al ver una súbita explosión de hombres que salían del cuartel y recorrían la calle rápidamente, rifle en mano, pálidos, nerviosos, susurrando en vez de gritar.

Se preguntó, con curiosidad, qué podría ser lo que tenía tan alterados a los hombres. Nueva Orleans estaba en manos de la Unión desde hacía más de un año. Mientras los demás salían apresuradamente, Cody entró, preguntándose qué podía querer un oficial de la Unión de un soldado del sur convaleciente. El sargento que había tras el escritorio apuntó su nombre y le indicó que se sentara, y después entró en lo que antes era el salón de la señorita Eldin, hija del coronel confederado Elijah Eldin, que había muerto en Shiloh, pero que ahora era una oficina militar de la Unión.

Cody había vuelto del frente casi un mes antes; se había restablecido ya de las heridas que lo habían apartado de la batalla y lo habían enviado de vuelta a la casa en la que había crecido, en Bourbon Street. Caminaba perfectamente y no tenía ningún problema para subirse de un salto al caballo, y lo que pensaba hacer en aquel momento era irse a un sitio muy lejano.

No temía las batallas; ni siquiera temía al enemigo, sobre todo porque sus compatriotas del Sur y él vivían codo con codo con aquel enemigo aquellos días. Cody había descubierto, mucho tiempo antes, que había hombres buenos y malos en todas las profesiones y en ambos bandos de aquel conflicto. Sencillamente, estaba harto de las matanzas, inquieto, listo para moverse.

Sin embargo, le habían mandado un mensaje para que se presentara en el cuartel general del teniente William Aldridge, adjunto a Nathaniel Banks, el comandante que había sustituido a la «Bestia» Butler. Butler había ordenado la ejecución de un hombre llamado William Mumford, sólo por arriar la bandera de las barras y las estrellas después de que la izaran en el ayuntamiento de la ciudad. Aquel acto había convertido en un salvaje a Butler no sólo a ojos del Sur, sino también del Norte e incluso de los europeos. Nathaniel Banks era un hombre decente, que estaba trabajando mucho para reparar el daño que había provocado Butler, pero le tomaría tiempo.

—¿Señor Fox?

Un soldado con el uniforme federal, ayudante de un ayudante, lo llamó, negándose a reconocer su rango. A Cody no le importó. No había deseado ir a la guerra. Le parecía que los hombres debían ser capaces de resolver sus diferencias sin derramamiento de sangre. Aunque tampoco tenía deseos de ser político.

En aquellos días... todo el mundo estaba esperando. La guerra terminaría. O los unionistas se hartarían de lo que iba a costar la victoria y le dirían adiós para siempre al Sur, o la continua arremetida de hombres y armas, algo que el Norte podía reabastecer, pero el Sur no, conseguiría que la Confederación cayera de rodillas.

En una ocasión, él había conocido a Lincoln, y había sentido admiración por él. Al final, la voluntad férrea de Lincoln y su decisión podían ser un factor determinante. Lee era uno de los mejores generales que podían dirigir un ejército durante una guerra, pero ningún hombre podía luchar, con todo en su contra, para siempre.

—Sí, soy Fox —dijo Cody, levantándose.

—Pase, por favor. El teniente Aldridge lo recibirá en su despacho.

Cody asintió y siguió al hombre.

El teniente Aldridge estaba detrás de un escritorio de campaña, perfectamente instalado en lo que una vez fue un elegante despacho. Claramente, había estado muy ocupado con los papeles que tenía frente a sí, pero cuando entró Cody, se levantó amablemente. Aldridge era un hombre honorable, uno de aquellos hombres que estaba convencido de que ganaría el Norte y de que, cuando llegara aquel día, la nación iba a tener que curarse. Quizá tardara décadas, porque perdonar iba a ser muy difícil para todo el mundo, después de ver lo que Matthew Brady y otros que seguían sus pasos habían llevado a las casas: la realidad de la guerra. Las fotografías de Brady, imágenes de los muertos en los campos, habían hecho más por mostrar a las madres lo que les había ocurrido a sus hijos de lo que las palabras podrían haber hecho nunca. Pero Aldridge estaba convencido de que las heridas se cerrarían algún día, y tenía intención de trabajar para conseguirlo.

—Señor Fox —dijo Aldridge mientras le estrechaba la mano. Después le indicó que se sentara frente al escritorio—. Gracias por venir. ¿Le apetece un café?

Era un hombre alto y delgado, que probablemente no tenía más de treinta años, pero las responsabilidades habían hecho estragos en su rostro, añadiéndole más de diez años a sus rasgos. Tenía los ojos de color marrón. Unos ojos bondadosos.

—No, muchas gracias —dijo Cody, y se inclinó hacia delante—. ¿Puedo preguntarle por qué estoy aquí?

Aldridge sacó una carpeta de un cajón y la abrió.

—Estaba en la Guardia de Caballería Ryan, por lo que veo. Caballería. Estuvo en acción desde la primera Batalla de Manassas hasta el Riachuelo de Antietam, y estuvo a punto de perder la pierna a causa de una explosión. Los médicos dijeron que no sobreviviría, pero se equivocaron. Volvió a Nueva Orleans hace un año. Sin embargo, se licenció en medicina por la Universidad de Harvard.

Aldridge se detuvo durante un instante y lo miró.

—¿Alguna corrección hasta el momento?

—No, señor. Nada que se me ocurra —dijo Cody, sin saber por qué lo habían mandado llamar.

Aldridge dejó la carpeta.

—¿Quiere añadir algo?

—Parece que usted sabe mucho de mi vida, señor.

—¿Por qué no me cuenta lo que ignoro? —le preguntó Aldridge, con una fina amenaza bajo sus palabras.

—¿Qué me está preguntando exactamente, teniente?

—Esperaba que usted fuera más... abierto en cuanto a los detalles de su estancia en el norte, Fox —le dijo Aldridge—. Antes de que su estado se separara, usted estaba trabajando en Washington. Fue llamado a la Casa Blanca para conversar con Lincoln, incluso. Ha participado en la resolución de varias... dificultades dentro y fuera de la capital.

Cody mantuvo un gesto impasible, pero el conocimiento que Aldridge tenía de su pasado le había sorprendido.

—Tomé parte en varias misiones de reconocimiento como parte del ejército de Lee, teniente, si es eso a lo que se refiere —respondió con cautela—. Me dieron una baja médica y me enviaron de vuelta a Nueva Orleans cuando fui herido. Al principio me declararon muerto, en realidad. He estado aquí, curando a heridos de ambos bandos y ocupándome de mis cosas, desde mi recuperación.

Aldridge abrió de nuevo su expediente. No tuvo que leerlo. Aparentemente, conocía bien su contenido.

—En mil ochocientos cincuenta y nueve tuvieron lugar una serie de extraños asesinatos en el norte de Alexandria. Usted era amigo de un oficial de policía, Dean Brentford, y comenzó a patrullar con él de noche. Usted apresó al asesino, cuando ningún otro policía había podido hacerlo. Y cuando él se resistió y consiguió liberarse de la fuerza que lo aprisionaba, usted lo decapitó con un solo golpe de espada —dijo Aldridge, y lo señaló con un dedo—. El presidente Lincoln en persona le pidió que llevara a cabo misiones de inteligencia para él, pero usted se negó amablemente, diciendo que permanecía leal a Luisiana y que no podía aceptar honradamente aquel puesto.

Cody alzó las manos.

—Mi madre murió un año antes de que comenzara la guerra, pero estoy seguro de que entiende que... yo soy de allí. Nací allí. Y en cuanto a... al incidente al que se refiere... La brutalidad de aquellos asesinatos tomó a todo el mundo por sorpresa, y yo me alegro mucho de haber podido ayudar.

Aldridge se inclinó hacia delante.

—¿Ayudar? Fox, usted resolvió la situación. Bien, iré directamente al grano: tenemos un caso similar aquí, en Conti. Mis oficiales ya no saben qué hacer, y no quiero que esta ciudad se vuelva loca porque los yankis se crean que los rebeldes se han vuelto locos y viceversa. Esto ya no es un campo de batalla, es una ciudad en la que la gente intenta reconstruir su vida. Puede que falten décadas para que se consiga una paz verdadera, pero no permitiré que los ciudadanos empiecen a matarse los unos a los otros porque haya un loco suelto.

Cody miró fijamente a su interlocutor, sin decir una palabra.

—Usted se licenció en medicina, hijo, y después se marchó con la caballería y trabajó en misiones de inteligencia —dijo Aldridge, mirando a Cody con suma atención—. Puede ayudarme. No me importa dónde nació, ni qué hacían sus padres, ni por qué bando luchó. Sólo quiero atrapar a un asesino. Porque parece que hay un loco sediento de sangre como el que usted mató por ahí suelto, en mi ciudad, y quiero detenerlo.

—¿Cómo sabía que iba a producirse un ataque?

Alexandra Gordon estaba sentada en una silla de madera, seguramente delante de un escritorio, pero no tenía idea de dónde se encontraba, porque los oficiales que habían ido a buscarla a casa le habían tapado la cabeza con una capucha de lienzo, y todavía no se la habían quitado. Estaba asombrada por el tratamiento que estaba recibiendo, sobre todo porque se había arriesgado mucho para advertir al pequeño contingente de exploración de que habría una carnicería si cruzaban el Potomac.

Parecía que la habían tomado por una espía mortífera.

Le habían atado las manos a la espalda, pero el oficial superior había susurrado furiosamente a los demás, y la habían soltado de nuevo. Pese a aquella pequeña cortesía, no dejaba de dar golpes en la mesa y de elevar la voz para preguntarle una y otra vez lo mismo:

—¿Cómo lo sabía? Y no vuelva a decirme que tuvo un sueño. Es una espía, y va a decirme dónde está obteniendo la información.

Ella cabeceó bajo la capucha, intentando mantener la calma.

—Sólo intenté salvar vidas de la Unión, señor, y también de la Confederación. ¿Qué se ganó con esa incursión? Nada. ¿Qué se perdió? Las vidas de veinte hombres jóvenes. Fui al campamento a hablar con el sargento y a decirle que no debía hacer la incursión. Él ignoró mi advertencia, y ahora sus hombres y él están muertos, además de varios de mis hermanos del Sur.

—Tengo poder para meterla en un calabozo durante el resto de su vida, o para colgarla —le dijo su captor.

Ella oyó el ruido de una puerta abriéndose. Alguien habló; era un hombre con una voz baja y bien modulada.

—Teniente Green —dijo—. Me gustaría hablar con la señorita Gordon yo mismo.

—Pero... ¡señor! —Green estaba asombrado.

—Por favor —dijo el hombre amablemente, aunque con tono de autoridad.

Alex oyó que alguien arrastraba una silla, y supo que el recién llegado se había sentado frente a ella.

—Mi esposa tiene sueños —dijo él después de un instante—. De hecho, yo tengo sueños. Por favor, dígame, ¿qué vio en sus sueños, y cómo sabía cuándo y dónde iba a producirse la matanza?

—Conozco ese lugar —respondió ella suavemente—. Jugaba en aquella hondonada cuando era niña, y teníamos una granja allí. Mi padre trabajaba en Washington por aquel entonces, pero nos íbamos al campo cada vez que tenía tiempo libre.

Oyó el resoplido de alguien. Green.

—Su padre era un traidor —dijo el teniente—. Se marchó al Oeste y fue asesinado. Creo que fueron los indios. Adiós y hasta nunca.

Ella se puso rígida al oír aquello.

—Mi padre no era ningún traidor. Amaba el Oeste y decidió llevarnos allí para evitar una guerra que creía injusta. Fue a buscar un hogar donde todo el mundo fuera igual. Era un hombre brillante —dijo con apasionamiento—. Trabajaba para el gobierno, para la gente.

—Está bien, oí hablar de él, señorita Gordon —dijo el hombre desconocido—. Sentí mucho su muerte. Ahora, dígame, ¿qué vio?

—Vi la hondonada del bosque. Oí acercarse a los caballos, y vi movimiento entre los árboles. Y entonces, los hombres salieron, delgados, harapientos, como perros hambrientos. Y los perros hambrientos pueden estar desesperados. Cuando llegaron los caballos, los hombres estaban listos para atacar. Y entonces.... Fue como si de repente la niebla oscureciera la luz del día, pero la niebla era roja, del color de la sangre derramada... Vi... los vi morir. Algunos recibieron disparos, otros una cuchillada de bayoneta. Entonces vi a los caballos sin jinete escapar al galope, y vi el suelo, lleno de muertos, unos sobre los otros, como si al menos en la muerte los enemigos se hubieran reconciliado.

—¿Sueña a menudo?

—No.

—Pero, ¿le ha ocurrido antes?

—Sí.

—Y cuando tiene esos sueños, ¿lo que ve se convierte en realidad?

—A menos que de algún modo se impida —dijo ella—. Yo lo intenté, pero nadie me escuchó.

Se quedó asombrada, pero no se asustó, cuando él le tomó las manos. Las suyas eran muy grandes, encallecidas y torpes, pero cálidas. Irradiaban una gran fuerza.

—Es una espía de la Confederación —murmuró alguien en un tono venenoso.

—Caballeros, una espía no advierte al enemigo del peligro para evitar muertes —dijo el hombre—. Una espía permitiría que los hombres marcharan hacia la muerte. Dígame —le dijo a ella—. ¿Desea vernos vencidos?

—No. No soy una espía. Volví al Este para casarme...

—Con un rebelde —dijo el teniente.

—Y en vez de casarme, vi morir a mi prometido y al resto de mi familia. Pero no pertenezco a ningún bando. Lo que quiero es que termine la guerra. Soy profesora de...

—Sedición —intervino nuevamente el teniente.

—Piano —corrigió ella con sequedad—. Y tengo una biblioteca y una librería. Mi padre era un gran profesor, y me siento orgullosa de decir que aprendí de él todo lo que sé.

El hombre amable volvió a hablarle.

—¿Confraterniza con el enemigo?

—Si lo hiciera, no tendría nada que decirles. Y también tengo trato con gente que no son enemigos suyos.

—La creo. Pero ahora desearía volver al tema de los sueños.

—Creo que los sueños intentan advertirnos, y si aprendemos a prestarles atención, podemos cambiar el curso de las cosas.

Oyó al teniente riéndose con malicia.

—¿Le advirtieron sus sueños de la muerte de su padre, señorita Gordon?

—Los sueños no siempre nos dicen lo que más desearíamos saber.

—Dígame, señorita Gordon, ¿ha cambiado alguna vez el resultado de unos hechos después de haber soñado con ellos?

—Sí. Yo... impedí que un joven, que estaba recuperándose de una herida, se reincorporara a su unidad. Lo había visto yaciendo en el campo de batalla, mirando al cielo con los ojos muertos. Fue reasignado a trabajo de comunicaciones.

—¡Espionaje! —dijo el teniente Green.

Alexandra se echó a reír.

—Era un soldado de la Unión, así que...

El hombre tranquilo volvió a hablar.

—¿Y si no estamos capacitados para cambiar el destino?

—Nosotros somos criaturas con voluntad propia —dijo ella—. Creo que Dios ayuda a los que se ayudan. Leemos libros. Quizá pudiéramos aprender a leer también lo que soñamos —respondió.

—Quizá —dijo el hombre, y movió la silla hacia atrás—. Teniente Green, creo que estamos violando los derechos de esta joven.

Ella no sabía lo que había dicho, pero parecía que le había complacido, de algún modo.

—¿Qué planes tiene, señorita Gordon? —le preguntó, y ella se quedó sorprendida.

—He pensado... en ir al Oeste, a Texas. Quiero averiguar lo que le ocurrió a mi padre.

—Creo que haría mejor en quedarse aquí. Es más seguro.

—Tengo que ir.

—¿Ha recibido orientación al respecto en sus sueños?

—No, pero en lo más profundo de mi alma, siento que tengo que averiguar la verdad.

—Lo entiendo. De todos modos... teniente Green, quítele esa capucha ridícula de la cabeza a la joven.

—Yo puedo hacerlo, señor —dijo ella, estremeciéndose al pensar que Green pudiera tocarla. Rápidamente, se quitó la loneta de la cabeza.

Miró hacia arriba y se levantó por instinto. Nunca hubiera sospechado... Había visto al presidente Lincoln muchas veces, y había oído decir que estaba angustiado por sus sueños, y que a veces, la obsesión de su mujer por lo oculto le sacaba de quicio. Sin embargo, el pobre hombre había perdido dos hijos, y el desafío de mantener unida la nación no podía mitigar el dolor de un padre ni la desesperación de una madre.

Él le tendió la mano, y ella la aceptó.

—Estará en mis plegarias, señorita.

—Y usted, señor, estará en las mías.

—Se lo agradeceré eternamente.

—¡Señor! —protestó Green.

—Por favor, asegúrese de que acompañen a la señorita Gordon a su casa. Y si necesita ayuda en cualquier cosa, sé que usted será tan amable como para proporcionársela. ¿De acuerdo, teniente?

Parecía que Green estaba a punto de estallar.

—¿De acuerdo, teniente? —repitió Lincoln suavemente.

—De acuerdo, señor —dijo Green.

Lincoln inclinó el ala de su sombrero.

—Me gustaría que visitara a Mary. A ella la animará mucho conocerla.

—Estaré aquí quince días más, señor, y sería un gran placer ayudarlo en lo que sea posible.

—Entonces, organizaré un encuentro. Muchísimas gracias.

Mary Lincoln no tenía el carácter tranquilo de su marido.

Alex tuvo la necesidad de ser sincera, y explicarle que ella no tenía forma de comunicarse con los muertos, pero también sintió una fuerte necesidad de calmar el sufrimiento de aquella mujer.

—Algunas veces —dijo—, los que se han marchado antes que nosotros aparecen en nuestros sueños, y creo que es su forma de decirnos que están felices en el otro mundo.

—¿Ha aparecido su padre, o quizá su prometido, en sus sueños? —le preguntó Mary ansiosamente.

—No. Pero he oído decir que ha ocurrido. Señora Lincoln, sé que sus pequeños están con Dios. Debe encontrar la paz aquí en la tierra, y saber que se reunirá con ellos cuando llegue el momento.

Entonces, Alex vio paz en los ojos de Mary Lincoln, y supo que, de alguna pequeña forma, había ayudado.

Días después, cuando Alex estaba empezando su largo viaje, vio de nuevo al presidente.

Él iba en un carruaje con su esposa, como hacía a menudo los domingos. Sin embargo, no la vio. Estaba apoyado en el respaldo con los ojos cerrados, con la expresión de un hombre agotado. Mientras ella subía a su propio carruaje, se preguntó qué sueños estarían asediando al presidente en aquel momento. Los sueños eran unos mensajeros poco fiables.

A ella, ningún sueño la había advertido de que su padre iba a morir cuando lo había dejado para reunirse con su prometido en el Este.

Y ningún sueño la advirtió de lo que la esperaba.

CAPÍTULO 2

Estaba poniéndose el sol cuando Alex se dirigió hacia las escaleras de la casa de huéspedes que, después de la muerte de su padre, había pasado a ser suya. La había heredado pese al hecho de que Eugene Gordon había dejado una viuda joven llamada Linda, a la que ella todavía no conocía y de la que no tenía muy buen concepto.

Se estaba sacudiendo el polvo del viaje de la falda antes de subir a su habitación, donde la esperaba la ropa limpia después del largo trayecto desde la capital. Había recorrido la casa, tomando nota de todos los cambios, algunos de ellos muy extraños, que se habían llevado a cabo en su ausencia. Después, sólo tenía ganas de lavarse y descansar.

Entonces, oyó unos disparos.

Docenas de disparos, acompañados de ruido de cascos, y el escándalo y los tiros que acompañaban a una entrada repentina de hombres en el pueblo.

—¡Oh, no!

Bert, el encargado de mantenimiento a quien había contratado su padre después de llegar a Victory, entró corriendo por la puerta principal y se asomó por una ventana. Miró cautelosamente más allá de las cortinas de encaje, y se quedó pálido.

—Son... ellos —dijo, estremeciéndose.

—¿Qué pasa? —preguntó Alex.

Sintió una punzada de miedo, pero se dirigió directamente hacia el armario de las armas, que estaba en la biblioteca. Había oído historias muy extrañas desde su llegada, pero no era de las que creían en los cuentos de terror, y menos con una pistola en las manos. El Colt automático de su padre estaba en su lugar habitual, y cargado.

Bert se quedó mirándola fijamente, y Alex se dio cuenta de que nunca lo había visto asustado hasta aquel momento.

—Alex, deja eso. No te servirá de nada. Esos tipos son... animales. Tenemos que bajar al sótano a escondernos. ¿No lo ves? No tiene sentido luchar.

¿Que no tenía sentido luchar? Aquello era ridículo. En Victory había un sheriff, un ayudante, un banquero, tres tenderos y un jefe de establos, y todos ellos habían luchado en la guerra o en la frontera, y sabían defenderse. Por no mencionar el hecho de que el salón tenía varios camareros y bailarinas que eran muy duras.

Bert la miró fijamente.

—Vamos todos al sótano. Tenemos que escondernos y estar muy callados. Allí estaremos a salvo.

—No voy a esconderme en el sótano. Este pueblo

tiene agallas, y si nosotros luchamos, los demás también lucharán.

Beulah, la cocinera, apareció corriendo desde la cocina.

—¡Vamos! Tenemos que escondernos —dijo, y se dio la vuelta para llamar a Tess y a Jewell, las doncellas.

Era una locura, pero todo aquel pánico estaba asustando a Alex.

Luchó por dominar su temor, se adelantó y tomó a Bert por los hombros.

—¡Basta! Tenemos que luchar.

—¡No! —Bert cabeceó y la agarró también—. Alex, tú no conoces a esos forajidos. Son la banda de Beauville. He visto lo que hicieron en Brigsby.

—¿Qué ocurrió en Brigsby?

—Mataron a todo el mundo, y ahora sólo es un pueblo fantasma. Ahora, vamos al sótano y...

No llegó a terminar la frase. Las puertas de la casa de huéspedes se abrieron de golpe y en los escalones de la entrada aparecieron tres forajidos, disparando al techo y gritando para causar confusión y miedo. Sin embargo, eran hombres. Sólo hombres.

Aunque eran tres contra una, porque ella era la única que estaba armada.

Bert era un hombre valiente. Pese a su miedo, dio un paso adelante, dispuesto a defenderla. El primero de los forajidos, un hombre alto, demacrado y de ojos negros, se rió mientras, de un solo golpe, envió a Bert contra la pared. Alex oyó el ruido que hizo su cabeza al impactar contra la madera, y después lo vio caer al suelo, sin conocimiento.

—Tú debes de ser esa Alexandra Gordon de la que tanto he oído hablar —dijo el forajido en tono de burla, y se quitó el sombrero para saludar. Los dos que estaban tras él se echaron a reír, y uno escupió el tabaco en el suelo—. Milo Roundtree, a tu servicio —dijo el primer hombre, y después añadió—: No, eso no es así. Eres tú la que estará a mi servicio.

—No lo creo —dijo ella, y levantó el Colt—. Sé muy bien cómo usar esto.

Un hombre de estatura baja, con el pelo rubio y enredado, se rió escandalosamente.

—¿Ella estará a nuestro servicio? ¡Muy bien! Es mucho mejor que las prostitutas con las que andamos siempre.

—¿No me habéis oído? He dicho que os voy a disparar —les dijo Alex.

—No. Vas a venir con nosotros —dijo Milo, y sonrió.

Entonces, Alex vio que otros dos hombres, que debían de haber entrado por la puerta de atrás, habían capturado a Tess y a Jewell antes de que las chicas pudieran bajar a esconderse al sótano, y las sujetaban con un cuchillo al cuello.

Alex sintió un terror súbito, pero consiguió dominarse y mantenerse erguida y desafiante.

—Deja que mis amigas se marchen en este momento y no te volaré los sesos.

—Eres una belleza muy guerrera, ¿no? —dijo Milo—. Creo que serás para mí. Sólo para mí.

—No en esta vida —dijo ella.

—En eso tienes razón, querida —dijo él; sus palabras no fueron reconfortantes.

—Te pegaré un tiro antes de que puedas ponerme la mano encima —respondió Alex.

Él se limitó a asentir hacia el rufián que sujetaba a Tess. El hombre acercó más el cuchillo al cuello de la muchacha y ella gimió.

Milo la miró de forma arrogante, y Alex bajó el arma. Entonces, él se adelantó y la agarró con brusquedad contra su cuerpo. De inmediato, Alex notó que aquel hombre tenía algo raro. Estaba... muy frío. Su cuerpo parecía de piedra helada. Ella se retorció, intentando liberar su brazo, pero estaba segura de que no lo conseguiría. Miró hacia arriba, hacia sus ojos. Eran unos ojos raros, negros como el carbón.

Se oyeron gritos y más disparos desde la calle. Alex ni siquiera forcejeó ni chilló mientras Milo la arrastraba fuera. No tendría sentido.

Eran ocho hombres en total, según vio Alex en cuanto salió al exterior. Los tres que habían quedado en la calle y eran la causa del escándalo más reciente, los dos que tenían prisioneras a Tess y a Jewel, y los tres, incluyendo a Milo, que la habían acosado a ella.

—¡Reunidlos! —gritó uno de los hombres que estaba con los caballos.

Jewel gritó de pánico cuando la lanzaron volando desde la puerta a los brazos de otro de los forajidos.

¿Dónde demonios estaba el sheriff?

¿Dónde estaban los demás hombres del pueblo?

—Vamos a llevarlos a todos al salón. Tenemos algunas cosas que hacer en el pueblo antes de marcharnos con nuestro botín —les dijo Milo a los demás.

Los llevaron a todos a la taberna. Allí, varias de las bailarinas estaban acurrucadas contra el piano.

El único hombre de toda la sala era Jigs, el pianista.

Milo soltó por fin a Alex, para poder entrar detrás de la barra y abrir la caja registradora. Varios de sus hombres se le unieron, tomando botellas de alcohol y gritando sonoramente.

De repente, se oyó el sonido de unas espuelas.

Alguien acudía, por fin. Alex suspiró de alivio.

Las puertas del salón se abrieron con brusquedad, golpeando contra las paredes con tanta fuerza que llamaron la atención de todo el mundo, incluso de los forajidos que estaban tras la barra.

Durante un momento, él permaneció allí. Un hombre alto con un sombrero de ala ancha, cuya silueta se dibujaba contra la luz del exterior. Llevaba una gabardina larga y botas de vaquero, y un rifle en una mano.

Y no estaba solo. Tras él había otro hombre, un poco más bajo, pero, por lo demás, con la misma apariencia.

El primer hombre entró en el bar y se quitó el sombrero, dejando a la vista unos ojos que brillaban con luz dorada. Miró a su alrededor y evaluó la situación.

Su mirada se clavó en Milo, que todavía tenía la mano en la caja registradora. El forajido se había quedado asombrado de que alguien hubiera tenido el valor de entrar a la taberna. Alex vio que hacía ademán de sacar la pistola que llevaba a la cintura.

El recién llegado negó con la cabeza.

—Yo no haría eso.

Milo lo ignoró.
Y, de repente, comenzó el tiroteo.

En segundos, el aire se llenó de humo de pólvora, un humo tan espeso que oscurecía la acción. Finalmente, el fragor del tiroteo se extinguió, y fue reemplazado por toses, y seguido de... un fuerte golpe.

El humo comenzó a disiparse, y Alex vio al hombre del pelo rubio tendido en el suelo, muerto, con un charco de sangre alrededor de la cabeza. Los demás, tanto los forajidos como los rehenes, comenzaron a emerger lentamente de sus escondites, de detrás de las mesas, las sillas, la barra y el piano. La visión era surrealista, y a medida que se desvanecía, la humareda lo envolvía todo en un aire sobrenatural.

Milo todavía estaba en pie.
Y también el recién llegado de los ojos dorados.
Los dos hombres se miraron.
Alex se dio cuenta de que ninguno de los dos se había movido. En medio de la lluvia de balas, no se habían movido.
Y los dos estaban indemnes.
Milo sonrió lentamente.
—Bueno, bueno, bueno, ¿qué tenemos aquí?
—Ésa no es la pregunta —dijo el recién llegado—. La verdadera pregunta es: ¿qué estás haciendo aquí? Y la respuesta es: huir. Porque ése es el único modo que tienes de seguir vivo.

Milo soltó una carcajada, pero para sorpresa de Alex, la confianza absoluta que irradiaba antes había desaparecido. De todos modos, permaneció inmóvil, mirando especulativamente a su enemigo.

—Puedo vencerte —le aseguró Milo.

—Quizá sí, quizá no. No lo sabes con seguridad.

—Puedo hacer que mis hombres les corten el cuello a media docena de mujeres antes de que te muevas... amigo —replicó Milo suavemente.

—¿De veras?

Alex no lo vio moverse. El movimiento fue tan rápido que, de repente, el hombre de ojos dorados apareció detrás de Milo, sujetando un cuchillo reluciente junto a su cuello.

—No lo dudes, amigo. Se a qué profundidad tengo que deslizar el cuchillo. Ahora, diles a tus hombres que suelten a las mujeres y que salgan.

—Apártame primero el cuchillo del cuello —dijo Milo.

—No. Cuando tus hombres estén de camino a la puerta, entonces te soltaré. Y después, te marcharás del pueblo.

—Incluso con tu compañero de ahí —dijo Milo, señalando con la cabeza al hombre que había entrado detrás del recién llegado—, estás en inferioridad de número.

—No importa. Si no sueltas a esas mujeres y te marchas, te demostraré lo que pueden hacer dos hombres.

—Las chicas morirán.

—Y tú también.

A Milo le brillaron los ojos de furia, pero claramente era muy consciente de que tenía la hoja de un cuchillo en la garganta. Gruñó una orden, y su banda comenzó a soltar a las chicas y a dirigirse hacia la puerta.

jen entrar a nadie que llame cuando no debería hacerlo.

—¿Y cuándo es eso, tesoro? —preguntó la mujer de escote generoso—. A propósito, me llamo Dolly. Yo soy quien dirige las cosas por aquí.

—Dolly —dijo Cody—. Tienes que estar muy atenta a las cosas que... no parezcan normales, a la llegada de hombres como los que acaban de marcharse. Tenéis que luchar contra ellos. Todos los hombres y mujeres de este pueblo tendrán que aprender a luchar contra ellos —dijo, e hizo una pausa. Observó las caras de ojos brillantes que lo miraban como si fuera un dios que había bajado a la tierra. Sacudió la cabeza; se dio cuenta de que no lo estaban entendiendo—. Soy Cody Fox, y él es mi amigo Brendan Vincent. Estaremos por la zona una temporada. Vamos a intentar averiguar qué está pasando por aquí.

Todo el mundo se sobresaltó al oír un mueble arrastrándose. De repente, todos miraron hacia el piano. Sólo era Jigs, que por fin había salido de su escondite.

Alex se dio cuenta de que Cody Fox ya tenía la mano en el revólver.

—¿Son ustedes policías? —preguntó Jigs.

Era la personificación de la imagen del pianista perfecto, con un bonito traje, una pajarita, y un sombrero de color gris claro que complementaba de una manera muy bella su piel de ébano. Era alto y delgado, y le proporcionaba el toque justo de clase a un lugar frecuentado por tahúres, vaqueros y viajeros.

—¿Policías? No. Sólo ciudadanos preocupados —dijo Cody.

Brendan Vincent añadió:

—Yo tenía parientes que vivían en Brigsby. No hay ni rastro de ellos.

—Bueno —dijo Dolly—. Aquí son bienvenidos. Como habrán notado, todavía no han aparecido ni el sheriff ni su ayudante.

Alex pensó que Cody era un hombre muy atractivo. Tenía un rostro magnífico, aunque un poco delgado. Sus ojos eran de un color avellana dorado, y cuando se quitó el sombrero para quitarle el polvo sacudiéndoselo contra la rodilla, ella vio que tenía el pelo del color del trigo maduro. Era alto y estaba curtido, como cualquier vaquero, pero resultaba único. Alex sintió curiosidad hacia él, y se dijo que no era raro que las mujeres del salón estuvieran a punto de desmayarse al mirarlo.

—Señora, para ser sincero, creo que vamos a buscar alguna casa de huéspedes, un lugar donde podamos tener paz y tranquilidad para poder pensar en todo esto y encontrar una solución —dijo Cody amablemente.

—Entonces, querrán alojarse en casa de Alex —dijo Jigs.

Alex no se había dado cuenta de que Jigs la hubiera visto, pero en aquel momento él la estaba mirando con una gran sonrisa.

—Bienvenida a casa, señorita —le dijo suavemente el pianista.

Todos la miraron, y a ella no le gustó recibir tanta atención súbitamente. Se puso muy roja, aunque no supo por qué. Debía de ser por el extraño, pensó. Por Cody Fox.

Él la miró durante un instante. Entonces, sonrió ligeramente e inclinó el sombrero hacia delante a modo de saludo.

—¿Cómo está, señorita?

—Bien, gracias. Teniendo en cuenta las circunstancias. ¿Y usted? —le preguntó ella con cortesía, y con un inexplicable azoramiento.

—¿Tiene una casa de huéspedes? —preguntó él.

—Sí.

—¿Y por casualidad tiene dos sitios disponibles? —preguntó Cody.

Ella se dio la vuelta para consultarlo con Jewell, y entonces recordó, con una repentina claridad, y con espanto, que Bert estaba tirado, sin conocimiento, en la casa de huéspedes.

—¡Oh! —exclamó, y sin responder, salió corriendo y cruzó la calle. Entró rápidamente y se arrodilló junto a Bert.

Le dio unos golpecitos en las mejillas y lo llamó, y después de un momento, Bert emitió un gruñido, abrió los ojos y la miró.

—¿Bert? —dijo ella con ansiedad.

Él parpadeó y comenzó a hablar, pero se le congelaron las palabras en la garganta y la tomó por el brazo con fuerza. Entonces, Alex se dio la vuelta y vio que Cody Fox y Brendan Vincent la habían seguido.

—Tranquilo, Bert —dijo—. Han ahuyentado a los forajidos.

—¿Los han ahuyentado? —preguntó Bert con escepticismo.

—Mataron a uno, y convencieron a los otros de que se marcharan.

—¿Y el sheriff?
—No está por ninguna parte.
Cody se arrodilló junto a Bert.
—Parece que le han dado una buena tunda —dijo—. ¿Cree que tiene algún hueso roto?
Bert lo miró con desconfianza, pero respondió:
—Me parece que puedo levantarme.
Cody le ofreció el brazo. Bert se puso en pie despacio, con un gesto de dolor. Continuó escrutando a Cody, pero le dio las gracias con un asentimiento de la cabeza.
—Estoy bien.
—De todos modos, debería sentarse un rato —dijo Cody.
—Vamos a la biblioteca —sugirió Alex, y los condujo hacia el cómodo sofá de la biblioteca de su padre.
Ayudó a sentarse a Bert y después se volvió hacia Beulah, que había entrado seguida de Jewell y Tess, y de Brendan Vincent.
—¡Oh, Bert! —dijo Beulah, sentándose a su lado y tomándolo de la mano.
—Voy a traerle un té con un poco de whisky —dijo Jewell, y salió, acompañada de Tess, aunque después de que las dos muchachas miraran con ojos de embeleso a Cody Fox. Alex miró a Bert, puso los ojos en blanco y le guiñó el ojo. Después se puso seria de nuevo.
—¿Estás seguro de que te encuentras bien?
—Muy bien. Sólo estoy avergonzado de no haber podido proteger a los de mi casa —dijo Bert. Después, miró a Cody y a Brendan—. ¿Cómo demonios han

conseguido que ese hombre y su banda salieran del pueblo?

—Amenazándolo del mismo modo que él amenaza a los demás. Milo no está dispuesto a morir, y sabía que yo iba a matarlo —dijo Cody, y después carraspeó—. Brendan y yo estamos buscando alojamiento. ¿Tienen alguna habitación disponible?

—Acabo de volver al pueblo esta tarde, así que para ser sincera, no lo sé —respondió Alex, y miró a Beulah, que seguía junto a Bert—. ¿Tenemos sitio disponible?

Beulah soltó un resoplido y la miró como si fuera boba.

—¿Que si tenemos sitio disponible? Hija, no tenemos otra cosa. Nadie viene ya a quedarse al pueblo. Ni banqueros, ni empresarios del ferrocarril, ni nada...

Alex se alisó la falda con las manos.

—Bueno, entonces, caballeros, son bienvenidos.

—Será agradable tener huéspedes —añadió Beulah con mucho más entusiasmo que antes—. El desayuno se sirve de siete a ocho, y la cena se sirve a las siete en punto. Si están aquí, comerán. Si no están aquí, pensaremos que tienen otros planes. Voy a preparar sus habitaciones. ¿Me disculpan?

Se levantó y se dirigió a la puerta, pero se detuvo de repente con una expresión de horror.

—¡Levy! —exclamó—. Oh, Señor, ¿dónde está Levy? No lo he visto desde que comenzó todo esto.

Alex cerró los ojos y emitió un gruñido. Se odió por haber olvidado, también, al mozo del establo.

—Miraré en el sótano —dijo Bert, levantándose con cuidado.

—Yo miraré en el piso de arriba —dijo Beulah.

—Yo iré al establo —dijo Alex.

En cuanto Bert y Beulah se hubieron marchado, Cody Fox tomó del brazo a Alex. Al igual que Milo, tenía unos dedos de acero, pero no los usó para hacerle daño. De todos modos, lo miró con indignación por haber sido detenida de un modo tan autoritario.

—Hemos echado de menos a un miembro de la casa. Por favor, suélteme para que pueda ir en su busca.

—¿Cómo es? Quizá pueda ayudar —respondió él.

—Es el mozo del establo. De estatura media, pelo castaño rizado y ojos marrón oscuro —dijo Alex, tirando del brazo.

—Yo saldré a la calle para comprobar que los forajidos no han disparado a alguien a quien todavía no hemos encontrado —dijo Brendan Vincent.

—Yo iré al establo con usted —afirmó Cody—. Creo que se han ido todos, pero por si acaso...

Alex no le hizo caso. Echó a andar apresuradamente por el pasillo hacia la puerta trasera. El pueblo tenía establos y caballerizas para alquilar caballos y coches, pero ellos tenían su propio establo en la parte trasera de la casa, junto a la caseta donde se preparaban los productos ahumados.

Cuando ella salió de golpe al exterior, las gallinas comenzaron a cacarear.

—¡Levy! —gritó, corriendo por entre las aves asustadas.

Cody Fox corrió junto a ella hacia el establo.

Las puertas estaban abiertas, y Alex entró rápidamente, llamando al mozo. Los boxes quedaban a la izquierda; Beau estaba en el primero, dando coces en las paredes, cosa extraña en un caballo tan flemático como él; Cheyenne, la yegua rubia de Alex, relinchó nerviosamente, moviéndose por los pequeños confines de su compartimento, e incluso Harvey, el plácido caballo de Bert, estaba inquieto.

—¿Levy? —gritó Alex de nuevo.

Sintió que le caían partículas de heno sobre la cabeza y miró hacia arriba, al pajar. Allí estaba Levy. Alex le vio la cara cuando él se asomaba para verlos.

—Oh, gracias a Dios —susurró, y comenzó a subir las escaleras. Una vez más, Cody Fox la tomó del brazo.

—Espere.

—¿Que espere? ¿Por qué? —preguntó, pero él ya estaba subiendo los peldaños.

Alex lo siguió.

—Levy, ¿estás bien?

Cuando llegó al pajar, Cody ya estaba sobre Levy, ofreciéndole una mano para que se pusiera en pie.

—¿Te atacaron? —le preguntó Cody—. ¿Esos hombres te hicieron daño de algún modo?

—No, no, no —respondió Levy, cabeceando con énfasis. Miró a Alex con vergüenza—. Sabía que estaban allí. Debería haber salido, pero me subí aquí y me escondí entre el heno. Los caballos se estaban volviendo locos. Yo... bueno, me enteré de lo que ocurrió en Brigsby —dijo, y le tomó la mano a Alex—. Señorita Alex, lo siento muchísimo. No sé en qué estaba pensando.

—Te estabas comportando de un modo sensato, y nada más —respondió ella—. No podrías haber hecho nada, salvo conseguir que te mataran. Me alegro de que estés bien.

Pese a aquellas palabras, Levy agachó la cabeza.

—He sido un cobarde —dijo suavemente.

—No —dijo Cody—. Te has comportado racionalmente. Habrías podido ir a buscar ayuda si Milo y sus hombres hubieran empezado a matar. Un cadáver más no habría servido de nada. Alex le agradeció su apoyo. Levy parecía un poco menos angustiado.

—Está bien, Alexandra. No volveré a fallar de un modo parecido —dijo con tristeza.

Ella sonrió.

—Bueno, gracias a Dios que todos estamos bien y el peligro ha pasado.

Ninguno de los dos hombres le devolvió la sonrisa.

—¿Bajamos del pajar? —sugirió ella animosamente, sin querer pensar en todo lo que podía haber ocurrido.

Beulah estaba esperando fuera, junto a la puerta trasera, cuando se dirigieron hacia la casa. Lo sacudió suavemente con un trapo de cocina.

—¡Nos has dado un susto de muerte, Levy! —le dijo, y después lo abrazó.

Finalmente, se apartó y lo miró a los ojos. Alexandra se dio cuenta de que la cocinera quedaba satisfecha por lo que veía en ellos.

—Todos estamos bien —dijo Beulah en voz baja.

Apenas habían entrado a la casa cuando Brendan Vincent apareció en la puerta principal.

—Será mejor que vengas, Cody.

—¿Qué ha pasado?

—Hay un problema en la carretera, eso es todo —dijo Brendan.

—¿Qué problema?

—Hay un hombre que... bueno, los forajidos lo han atacado.

—Tenemos que ver quién es —dijo Alex—. Y tenemos que avisar al doctor Williamson —añadió, y marchó hacia la puerta.

Brendan miró a Cody y le bloqueó el paso.

—No hay motivo para que lo vea, señorita —le dijo.

—No sea ridículo. Quizá pueda ayudar. He visto muchas heridas durante la guerra. No soy delicada.

Cody carraspeó.

—Yo soy médico, licenciado en Harvard. Si necesita asistencia, yo estaré allí y haré lo que pueda.

Alex no permitió que la apartaran.

—Yo iré también —afirmó con obstinación.

Cody y Brendan se miraron. Después, Cody soltó un resoplido de impaciencia.

—Como quiera —dijo—. La situación es grave, sin duda, así que será mejor que nos vayamos.

Salieron a la calle y recorrieron las pasarelas de madera de la calle principal hacia la barbería. Allí había un grupo de gente, pero nadie se había acercado al hombre que yacía, boca abajo, en el suelo.

—Por favor, déjennos pasar —dijo Brendan.

La multitud se echó hacia atrás. Todos estaban pálidos y tenían los labios apretados.

—¿Es que nadie lo va a ayudar? —preguntó Alex. Había gente a la que reconocía, pero todos bajaron los ojos.

Cody se agachó junto al hombre y le dio la vuelta. Alex notó que se le aceleraba el corazón, y después, una ráfaga de alivio, al comprobar que no conocía de nada a aquel hombre. Tendría unos cuarenta años, y no iba a necesitar un médico. Había una enorme mancha de sangre en su camisa, y tenía los ojos abiertos y ciegos.

—¿Es de aquí? —preguntó Cody, mirándolos a todos.

—Yo no lo conozco —dijo Alex.

Un hombre dio un paso adelante. Alex sí lo conocía: era Jim Green, el encargado de las pompas fúnebres y fotógrafo del pueblo.

—No es del pueblo —dijo Jim. Era un señor mayor, amable, con pelo plateado y unas enormes patillas pasadas de moda—. Debe de haber venido con los forajidos.

—¿Quién le disparó? —preguntó Cody.

Alguien carraspeó. Era Ace Henley, el dueño del establo del pueblo.

—Yo estaba en mi pajar, e hice unos cuantos disparos cuando ellos estaban gritando y pegando tiros al aire.

Cody lo observó y asintió.

—Eso está bien. Es lo que vamos a necesitar. Un plan para que todo el mundo tenga un lugar asignado desde el que luchar, para la próxima vez que vengan como han venido ahora.

—¿Qué hacemos con él? —preguntó Brendan, señalando el cadáver con un gesto de la cabeza.

—Lo habitual —respondió Cody, mientras se erguía, sacudiéndose las manos en los pantalones.
—Está oscureciendo —dijo Brendan.
—Es cierto. Lo llevaremos a la morgue. Amigos, ¿tienen algún sitio para enterrarlo? —pregunto Cody, mirando a la gente del pueblo—. Lo mejor sería hacerlo esta misma noche.
—No hay predicador esta noche —dijo Jim—. Aunque no sé si el predicador querría recitar palabras sagradas para uno... como éste.
Los dos hombres intercambiaron una mirada significativa, como si ambos conocieran una verdad que no podía mencionarse. Alex se preguntó, con inseguridad, qué estaba ocurriendo, y si tenía algo que ver con la extraña decoración que había encontrado en la casa de huéspedes cuando había llegado aquella tarde. Había guirnaldas de ajos colgadas por las ventanas y en los armarios, y profusión de cruces por todas las habitaciones. ¿Qué estaba pasando?
—Era un hombre que tuvo alma en algún momento —dijo Cody—. Nosotros podemos decir unas palabras en su entierro, y cuando venga el predicador, que las repita. Y ahora, vamos a retirarlo de la calle antes de que se haga de noche.
—Muy bien —dijo Jim, y carraspeó—. Ya sabe todo el pueblo cómo ha salvado usted la situación, señor. Le estamos muy agradecidos —dijo, y se levantó el sombrero mirando a Cody y después a Brendan—. Me llamo Jim Green, director de la funeraria y fotógrafo, a su servicio. Estamos muy contentos de tenerlos aquí.

—Gracias —le dijo Cody—. ¿Alguien ha visto ya al sheriff?

—El ayudante y él salieron hace más de una hora a comprobar si se había producido un robo de ganado en Calico Jack's. Es el punto de venta de John Snow, y está bastante apartado —explicó Ace.

John Snow era en parte blanco, en parte mexicano, en parte apache, y un empresario. Vivía con su esposa actual y veinte de sus hijos, una progenie cuyo color iba del azabache al blanco de la nieve, y entre todos dirigían un punto de venta al que iban y venían blancos e indios de todas las tribus.

Cody asintió, mirando a Brendan Vincent.

—Está bien. Quien vea al sheriff, que le diga que quisiera reunirme con él mañana por la mañana. Ahora, vamos a encargarnos del difunto.

Se agachó y agarró al muerto por debajo de los brazos. Brendan lo tomó de los tobillos.

—Guíenos, señor Green —dijo Brendan.

—Por aquí.

El grupo de gente se apartó y comenzó a dispersarse. Todos miraban con inquietud hacia el cielo, como si estuvieran ansiosos por entrar en casa antes de que oscureciera.

Alex se quedó allí, observando a la gente del pueblo y frunciendo el ceño. El comportamiento general era muy extraño. No extraño; estrambótico.

Cody se volvió hacia ella y le dijo:

—Vuelva a casa, señorita Gordon. Por favor.

Después, comenzó a caminar de nuevo, con el peso del hombre muerto suspendido entre Brendan Vincent y él. Cualquiera de ellos podía haberse echado el cadáver al hombro y haberlo trasladado con facilidad.

Sin embargo, parecía que no querían tocar la sangre.

La insistencia de Cody Fox la asustó, pero Alex era demasiado obstinada como para huir sin saber lo que estaba pasando, así que decidió que fingiría que cumplía sus indicaciones. Se alejó y subió a la pasarela, pero después se detuvo y miró hacia atrás. Ya no quedaba nadie en la calle. Era como si el pueblo estuviera desierto. Cuando vio a Fox y a Vincent entrar con Green a su negocio, retrocedió por la pasarela rápida y silenciosamente, siguiéndolos.

La puerta del estudio fotográfico y morgue de Jim Green estaba cerrada cuando ella llegó, pero las cortinas estaban descorridas y en el interior habían encendido lámparas de queroseno.

El estudio de fotografía estaba en la habitación anterior, y la morgue estaba en la parte trasera. A alguien se le había olvidado cerrar la puerta entre las dos habitaciones, así que Alex se quedó a un lado del enorme escaparate y miró hacia el interior.

Los hombres habían depositado el cadáver en una gran mesa de roble, una mesa rudimentaria de embalsamamiento. Green tenía todos sus instrumentos colocados en una mesilla, junto al cuerpo. Alex sabía que desde la guerra el arte de embalsamar estaba en alza.

Había muchos chicos muertos que debían emprender el largo camino de vuelta a casa.

Ella continuó mirando hacia dentro, con cuidado de que los hombres no la vieran.

Estaban examinando el cuerpo y hablando, pero Alex sólo pudo captar algunos retazos de conversación.

—No creo. De veras, no lo creo —oyó que decía Cody.

—Tenemos que pensar en la seguridad —dijo Jim.

—Tiene razón, Cody. Mejor prevenir que curar —añadió Vincent.

Cody observó el cadáver, le dio la vuelta, tocó el cuello y lo examinó, como si estuviera buscándole el pulso.

¿Médico? ¿Licenciado de Harvard? Hasta un granjero habría visto el enorme agujero de bala que tenía el hombre en el pecho.

—Más vale prevenir que curar —convino Cody.

Jim le entregó un cuchillo largo y afilado, el borde de la hoja brillaba como los diamantes bajo la luz.

Cody tomó el cuchillo.

Ella estuvo a punto de soltar un grito de horror al ver que lo colocaba sobre el cuello del difunto y le cercenaba la yugular.

Alex se tapó la boca con la mano y se apoyó contra la pared, impresionada. Después volvió a mirar por la ventana, pensando que sus ojos debían de haberse equivocado.

Pero no. Jim Green estaba un poco inclinado sobre el cuerpo. O, más bien, sobre los pedazos del cuerpo.

No había demasiada sangre, el hombre ya se había desangrado en la calle a causa del balazo.

Sin embargo, en aquel momento... la cabeza del muerto estaba separada de su cuerpo. La cara estaba vuelta hacia ella, y sus ojos la miraban con fijeza.

A la luz de la lámpara, parecían vivos.

Parecía que le atravesaban directamente el alma.

CAPÍTULO 3

Alex volvió corriendo a la casa de huéspedes, sin poder apartarse de la cabeza los ojos de aquel hombre. Abrió la puerta principal y entró, pensando en que el mundo entero había enloquecido.

Por supuesto, el mundo ya se había vuelto loco el día en que se hizo el primer disparo de aquella guerra. Pero aquello era algo peor. ¿Peor? ¿Qué podía ser peor que una guerra que estaba exterminando a más de la mitad de los hombres jóvenes de un país dividido?

El hecho de perder la cordura y el alma.

Aquel pensamiento invadió su mente, pero ella lo descartó.

Sin embargo, lo que estaba ocurriendo allí era muy extraño. La gente se comportaba de un modo muy diferente a lo habitual.

Cody y Jim le habían cortado la cabeza al muerto.

—¡Por fin has llegado, Alex! —dijo Beulah, en tono de reproche, en cuanto la vio en la cocina—. No vuelvas a preocuparme de este modo, ¿me oyes, jovencita?

Alex la miró fijamente.

—Beulah, estaba al otro lado de la calle.

—No importa. Ahora tienes que estar dentro de casa. Ha anochecido, y la luna... bueno, ya ha salido la luna.

Alex sonrió, le dio un abrazo a Beulah y se preguntó qué tendría que ver la luna en todo aquello.

—Estoy bien. Los forajidos se han marchado con el rabo entre las piernas. Esta noche todos estamos a salvo.

Beulah se echó hacia atrás, sacudiendo la cabeza con tristeza.

—Cariño, ya no hay ningún momento de seguridad. Y mucho menos por la noche. Ya no es segura en absoluto.

Alex se la quedó mirando de nuevo.

—Beulah, ¿qué está pasando?

—El demonio —dijo Beulah.

—¿El demonio?

—Están pasando cosas malas, muy malas. Es como si el mismo demonio quisiera dominar este pueblo. Oh, cariño, yo no lo sé todo, pero sé que es como una enfermedad maligna, así que es mejor que nos quedemos aquí dentro. ¡Oh, Señor! Brigsby desaparecido. Y he oído que también Hollow Tree... y ahora Victory. Quizá pensábamos que nosotros nos libraríamos. O quizá pensamos que no podíamos hacer otra cosa que salir corriendo, y para la gente de aquí, esto es todo lo que tenemos, y no tenemos ningún sitio al que huir.

—Beulah, no te entiendo —le dijo Alex con impaciencia.

—Yo tampoco lo entiendo bien. Pero esta noche... bueno, ha sido un milagro que esos dos hombres aparecieran así. Y van a quedarse. Eso es maravilloso.

Beulah se santiguó mientras hablaba.

Alex asintió. Eso era cierto. Ella también se sentiría más segura si los hombres que habían ahuyentado a los forajidos se alojaban en la casa de huéspedes.

De repente, se le congeló la sonrisa en los labios.

Había visto a Cody Fox decapitar al hombre muerto. Con las bendiciones... no, con la insistencia de Jim Green.

Se dio cuenta de que estaba agotada. Sin duda, el mundo volvería a parecerle algo normal después de una buena noche de descanso.

—Creo que necesito acostarme —le dijo a Beulah.

—Antes tienes que comer algo, hija.

Alex se echó a reír.

—Beulah, eres un encanto, pero estoy demasiado cansada como para comer. Ahora voy a dormir, y mañana me preocuparé por lo que esté sucediendo.

—Es el demonio —repitió Beulah, asintiendo con sabiduría.

Alex le tomó las manos a Beulah.

—He visto la obra del demonio, cuando les llenó a los hombres el corazón de ira y de hostilidad, y los envió a la guerra. Te garantizo que Dios no tiene parte en la carnicería de la guerra. Sea lo que sea esto, podemos luchar contra ello, y lo haremos.

—Quizá. Ahora que han venido —dijo Beulah, y añadió–: Pero quizá no. Esta noche han venido anunciándose con un tiroteo. Sin embargo, algunas veces vienen sigilosamente, se deslizan en nuestra vida y nuestra alma como el demonio. Por favor, Alex, ya has oído lo que les dijo Cody Fox a las chicas del salón. Es momento de ser listos y muy precavidos.

Alex abrazó a Beulah de nuevo.

–Tendré cuidado, te lo prometo.

Después, subió las escaleras y entró en la habitación de su padre. No, ya no era la habitación de su padre, sino la suya, como él hubiera querido.

Se quitó la ropa, se puso el camisón y se acercó al lavabo para refrescarse la cara con el agua que le habían dejado las doncellas. Al hundir las manos en el lavabo, se miró al espejo. Con el camisón blanco, a la luz de la lámpara, estaba demacrada y pálida, como si fuera un espectro. Sin poder evitarlo, pensó en las mujeres de la taberna. Dolly, tan... segura de sí misma. La chica nueva, tan bonita y fresca. Ella palidecía en comparación con aquellas mujeres. Se quedó sorprendida. ¡Qué raro! No estaba acostumbrada a sentirse insegura.

Se miró de nuevo al espejo y se dio cuenta de que se estaba comparando con otras mujeres por...

Por Cody Fox.

Se ruborizó mientras seguía observando su reflejo.

Tomó una toalla y se secó la cara, y se apartó rápidamente del espejo. Se sentía ridícula. El mundo se había vuelto loco, y ella estaba preocupándose por llamar la atención de un hombre. Claramente, necesitaba dormir. Desde la muerte de Grant, ella no había vuelto a pensar en los hombres, salvo cuando había trabajado de voluntaria en el hospital, donde sólo eran seres humanos tristes y asustados que querían morir con el consuelo y el calor de la mano de una mujer agarrando la suya.

Quizá fuera eso: que hacía demasiado tiempo que había enterrado a su prometido, demasiado tiempo sin pensar en su propio aspecto, en la atracción... y entonces, aparecía de repente un hombre como Cody Fox, y estaba viéndose como una mujer de nuevo.

Alex suspiró con irritación, apagó la lámpara y se acostó.

Oscuridad, agotamiento. Seguramente, le permitirían descansar.

Sin embargo, se dio cuenta de que no podía dejar de mirar las puertas del balcón. La luna no estaba llena, pero irradiaba una luz potente, un resplandor amarillo que lo envolvía todo más allá de sus ventanas, y que se abría camino a través de las cortinas.

En aquel brillo, las sombras se movían. Parecían alas de pájaro, de unos pájaros gigantes que bailaban en el aire. Tuvo la sensación de que casi oía el batir de aquellas alas, pero sabía que sólo era el sonido del viento que soplaba por las llanuras.

Se obligó a cerrar los ojos, y por fin, se durmió.

Estaban enterrando al hombre decapitado cuando por fin el sheriff y su ayudante llegaron a la ciudad.

El sheriff, Cole Granger, era un hombre alto y musculoso, con los ojos azules y penetrantes, y el pelo tan negro que parecía azul a la luz de la luna. Su ayudante,

Dave Hinton, era más bajo, pero les estrechó la mano con firmeza, y tenía una mirada de inteligencia.

Jim Green les explicó lo que había sucedido con Milo y su banda de forajidos.

—Estos hombres nos han salvado la vida —dijo, y dio una patada al pequeño montículo de tierra que había bajo sus pies—. De verdad, Cole, no estábamos siendo cobardes, pero no sabíamos qué hacer. Ace Henley le acertó a este tipo. No sabemos su nombre, no sabemos nada de él. Pero nos hemos ocupado de él, y lo hemos enterrado a buena profundidad.

—Maldita sea —dijo Granger, disgustado consigo mismo—. No debería haberme marchado, y menos con Dave —añadió, y miró a Cody y a Brendan—. Gracias. No sé cómo lo hicieron, pero gracias. John Snow ha tenido problemas en su punto de venta, y he tenido que ir hasta allí para ver qué sucedía. No contaba con volver tan tarde.

—Además, hemos tenido problemas a la vuelta —dijo Dave.

—¿Problemas? ¿Qué pasó? —preguntó Cody.

—Algo rocambolesco —respondió Cole, agitando la cabeza—. Estábamos atravesando una zona de arbustos y árboles, a unos ocho kilómetros de aquí, cuando los caballos se volvieron locos. Es incomprensible. Los dos llevamos montando a caballo desde antes de poder andar, y primero perdimos el caballo de Dave, que echó a correr como un pollo descabezado hasta que pude alcanzarlo y comenzar a calmarlo. Al momento, mi Titan se puso a relinchar y a piafar, y asustó de nuevo al caballo de Dave. Había algo allí, y no sé lo que era. Lobos, coyotes, algo. Lo único que sé es que nunca había visto a los caballos comportarse así.

Cole se interrumpió y miró a Cody a los ojos.

—Todo el mundo dice que el demonio anda suelto por aquí. No sé lo que es el demonio, pero sí sé que está ocurriendo algo. Algo que permite que Milo y su banda aniquile pueblos enteros. Me imaginaba que vendrían por nosotros más tarde o más temprano, pero esto es más pronto de lo que pensaba.

Miró de Cody a Brendan, y de Brendan a Cody otra vez.

—¿Cómo demonios los ahuyentaron?

—Conozco a los de la clase de Milo —respondió Cody—. Sé cómo hacer que piense que va a perder su propia vida si no me escucha. Conozco a esa clase de enemigo.

—Terminamos decapitando al hombre muerto —dijo Jim Green nerviosamente.

Cole le puso la mano sobre el hombro al fotógrafo.

—Si crees que era necesario, Jim, entonces está bien.

—Absolutamente bien —insistió Dave, sacudiendo la cabeza. Cody y Brendan se miraron. Era evidente que Dave pensaba que el demonio estaba paseándose por la calle.

Cole Granger era un hombre duro, y por su actitud se sabía que se había enfrentado a muchos hombres corruptos. Claramente, él todavía pensaba que se estaba enfrentando a algo real y tangible.

—Con todo lo que está pasando aquí —dijo Cody—, ¿no han pedido ayuda al ejército, ni a la Policía de los Estados Unidos?

Cole Granger negó con la cabeza.

—Si hubiéramos sospechado que iban a atacarnos de esta manera, habríamos formado una milicia. En cuanto a la ayuda del gobierno... Texas es parte de la Confederación, y la Confederación ha perdido demasiados hombres como para enviar alguno aquí. Nuestra única ayuda proviene del jefe Pluma Alta y de los apaches, y también de sus amigos comanches. Al menos, no tenemos problemas con los indios por esta zona. Ellos viven su vida y nosotros la nuestra, y comerciamos. Dicen que ha venido un espíritu maligno a la tierra, y que posee las almas de los hombres. No sé qué es, pero no voy a huir y me ocuparé de que estos asesinos sean detenidos.

—¿Cómo supieron que teníamos problemas aquí? —preguntó Dave de repente.

—Yo tengo familia aquí... o la tenía —dijo Brendan—. Y los padres de Cody vivían aquí. Su padre murió aquí.

Cody se encogió de hombros.

—Mi madre volvió a su casa, a Nueva Orleans, antes de que yo naciera. Pero lo importante es que hemos venido a ayudar. De hecho, mañana, si a usted le parece bien, sheriff, voy a ir a entrevistarme con el jefe indio. ¿Ha dicho que se llama Pluma Alta?

—Exacto. Es un buen hombre, aunque los apaches son un clan guerrero. Pluma Alta ve cómo avanza el mundo. Dice que los espíritus de sus antepasados le han dicho que el hombre blanco no se va a marchar, y que vendrán más y más. En su opinión, si no puedes luchar contra ellos, es mejor estudiarlos y averiguar cómo usarlos mejor. Vaya a hablar con él; él le dirá lo que ha estado sucediendo últimamente.

—¿Y qué averiguó en el punto de venta? —preguntó Cody, cambiando de tema.

Cole cabeceó.

—Dos de las hijas de John Snow han desaparecido. Las dos eran unas chicas muy guapas. Pero no encontré ni una pista, ni una gota de sangre, ni una rama rota. Es como si las niñas se hubieran ido a otra dimensión.

—Intentaré investigar eso también —dijo Cody—. ¿Sabe dónde se esconden Milo y su banda durante el día?

—No. Nadie lo sabe —respondió Dave.

—Creo que en Brigsby —dijo Cole—. Pero no he tenido ocasión de ir hasta allí a comprobarlo. Hace unas semanas vino al pueblo un pistolero, que se creía que era más duro que el pedernal. Fue a Brigsby. Encontramos lo que quedaba de su cuerpo cerca del lugar en el que enloquecieron nuestros caballos.

—Tenemos que ir allí en cuanto podamos —dijo Cody—. Me gustaría saber con seguridad qué es lo que tenemos enfrente. Los hombres como Milo... pueden engañar, construir trampas. Tenemos que averiguar todo lo que podamos si vamos a luchar contra ellos. De todos modos, sheriff, su ayudante y usted deben advertirle a todo el mundo que no le abran la puerta a ningún extraño, y que no salgan de noche. Intenté convencer a las chicas del salón de que es importante ser precavido, pero quizá sea una lucha... perdida. El hecho es que...

Cody se interrumpió. El hecho era que Cole Granger tendría que aceptar algunas verdades con respecto a aquel asunto, o el sheriff lo echaría de la ciudad antes de que pudiera contar hasta tres.

—Invitar a entrar a extraños a casa es un peligro —terminó Cody, torpemente—. Hay que cerrar a cal y canto todas las casas por la noche. Hablaremos más por la mañana, si le parece bien, sheriff. Ahora estamos todos agotados.

—Buenas noches, entonces —dijo Cole, y Cody y Brendan se dirigieron hacia el cementerio—. Eh —les llamó Cole—. ¿Dónde se alojan?

—La señorita Alex ha vuelto a la ciudad. Están en la casa de huéspedes.

—Bien. Alex está en casa —dijo Cole pensativamente—. Buenas noches, entonces. Y gracias por su ayuda de esta noche. Les doy la bienvenida a Victory.

Cody agitó una mano para agradecérselo. Se preguntó por el tono en que el sheriff había mencionado el nombre de Alex. ¿Había algo entre ellos? ¿Fueron amantes mucho tiempo antes? Ella había ido al Este a casarse, pero una vez que había vuelto al pueblo, quizá su historia de amor hubiera resurgido. ¿Por qué no? El sheriff parecía un buen hombre, y era joven y guapo. Y Alexandra Gordon era... bella. Más que eso. Era una luchadora. Tenía una vitalidad que atraía a todo el mundo.

Incluso a él.

Descartó rápidamente aquel pensamiento. Hacía mucho tiempo que había decidido que su vida sería una vida solitaria.

—¿Crees que la casa de huéspedes es segura? —le preguntó Brendan mientras iban caminando juntos por la calle.

Cody negó con la cabeza.

—Es una casa de huéspedes. Su negocio consiste en abrirle la puerta a los extraños.

—Pero de todos modos, allí hay alguien que sabe algo. Hay cruces por todas partes, y guirnaldas de ajos en las ventanas.

—No importa. Milo ya ha estado allí —dijo Cody.

—Tal vez necesitemos más cruces —sugirió Brendan.

—Lo que necesitamos es matar a Milo —dijo Cody, y siguió caminando.

Brendan lo miró.

—Exacto. Y después, atravesarle el corazón, cortarle la cabeza y quemar su cuerpo.

Durante el camino de vuelta a la casa de huéspedes, Cody recordó cómo se habían conocido Brendan y él. Había comenzado con el asesino cuya persecución les había encargado Aldridge. Cody todavía se acordaba de cómo estaban los dos primeros cadáveres...

La primera de las dos víctimas estaba tendida boca arriba, con una expresión de terror. Su esposa estaba en peores condiciones. Su torturador debía de haber jugado con ella primero, porque tenía los ojos cerrados, como si hubiera querido evitar la visión de su muerte inminente.

Ambos cuerpos tenían marcas de puñaladas en el pecho y el abdomen, pero ninguno estaba sobre un charco de sangre, y ambos estaban muy pálidos.

—Nunca había visto nada igual —dijo Aldridge en voz baja, al observar cómo Cody le apartaba el pelo a la mujer para buscar unas marcas. Cody titubeó, sin saber hasta qué punto iba a aceptar Aldridge la verdad.

Las pruebas eran estimulantes, al menos para poder poner fin a aquella matanza. Estaba bien seguro de que buscaba a un asesino solitario que había estado intentando mezclarse con la población de la ciudad. Las marcas de apuñalamiento las habían hecho para confundir a quien hallara los cadáveres, y sólo por suerte, alguien había relacionado aquel caso con el que Cody había resuelto anteriormente.

Cody miró a Aldridge.

—Buscaré a su asesino, señor, pero no creo que lo pueda traer para que lo juzguen. Esta... persona luchará hasta la muerte.

—Haga lo que tenga que hacer. Necesito que atrape a este hombre.

—No puedo someterme al toque de queda.

—Tendrá total libertad —le prometió Aldridge.

Aquella noche, Cody recorrió las calles.

Al principio probó en los bares, pero no halló nada fuera de lo corriente. Después, caminando por Dauphine Street, vio una puerta entreabierta. Con curiosidad, abrió la puerta y entró a un patio oscuro.

Miró a su alrededor rápidamente, y detectó una figura tendida en el suelo. Se acercó y encontró el cuerpo de una mujer joven, todavía caliente al tacto, pero muerta.

Si todavía estaba caliente, el asesino andaba cerca.

Oyó la música de un piano y la voz de una cantante

desde uno de los restaurantes cercanos, así que se acercó a ver qué podía averiguar.

Se acercó a la barra y pidió un bourbon. Comenzó a tomárselo despacio, observando el local. Había varios soldados en una mesa junto al piano, mirando a la mujer, bella y de pelo oscuro, mientras tocaba, cantaba y coqueteaba abiertamente con ellos.

Después de un rato, la cantante se levantó, le susurró algo a uno de los hombres al oído, y lo dejó mirándola ávidamente mientras ella salía a la parte de atrás, al callejón que había tras el edificio.

Tan sutilmente como pudo, Cody la siguió.

Tenía que detener las muertes. En aquel mismo instante.

Ella estaba esperando, apoyada contra la pared, con una sonrisa de picardía en la cara, como si estuviera impaciente. Al verla, Cody sintió una súbita repugnancia, porque se dio cuenta de que ella no era la víctima.

—¿Disculpe? —dijo, al ver a Cody, y no al joven con el que había estado coqueteando.

—Buenas noches —dijo él.

Ella sonrió y se estremeció, aunque no hacía frío.

—Una noche preciosa, en realidad. Me llamo Vivien La Rue. ¿Qué tal?

Le tendió la mano, y cuando él la tomó, ella le deslizó los dedos por la carne.

—No debería estar aquí fuera —le dijo Cody, siguiéndole el juego—. Hay un asesino suelto por la ciudad.

Cody miró hacia la puerta. El soldado todavía no había salido, pero no pasaría mucho tiempo hasta que apareciera. Aquello tenía que suceder rápidamente.

—¿Está interesada en otro tipo de... entretenimiento? —le preguntó suavemente.

Ella se rió y lo miró de pies a cabeza.

—¿Qué tiene en mente? ¿Y qué me está ofreciendo?

Entonces, se acercó a él y le rodeó el cuello con los brazos, mirándolo a los ojos. Sin embargo, algo de lo que vio debió de asustarla, y comenzó a retroceder.

Cody no se lo permitió. Entonces, la mujer emitió un silbido furioso y echó la cabeza hacia atrás para darse impulso. Intentó clavarle los colmillos prolongados en la garganta, pero él estaba preparado, y era muy fuerte.

Le cortó el cuello, cercenándole la yugular instantáneamente. Intentando evitar que la sangre lo tocara, trabajó sin descanso, serrando, hasta que finalmente pudo dejar caer al suelo la cabeza y el cuerpo separados. En pocos momentos, todo quedó reducido a ceniza.

Apresuradamente, antes de que el soldado hiciera aparición, Cody salió del callejón y fue a la oficina de Aldridge. Allí le informó de que el asesino había sido neutralizado.

—¿Dónde está el cuerpo?

—Me temo que no lo encontrará.

De repente, Cody se dio cuenta de que Aldridge estaba mirando más allá, a alguien que estaba sentado tras él, y se maldijo. Debería haber sentido aquella otra presencia.

Se volvió rápidamente y vio a un hombre delgado, circunspecto, de mediana edad. Cody lo reconoció. Era Brendan Vincent, antiguo brigadier general del ejército de la Unión, que se había retirado por cuestiones médicas y que tenía una honorable reputación forjada en la guerra contra México. En la actualidad, se le ensalzaba en ambos bandos del conflicto.

Vincent se puso en pie cuando Aldridge hizo las presentaciones, y sonrió con seriedad mientras le estrechaba la mano a Cody.

—Me alegro de conocerlo, joven. Lo necesito desesperadamente.

—¿De veras?

—Hemos tenido muchos problemas en el Oeste. En Texas.

Asombrado, Cody miró a Aldridge.

Aldridge asintió.

—Sí, Texas, un estado todavía del Sur. Pero el asesinato es el asesinato, y Brendan es mi primo. Ha establecido su hogar en Texas desde su retiro del ejército, y... bueno, él mismo se lo explicará todo.

—Ha habido algunos incidentes últimamente. Han desaparecido pueblos enteros, y creo que estamos buscando al mismo tipo de asesino del que me ha hablado mi primo. Me ha dicho que usted ya los ha vencido dos veces con ésta. Estoy desesperado, señor Fox. Necesito que venga conmigo.

Cody titubeó y miró hacia abajo durante un momento. ¿De verdad quería volver allí? ¿Al Oeste? ¿Al lugar en que lo habían concebido?

—Está bien —dijo finalmente—. ¿Cuándo nos marchamos?

—Mañana a primera hora.

—¿Y adónde vamos, exactamente?

—A Victory, hijo mío.
Cody maldijo entre dientes al destino.
Si había un lugar que odiaba en el mundo, era Victory, Texas.

Alex vio aquel sueño como si fuera una obra de teatro. Como si se hubieran abierto unas cortinas de terciopelo y el escenario se hubiera iluminado lentamente. Poco a poco, pasó de espectadora a protagonista de la escena. Al principio estaba tumbada en la cama, pero después se levantó.
La luz de la luna fuera de la ventana era seductora. O quizá fueran las sombras, como alas, como brazos que la llamaban.
Le habían advertido que mantuviera todo cerrado, pero hacía una noche preciosa. Los forajidos se habían marchado del pueblo, y el sonido de la brisa contra los cristales era tentador. Ella quería sentir el viento. Sentirlo en el pelo, dejar que le acariciara las mejillas. Sería suave y cálido, delicado como el brillo de la luna. El aire levantaría el algodón de su camisón, y ella sentiría una caricia fresca en la carne.
Durante un instante, vaciló junto a la cama, pero después, casi como flotando, se acercó a las puertas del balcón y las abrió de par en par.
Y allí estaba la luna. No estaba llena por completo, pero el cielo estaba despejado, y quizá por eso su luz parecía tan fuerte. Desde su balcón, Alex divisaba todo el pueblo, aunque no veía las casas en realidad, sino las luces que las iluminaban.

Veía los árboles. Sus ramas creaban sombras llamativas a las que ella no podía resistirse. La brisa era suave, pero las ramas se doblaban y se agitaban como si la estuvieran saludando. Ella deslizó las manos por la barandilla del balcón, y sintió la madera bajo las manos, cálida y fuerte, como si fuera un ser vivo. El aire se movía a su alrededor, y Alex se ruborizó, aunque estaba sola, por el modo en que se estaba dejando seducir por aquel contacto erótico. La tela de su camisón, como las sombras, la acariciaba, la acariciaba con dedos excitantes.

Tenía que darse la vuelta.

Entrar, cerrar la puerta.

Acabar con aquellas sensaciones.

Sin embargo, aunque pensara que había conseguido dominar su mente, las sombras continuaban acariciándola con roces palpables, sensuales. Era como si tuvieran sustancia, como si pudieran atraparla y llevársela en mitad de la noche. Las sombras estaban tomando formas, y eran como pájaros gigantes, o como murciélagos, como si tuvieran garras y pudieran recogerla del balcón y echar a volar con ella, su prisionera, en la oscuridad.

En la verdadera oscuridad.

Se le congeló un grito en la garganta. El sueño se había convertido en una pesadilla. Se recordó que era fuerte, que sabía luchar, disparar. Pero no tenía arma, y aunque la tuviera, dispararle a una sombra no serviría de nada, y luchar contra el viento era una tarea inútil.

Y entonces, él apareció.

Tan repentinamente como había aparecido durante el día. El hombre alto del guardapolvo y el sombrero calado sobre los ojos de oro.

Estaba erguido y firme contra el viento, desafiando la oscuridad.

La abrazó y la sujetó, y ella fue muy consciente de la intensidad con la que la miraba. Sus ojos, que en realidad eran castaños, tenían un resplandor dorado contra la noche. Era como si estuvieran tocados por el sol, y el calor la atravesó, le calentó la cara, los brazos, y la excitó de una manera que nunca había experimentado.

Entró con ella en la habitación y, suavemente, la dejó en la cama. Después le acarició la mejilla con una ternura que le cortó la respiración a Alex. Sin embargo, cuando ella pensó en acariciarlo a él, el extraño se incorporó.

—Luche siempre contra las sombras, y no escuche al viento —le susurró—. No se preocupe. Yo estaré aquí —añadió, como si fuera un juramento.

Pese a sus palabras, se alejó y se colocó a los pies de la cama.

—No abra nunca la puerta. Créame como cree en Dios, señorita Gordon, y no abra la puerta —le advirtió.

Ella quiso hablar.

Ella quiso atraerlo hacia sí.

Quería olvidar que su padre había muerto asesinado, que había habido un pasado y que habría un futuro.

Quería que él volviera.

Pero no podía formar las palabras. Era un sueño, claro. Un sueño que se había convertido en una pesadilla, y en sueño de nuevo. Porque ella estaba a salvo, y lo sabía.

—Duérmase, señorita Gordon.

—Alex —consiguió decir.

—Duerme, Alex.
Y ella obedeció.

Cuando abrió los ojos, estaba sola.
Por supuesto.
Y sin embargo, recordaba hasta el último detalle del sueño.
A la luz del día, gruñó en voz alta, lamentando recordarlo todo con tal claridad.
Se levantó y se acercó a las puertas del balcón. Estaban cerradas, y las cortinas estaban echadas. Y la luz que atravesaba la tela era la del sol, no la de la luna salpicada de sombras.
Entonces, vio la puerta que comunicaba su habitación y la habitación contigua. Antiguamente, aquella habitación había sido su habitación infantil, pero después se había convertido en otra habitación de huéspedes más.
Titubeó y, con el corazón acelerado, agarró el pomo y lo giró.
No estaba cerrada con llave.
Ella la abrió.
La cama estaba deshecha; la doncella no debía de haber pasado todavía por allí. Y, sobre el banco que había a los pies de la cama, había unas maletas de viaje con un nombre grabado: Cody Fox, Doctor en Medicina.

CAPÍTULO 4

Beulah estaba cantando cuando Alex bajó al comedor.

—Buenos días, Alex —dijo alegremente.

Alex la miró con curiosidad. No se sentía tan pizpireta como Beulah. El día anterior, nada más llegar al pueblo, había descubierto que unos forajidos sanguinarios estaban diezmando la región, había estado a punto de convertirse en su víctima y después había tenido un sueño de lo más extraño.

—Esta mañana estás muy contenta —le dijo a la cocinera.

—Cariño, estoy viva y coleando. Eso es para estar contenta. Y no sólo eso, sino que tengo esperanzas en el futuro —añadió. Con una sonrisa, sacó una silla para Alex—. Vamos, siéntate, nena. Todavía estás cansada del viaje, eso es lo que te tiene inquieta. ¿No has dormido bien?

Alex se ruborizó de nuevo, sin poder evitarlo. Era

absurdo. Sabía que los acontecimientos tan raros de la noche anterior sólo habían existido en su mente, y sin embargo... él estaba allí al lado. La puerta que comunicaba las habitaciones ni siquiera estaba cerrada.

Pero ella conocía la diferencia entre un sueño y la realidad, y sólo había tenido un sueño, por muy raro que pareciera. ¿Y qué no había sido raro desde que había llegado?

Se apartó todo aquello de la cabeza rápidamente y respondió a Beulah.

—He dormido bien. Quizá después de un buen café vea el mundo de otra forma —añadió esperanzadamente.

—Ahora mismo, cariño —dijo Beulah; le sirvió una taza y se la puso delante. Era un café delicioso.

—Beulah, haces maravillas —dijo Alex con toda su alma.

—Vaya, gracias, nenita. Bueno, y ¿qué tienes planeado hacer hoy? —le preguntó la cocinera, observando la chaqueta, los pantalones de montar y las botas que se había puesto Alex.

Quería ver el lugar en el que había muerto su padre, pero decidió no contárselo a Beulah.

—Oh, sólo quiero dar un paseo a caballo.

—A caballo —repitió Beulah con inquietud—. Vamos, Alex, ya has visto lo que está pasando por aquí.

—Voy a convencer al ayudante Hinton para que me acompañe, y seré muy cautelosa —le prometió Alex.

Beulah la señaló con el dedo índice.

—Prométeme por las almas de tus benditos padres que estarás de vuelta antes de la puesta de sol.

Los forajidos podían atacar a cualquier hora del día y de la noche, pensó Alex, pero decidió complacer a Beulah.

—Sí, señora.

Beulah se sentó y observó el revólver Colt del calibre cincuenta y ocho que Alex se había puesto a la cintura.

—No has perdido la puntería mientras estabas en la gran ciudad, ¿verdad? —le preguntó.

—Te juro que sigo disparando muy bien, así que no te preocupes —le aseguró Alex.

Beulah se sirvió una taza de café, sonriendo lentamente.

—Siempre y cuando tengas cuidado... Tú eres todo lo que tenemos ahora, y mantenerte a salvo es muy importante para nosotros. Tu padre era un hombre maravilloso. Siempre tan sabio y tan listo... —la sonrisa se le borró de los labios—. Hasta Linda.

—¿Y dónde está la viuda de mi padre? ¿De verdad se casó con ella? Legalmente, quiero decir. Según sus cartas, fue algo muy rápido.

Beulah soltó un resoplido.

—Es la primera vez que veía a tu padre pensando con los pantalones.

—¡Beulah!

—Siento la falta de delicadeza, pero es cierto. En cuando la conoció, dejó de venir a dormir a casa. Dormía en la taberna todas las noches.

—Entonces ella estaba... ¿trabajando allí?¿ ¿Qué era? ¿Pianista? ¿Camarera?

—Prostituta —respondió Beulah sin miramientos.

Alex se dio un minuto para asimilar aquello, antes de hablar.

—Beulah, las dos sabemos que las personas tienen que sobrevivir de algún modo. Mi padre era un buen hombre, y si se enamoró de Linda, probablemente ella es una buena mujer. De todos modos, ¿dónde está?

Beulah resopló de nuevo.

Alex arqueó una ceja, y la cocinera respondió.

—Tu padre no se volvió tonto del todo. Le dejó un poco de dinero, y ella lo tomó y se marchó. Él se aseguró, por medio de un buen abogado del Este, de que la propiedad, y todo lo demás, fuera para ti. Cuando Linda averiguó lo blindado que era el testamento de tu padre, no se quedó para darse con la cabeza en la pared.

—De acuerdo, la propiedad es mía, pero ella estaba casada con mi padre —dijo Alex—. Debe saber que es bienvenida aquí cuando quiera.

—Habla por ti, Alex —dijo Beulah—. Ésa... es muy dura. No sé lo que ocurría cuando tu padre estaba vivo. Quizá ella lo quisiera de verdad... él se merecía ese amor, desde luego. Pero desde que murió... bueno, allá va: algunas mujeres son prostitutas porque les gusta serlo. Es adictivo. Les gustan las cosas bonitas, y les gustan los hombres.

—¿Linda volvió a trabajar al salón? —preguntó Alex.

—Lo hace cuando está en el pueblo. Viene y va —respondió Beulah.

—Ayer no estaba allí —comentó Alex.

—Te lo he dicho. Viene y va.

Alex comenzó a levantarse de la mesa.

−¿Adónde vas?

−Voy a montar a caballo, para sentir lo que es estar en casa de nuevo. Estaré bien, no te preocupes. Voy a ir a la comisaría para pedirle a Dave que me acompañe.

−Primero tienes que desayunar. Relájate. Tess está en la cocina. Te sacaré unos huevos revueltos en un abrir y cerrar de ojos. Además, he hecho magdalenas de maíz esta mañana, y quiero que las pruebes. Ese señor tan agradable, el señor Fox, y su amigo el señor Vincent me dijeron que nunca las habían comido mejores.

Alex frunció el ceño.

−¿Ya se han levantado? ¿Adónde han ido?

−Cariño, se levantaron al amanecer, pero no sé adónde han ido.

−¿No se lo preguntaste?

−Yo no meto la nariz donde no me llaman −le dijo Beulah firmemente−. Lo que hagan esos caballeros es cosa suya. No tengo derecho a entrometerme.

Alex se echó a reír con ganas.

−¡A mí me interrogas como si fuera una prisionera!

Beulah la miró con severidad.

−Cariñito, tú sí eres asunto mío. Y, que Dios los bendiga, esos caballeros son como un regalo divino, los primeros clientes que tenemos en semanas, así que no voy a interrogarlos también. Queremos que esos señores se queden todo lo posible. Ahora, siéntate. Voy a prepararte el desayuno rápidamente y después puedes ir a ver a Dave y a pedirle que te acompañe en esa aventura extremadamente precavida que has planeado para hoy.

Cody y Brendan eran conscientes, a medida que se acercaban al campamento apache, de que los habían seguido durante un buen trecho.

Victory, como los pueblos cercanos, Brigsby y Hollow Tree, estaban cerca del Pequeño Río Rojo. Un afluente de aquel río, el Arroyo del Hombre Muerto, serpenteaba hacia el norte por la llanura y entraba en zona boscosa, siguiendo hacia los repentinos acantilados que rodeaban el campamento de Pluma Alta. En el pasado, los apaches migraban, siguiendo las grandes manadas de búfalos, y algunas veces todavía lo hacían. Sin embargo, el campamento principal de Pluma Alta llevaba muchos años establecido en la región de los acantilados. Era una zona segura; los guerreros de Pluma Alta tenían una visión clara de kilómetros a la redonda y en aquel momento los estaban viendo desde las alturas.

Cody había esperado que tuvieran escolta, pero no creía que hubiera ningún problema, aunque generalmente se consideraba que los apaches eran guerreros, y tenían una compleja red social. Según Brendan, que vivía en Texas y conocía al jefe, Pluma Alta era parte de la tribu Jicarilla, de la banda de los Llaneros y de su propio clan, que había nombrado igual que la zona en la que vivían, los Guerreros de las Cavernas. Pluma Alta era su autoridad suprema.

En aquellos días, Pluma Alta había elegido la riqueza de la vida en vez de la gloria de la guerra. De hecho, por todo lo que había aprendido, Cody no creía que Pluma Alta hubiera asesinado a nadie a sangre fría. Si fuera a la guerra, si atacara a jinetes o asaltara un tren, no negaría lo que había hecho.

—Ahí están —dijo Brendan, señalando con la cabeza el lugar al que se refería—. El jefe nos está esperando.

Se estaban aproximando al vasto poblado de tiendas de piel de búfalo y ciervo, muchas de ellas adornadas con cornamentas, plumas y otros trofeos de caza. Había un camino que llevaba hasta el campamento, y al final del camino se alzaba un tipi muy grande.

Y ante él se encontraba un hombre alto, tan inmóvil como los mismos acantilados, con una expresión pétrea que no dejaba entrever ninguno de sus sentimientos.

Cody se dio cuenta de que los guerreros que los habían vigilado desde arriba descendían por un camino del acantilado. Eran seis hombres a caballo, y los siguieron en silencio, ordenadamente.

Pluma Alta no necesitó traductor para hablar con ellos. Esperó a que desmontaran, y para entonces, toda la tribu se había reunido allí. Los guerreros, con expresión seria, se erguían sin hostilidad, aunque preparados para reaccionar ante la más mínima amenaza a su jefe. Las mujeres estaban detrás de los hombres, y los niños miraban desde detrás de las rodillas de sus madres.

—Pluma Alta —dijo Brendan—. He traído a mi amigo Cody Fox, que ha venido para ayudarnos a vencer al demonio que ha invadido la tierra que compartimos pacíficamente. ¿Podemos hablar contigo?

El jefe asintió. Dos de sus guerreros tomaron los caballos de Cody y Brendan mientras ellos desmontaban, y después de darles las gracias, los dos siguieron a Pluma Alta al interior del tipi.

En el centro de la tienda ardía una hoguera, cuyo humo escapaba por una abertura que había en la parte superior de la figura cónica. La tienda de Pluma Alta era muy grande, y Cody vio camastros para dormir y pieles por todo el borde. Parecía que Pluma Alta tenía muchos hijos.

El jefe se sentó junto al fuego y les indicó que hicieran lo mismo. Había un caldero sobre la hoguera, con un líquido que hervía a borbotones y que olía a café.

El jefe iba vestido de una manera muy bella, con un traje de gamuza cosido a mano y una banda en la frente, que le apartaba el pelo de la cara. Cody calculó que debía de tener unos sesenta años, pero su postura era tan erguida y sus músculos tan flexibles que no concordaban con la realidad. Sin embargo, su rostro tenía surcos profundos, y en su pelo negro había muchos mechones grises.

—Vivimos tiempos difíciles —dijo Pluma Alta, mirando a Cody—. Estoy impaciente por oír lo que puedes hacer para ayudar.

Claramente, aquel hombre no necesitaba intérprete. Su inglés era perfecto.

Cody habló cuidadosamente.

—Jefe, lo que espero poder hacer es arrancar de raíz el mal del que mi amigo Brendan me ha hablado. Para conseguirlo, primero debemos encontrar el corazón de ese mal. Creo que ese hombre, Milo, es más que un forajido. Así pues, por muy valientes, fuertes y generosos que sean sus hombres en la batalla, no están preparados para luchar contra este enemigo en particular.

Para sorpresa de Cody, Pluma Alta sonrió.

—No tienes que ser tan precavido con tus palabras, Cody Fox. No estás hablando con uno de tus reporteros.

Cody le devolvió la sonrisa.

—Estoy hablando de un ser diferente. Algo enfermo y que no es... humano.

Pluma Alta asintió.

—En nuestra cultura, el Cielo Negro y la Tierra Madre se unieron y crearon el Gran Espíritu, a quien llamamos Hascin. Cuando un hombre o una mujer están enfermos, los fantasmas les ofrecerán fruta, y si la aceptan, seguirán adelante y entrarán en el nuevo mundo. Si no la aceptan, volverán con nosotros. Si comen la fruta y mueren, los llevamos a su lugar de enterramiento. Los muertos son atendidos con reverencia, ataviados con sus mejores vestimentas. El caballo del hombre muerto es sacrificado, y sus pertenencias, dispersadas. El grupo que lo acompaña en su funeral vuelve por una ruta diferente, puesto que creemos en los fantasmas, y nuestros fantasmas no siempre vuelven para dar un beso en la mejilla de sus seres queridos. Algunas veces, nuestros fantasmas vuelven con pensamientos de venganza, enfadados por algún mal que recibieron en vida, y pueden tomar muchas formas, quizá la del coyote, o la del oso, o la del puma.

Pluma Alta hizo una pausa, y Cody asintió, seguro de que no era su momento de hablar.

Después de un momento Pluma Alta asintió, satisfecho porque Cody hubiera aceptado las costumbres de los Guerreros de las Cavernas. Entonces, continuó.

−Al principio, pensé que los fantasmas habían vuelto en forma de esos forajidos, como un ejército de fantasmas, nuestros enemigos del pasado −dijo.

−¿Así que lucharon contra ellos? −preguntó Cody.

Pluma Alta asintió gravemente.

−Muchas de nuestras muchachas estaban en el río. Los forajidos las rodearon, y nuestros guerreros las oyeron gritar y corrieron a salvarlas. Matamos a muchos de su grupo, pero ellos mataron a uno de mis guerreros. Lo enterramos en las cavernas, como es nuestra costumbre. Sin embargo, después de eso, mi hija Cierva Ligera, que amaba al guerrero y esperaba su pago de ponis para casarse con él, comenzó a verlo de noche. La semana pasada, Cierva Ligera se desvaneció en la oscuridad. No volveré a verla.

Cody titubeó.

−¿Cómo lo sabe?

Pluma Alta sonrió con tristeza.

−Fumamos la pipa, y tuvimos visiones, Cody Fox. Vemos lo que otros no pueden ver. Mi hija está... muerta. Al menos para mí. Eso lo sé. Ahora temo por otro guerrero, porque ha estado enfermo. Teme decirme toda la verdad, pero creo que la visión intenta seducirlo y atraerlo para que se aleje de su lugar de reposo.

Cody dijo:

−Creo todo lo que me ha dicho, y encaja perfectamente con lo que sé del demonio que está aterrorizando esta región. Debemos encontrar a los monstruos y erradicar su presencia, y creo que entenderá mis métodos mucho mejor que cualquier hombre blanco. Hay hombres como usted y yo que montan con los que están... enfermos, porque los hombres enfermos necesitan la ayuda de los que no están infectados. Pero, a menudo, es difícil distinguirlos a unos de otros. Es un enemigo del Mundo de los Espíritus, jefe Pluma Alta. Brendan y yo hemos traído algunas armas nuevas que sus hombres deben usar. Tenemos estacas, tan afiladas como lanzas, y sus propias lanzas deben estar muy afiladas también. Una sola bala, aunque sea en el corazón o en la cabeza, no mata a los hombres y mujeres enfermos, aunque con muchos balazos se les puede debilitar. Cuando han caído, hay que destruirlos por completo. Debe separarse la cabeza del cuerpo, y sacarles el corazón del pecho. Hemos traído espadas del ejército para facilitarles esta tarea a sus hombres. No es fácil cortar una cabeza de un cuerpo, pero es necesario. Además, el enemigo puede atacar a plena luz del día, pero son mucho más poderosos al atardecer y por la noche.

El jefe no puso ninguna objeción. Asintió gravemente.

Cody vaciló, y después continuó.

—Cuando alguien ha... desaparecido, no se puede dar la bienvenida a esa persona con los brazos abiertos. Hay que saber primero si están... infectados. Sus ojos serán distintos. Puede que por lo demás parezcan completamente normales, pero sus ojos los delatarán. Cuando la infección es nueva, como es... en el caso de su gente, no sabrán cómo manejarlo. No tendrán la suficiente malicia, ni se les dará bien el engaño, y los demás sabrán que no son... como eran. ¿Entiende?

Pluma alta se irguió y asintió de nuevo. Después, habló.

—Un guerrero apache sabe que debe morir en la batalla. Un guerrero enfermo que cayó en una batalla contra el mal recibirá los mismos honores que uno que luchó bien, aunque fuera derrotado.

Cody se dio cuenta de que había entrado alguien más a la tienda. Se volvió y vio a una joven vestida con un traje de gamuza blanco, el pelo recogido en unas trenzas brillantes, que llevaba unas tazas de barro. Sirvió en ellas un poco del líquido que borboteaba en la cazuela.

—Aceptaré vuestros regalos, pero antes debemos compartir una bebida de bienvenida.

—Muchas gracias —dijo Cody. Estaba ansioso por empezar, y preocupado por lo que pudiera haber en la cazuela. Los apaches no eran contrarios a tomar alucinógenos.

—Hay algo más, Jefe Pluma Alta. Debe llevarnos a la tumba de su guerrero muerto.

Pluma Alta frunció el ceño; parecía que iba a poner objeciones.

—Jefe, creemos que quizá fuera infectado. Todavía no será fuerte, pero con el tiempo, puede acabar infectando a todo su pueblo —le dijo Brendan suavemente.

La joven le entregó a Cody una taza humeante. Él sonrió para darle las gracias, y ella se ruborizó.

—Esto huele a café —dijo Cody.

Pluma Alta sonrió.

—Es café. Sabíamos que vendríais, y queríamos daros la bienvenida.

Bebieron el café, alabando su sabor, y cuando terminaron, Cody se levantó.

—Pluma Alta, perdóneme, pero es muy importante que vea a su guerrero muerto. Es un peligro que puedo detener.

—Como tú digas. Vamos. Pediré que nos traigan los caballos.

A Alex no le resultó fácil que Dave accediera a acompañarla.

Cole y él estaban hablando, pero Dave se esfumó cuando ella entró a la comisaría. Cole le dio un abrazo, y después le dio el pésame por la muerte de su padre y su prometido. Ella le devolvió el abrazo con igual afecto. Mucha gente, incluido su padre, había pensado que Cole y ella deberían estar juntos, porque habrían hecho una pareja perfecta. Lo que no entendían era que, aunque Cody y ella se querían, el suyo no era un amor romántico, sino fraternal. Los dos habían sido niños que habían perdido a su madre cuando eran pequeños, y habían crecido solos. Él era como su hermano, y nadie se casaba con su hermano.

Se sentó frente a él en el escritorio, y con una sonrisa descarada, puso los pies sobre la mesa y se echó hacia atrás.

—Vaya, señorita Gordon, en todo ese tiempo que has pasado en Washington, tus modales han empeorado —bromeó él—. ¿Qué hacen esos pies en mi escritorio?

—Descansar —respondió ella con la misma sonrisa. Después, se puso seria—. Necesito que uno de vosotros me lleve hasta el lugar donde murió mi padre —dijo.

Cole se quedó silencioso.

—No voy a salir otra vez de los límites del pueblo —dijo finalmente—. Me marcho, y esa banda de sucios ladrones viene. Gracias a Dios que aparecieron esos dos tipos del Este. Y, hablando de ellos, espero que vuelvan a tiempo para asistir a la reunión que estoy planeando para esta noche. Los hombres de Victory no pueden ser cobardes. Tienen que alzarse y luchar.

—Estoy segura de que volverán. Después de todo, parece que la razón de su presencia aquí es ese problema —dijo Alex.

Cole asintió.

—Y ese problema significa que no es el momento para que tú salgas del pueblo. ¿No puedes... ir a hacer un bizcocho, o algo así?

—Cole Granger, ¿cómo te atreves? —le preguntó ella, mientras bajaba las piernas del escritorio y se ponía en pie de un salto—. Encontraré ese sitio yo sola.

—¡Maldita sea, Alex! —dijo Cole, levantándose también—. Mira, ahora es de día...

—Y todo el mundo sabe que el peligro viene de noche. Así que en vez de discutir conmigo, dile a Dave que me acompañe rápidamente ahora. Cole, me conoces, y conocías a mi padre. Tengo que ver dónde fue asesinado... dónde lo encontrasteis. Tengo que saber qué le ocurrió. No creo que fueran los indios, pero necesito estar segura.

Cole dio un puñetazo en la mesa y la miró fijamente.

—Alex, yo sé quién mató a tu padre. Los forajidos. Milo y su banda. Y voy a llevarlos ante la justicia. Así que lo mejor será que tú te quedes aquí, a salvo, y dejes que haga mi trabajo.

Ella le dio la espalda.

—Me voy. Me alegro de haberte visto, Cole.

—¡Alex!

—¿Cole?

Él estaba frustrado.

—Te meteré en una celda —la amenazó, señalando hacia las celdas, que rara vez se usaban, y que estaban al fondo de la habitación.

—No.

—Si tu padre estuviera vivo...

Ella sonrió con tristeza.

—Ésa es la cuestión, Cole. No lo está.

Como Alex esperaba, Cole soltó un bufido de irritación.

—¡Dave! —dijo, y el ayudante salió de su escondite.

—¿Sí, jefe?

—Alex quiere ver el lugar donde asesinaron a su padre. Necesito que vayas con ella. Volved antes del atardecer. Y después, demonios, ¡oblígala a que haga un bizcocho!

El guerrero se llamaba Gato Veloz. Lo habían enterrado con honores, vestido con su mejor traje y sus plumas. Su cuerpo estaba envuelto en una piel de búfalo, y estaba situado en una repisa natural de la caverna, cubierto con piedras.

Sólo los había acompañado el jefe, pero Pluma Alta no los ayudó a retirar las piedras.

Tampoco habló cuando ambos se quedaron mirando el cuerpo fijamente, aunque, pese a la compostura del jefe indio, Cody sabía que se había quedado muy sorprendido al comprobar que no había señales de descomposición en el cadáver.

—Jefe, no le va a gustar nada lo que hay que hacer ahora —le dijo Cody.

—Me gustará cualquier cosa que salve a mi gente —dijo Pluma Alta con la voz ronca.

Cody miró a Brendan, que asintió.

Rápidamente, Cody sacó una estaca y un martillo de su mochila, y después le clavó la estaca en el corazón al guerrero. El guerrero emitió un sonido horrible, un silbido sonoro, espantoso, y se incorporó con los ojos abiertos. Tenían el color del ónice, pero en ellos brillaba un fuego rojo.

Su mirada se fijó en Cody, y pronunció unas cuantas palabras suaves.

Después, volvió a caer.

Cody terminó el truculento trabajo, cortándole la cabeza. Era suficiente. No le sacó el corazón del pecho.

Durante todo el proceso, el jefe Pluma Alta permaneció callado, estoico.

—Ya está terminado —dijo Cody. Estaba junto al cuerpo, que ahora comenzaría a descomponerse tal y como debía de haber hecho días atrás.

Pluma Alta asintió.

—¿Qué dijo el guerrero? —preguntó Brendan.

—Dijo «Gracias, por el Gran Espíritu» —respondió Pluma Alta.

Se dieron la vuelta para recoger las piedras y ponerlas de nuevo sobre el guerrero, pero Cody oyó un ruido desde el extremo opuesto de la caverna, y se volvió rápidamente con la estaca preparada. Entonces la vio, y se le encogió el corazón en el pecho.

Era una doncella, una bellísima doncella apache con enormes ojos oscuros y el pelo negro y brillante. Tenía unos rasgos fuertes, magníficos. Lo único que manchaba su belleza era su mirada de locura, el fuego que ardía en las profundidades de sus ojos, y su rostro crispado, cuya expresión sólo hablaba de rabia y de odio. Enseñó unos colmillos que terminaban en una punta afilada.

Pluma alta también se volvió en aquel momento, y la miró con horror. Su grito fue de dolor, de tristeza.

Dijo algo, y aunque Cody no entendía mucho su idioma, sí entendió lo que quería decir el jefe: aquélla era la hija que había perdido, Cierva Ligera.

Y, verdaderamente, la había perdido para siempre.

No podía evitarse. La muchacha estaba a punto de atacar, espoleada por una rabia imparable. Se había mantenido en silencio durante la decapitación de su amante, pero al final, no había podido soportarlo. Ella no habría entendido que él ya estaba muerto, que ella misma no habitaba entre los vivos. La palabra «vampiro» no existía en su idioma, y mucho menos en su mente, y ella se había transformado en un vampiro sin saber que el hambre que aquello creaba la empujaría a matar a su propia gente.

No había elección.

En un segundo, Pluma Alta sería infectado, o asesinado.

Cody se giró y le clavó la estaca en el corazón a Cierva Ligera.

Pluma Alta gritó de angustia. Cody no pudo hacer nada por ahorrarle el dolor de ver a su hija intentando tocarlo mientras los estertores de la agonía le atravesaban el cuerpo y su rostro se contraía de dolor. Su muerte era tan reciente que no iba a convertirse en cenizas, sino que, como el guerrero, comenzaría a descomponerse naturalmente.

Pluma Alta alargó los brazos para agarrar a su hija, con una expresión de súplica, de acogimiento.

La inocencia y la belleza de la juventud habían vuelto a sus ojos, además del reconocimiento y el dolor. Y el amor.

Entonces, sus ojos se cerraron, y Pluma Alta dio un alarido, un sonido profundo y desgarrador.

Cody se interpuso entre él y su hija, y después la colocó en la repisa en la que yacía el guerrero a quien había amado en la vida y en la muerte. Rápidamente, sacó el cuchillo y le cortó la cabeza. Entonces, mientras Brendan tomaba a Pluma Alta por los hombros y lo obligaba a salir, Cody colocó respetuosamente los restos de los dos amantes, asegurándose de que entraran juntos al otro mundo.

No había sabido nada de ellos ni de Pluma Alta hasta aquel mismo día, pero sentía una gran tristeza por el padre, un hombre compasivo en un mundo de violencia, que había perdido a una hija y a un hombre que se hubiera convertido en su hijo.

Repuso las piedras que marcaban el lugar de enterramiento.

Cuando salió de la caverna, los otros dos hombres habían montado a caballo, y el sol estaba empezando a descender hacia el oeste. Los primeros brochazos del atardecer ya coloreaban el cielo.

—Tengo que volver con mi gente —dijo Pluma Alta, con una expresión serena, erguido sobre la montura—. Y vosotros debéis regresar con la vuestra.

El jefe indio asintió para despedirse y se dirigió hacia su poblado.

Cody subió rápidamente al caballo. Debían volver al pueblo. Cuando el sol se pusiera, el calor del día se extinguiría con una rapidez sorprendente, y el cielo dorado y rosa se volvería oscuro. Y aparecerían las sombras.

Con apremio, taloneó al caballo.

—El jefe tiene razón, es hora de volver —le dijo a Brendan, y los caballos salieron al galope por la llanura.

El sonido de los cascos de los animales llevaba el mismo compás que los latidos fuertes de su corazón.

CAPÍTULO 5

Cuando llegaron al lugar en el que su padre había exhalado el último suspiro, comenzó a soplar un viento helado.

Estaba al este de los bosques. Una buena cabalgada siguiendo el curso del río llevaba hasta el punto de venta de John Snow, mientras que hacia el oeste se extendía un terreno de arbustos, helechos y coníferas. Veían los acantilados que protegían el poblado apache, pero no el poblado en sí. Era como si estuvieran en mitad de ninguna parte, y allí, solos, con el susurro de los árboles al fondo, el cielo sobre ellos y las llanuras, que se extendían hasta el infinito como un mar de hierba alta, el mundo parecía un lugar vasto y misterioso.

—Allí es —dijo Dave, y señaló un lugar en el que la hierba parecía más profunda—. Allí mismo lo encontramos. Estaba frío, Alex. No pudimos saber cuándo había muerto.

Ella desmontó y caminó hasta el lugar que le había indicado Dave. Allí, se dejó caer de rodillas. Había temido que estallaría en lágrimas, preguntándose cómo era posible que su padre hubiera muerto allí, solo. Debería haber envejecido; ella debería haber podido sujetarle la mano al final. Aquél no era su momento.

Sin embargo, Alex no lloró. En vez de eso, notó la brisa en las mejillas. Y la nostalgia se apoderó de ella. Ojalá pudiera decirle lo mucho que lo quería, lo buen hombre y buen padre que había sido.

Miró a Dave.

—¿Cómo murió?

Dave desmontó y se acercó a Alex.

—No lo sabemos.

—Pero, ¿qué quieres decir con que no lo sabéis? ¿Le dispararon? ¿Lo apuñalaron?

—No.

—Entonces, ¿qué le ocurrió? Dave, vamos, ayúdame. ¡Era mi padre!

—Su caballo no estaba, y sus objetos personales habían desaparecido. Quizá tuvo un ataque al corazón, y entonces llegó alguien... o quizá alguien lo asustara para que tuviera el infarto. Cole piensa que fueron Milo y sus secuaces, pero la verdad es que no lo sabemos. Estaban sucediendo cosas... Brigsby estaba muriendo día a día, y... ni siquiera supimos lo que pasaba hasta que de repente se convirtió en un pueblo fantasma. Y tu padre... no tenía una sola marca. En aquel momento no había médico en el pueblo. Jim Green era lo más cercano que teníamos a un doctor. Para algo grave, llamábamos al doctor Astin, de Brigsby, o al doctor Peters, de Hollow Tree, pero ahora... –sacudió la cabeza como para quitarse de la cabeza aquellos pensamientos tan terribles–. Llevamos a tu padre a casa. Lo preparamos para su entierro. Y lo lloramos. Y después, te enviamos la noticia todo lo rápidamente que pudimos.

Ella asintió. Después miró hacia el horizonte de la llanura.

–Ni una sola marca –repitió.

–Nosotros no vimos ninguna. Jim lo bañó y lo embalsamó, pero no encontró nada. Todo el mundo lo quería, Alex. Nadie del pueblo hubiera querido verlo muerto.

Siguieron sentados en silencio. Entonces, justo cuando ella iba a hablar, se oyó un aullido ensordecedor que sacudió la tierra.

–¡Dios mío! –exclamó Alex.

Dave también se había asustado, pero se rió de sí mismo.

–Es sólo un lobo.

–Nunca había oído a un lobo aullar así.

–Debe de estar herido –dijo Dave, y se encogió de hombros.

Sin embargo, después miró más allá de Alex y rápidamente se levantó y se dirigió hacia los caballos, que habían estado pastando sueltos, tranquilamente. En aquel momento, relinchaban y brincaban, inquietos a causa del aullido del lobo.

–Quietos, los dos –les dijo Dave.

Mientras hablaba, el aullido comenzó de nuevo, tan extraño y agudo que resultaba doloroso en los oídos.

Ya no era sólo un lobo. Había muchos, y a medida que aullaban lastimeramente, pareció que le daban al sol la orden de esconderse.

El cielo había estado muy azul, pero de repente, comenzaron a aparecer colores dorados y rosáceos, y en pocos instantes, el rosa se oscureció hasta el morado, y el oro se transformó en ámbar.

—¡Eh! —gritó Dave. Estaba intentando tranquilizar a su caballo, pero él no se lo permitió. El animal se encabritó y Dave se replegó.

—Eh, ¿quién te da de comer, desagradecido?

Alex corrió hacia su yegua, pero el animal estaba retrocediendo.

—No, no, tú no, Cheyenne —le dijo ella—. Por favor, preciosa, no pasa nada, soy yo. Te protegeré.

Odiaría tener que disparar a una criatura tan bella como un lobo, pero si era necesario para sobrevivir, estaba decidida a hacerlo.

—¡Alto! —gritó Dave, y ella se volvió y vio que su caballo salía corriendo, enloquecido, hacia el bosque.

—No —susurró Alex desesperadamente.

Demasiado tarde. Cheyenne la miró con los ojos desorbitados, y después salió corriendo tras el caballo de Dave.

Alex se quedó mirando a Cheyenne, y después se giró hacia Dave con un gran sentimiento de culpabilidad. Estaban allí por su insistencia, y ahora se acercaba la noche. La noche, cuando el mal que todo el mundo temía salía a jugar.

Suspiró.

—Lo siento. No pensé en los lobos.

—¿Crees que podremos atrapar a los caballos? —preguntó Dave con preocupación.

—Creo que tenemos que hacerlo. Quizá se detengan cuando entren al bosque.

—A menos que los lobos vuelvan a asustarlos.

—Bueno, vamos por ellos. No podemos quedarnos esperando para siempre a que regresen.

Comenzaron a caminar juntos hacia los árboles. Había algunos senderos, porque los apaches acudían a cazar allí a veces, pero estaban cubiertos de maleza y eran estrechos.

Mientras seguían en la dirección que habían tomado los caballos, Alex miró hacia arriba y atisbó el cielo entre las hojas de los árboles. Los colores pastel ya se estaban disipando en la oscuridad.

—No te alejes de mí —le dijo Dave.

—Oh, de eso puedes estar seguro —respondió ella.

Él se detuvo, y le hizo una señal a Alex para que lo imitara. Después, escuchó con atención. Antes, una brisa suave había despertado al viento. En aquel momento era como si moviera las ramas de los árboles con una advertencia.

Alex se dio la vuelta, porque tuvo la sensación de que algo muy grande se había movido tras ella.

—¿Cheyenne? —dijo.

—Un caballo no puede esconderse en ese arbusto —susurró Dave.

Sacaron sus armas simultáneamente.

Una sombra negra atravesó el sendero por delante de ellos. Era como la sombra de las alas de un pájaro inmenso. Tenía que ser su imaginación, se dijo Alex, un efecto de la luz del día que se desvanecía, del momento en el que el sol no se había ido del todo y la luna ya estaba ascendiendo por el cielo.

—¿Qué demonios ha sido eso? —preguntó Dave, dando al traste con sus esperanzas de que sólo hubiera sido producto de su imaginación.

—No lo sé… quizá un búho, o algún tipo de pájaro —respondió Alex, intentando dar con una explicación racional.

—O un efecto de la luz —dijo Dave, como si estuviera intentando convencerse tanto como ella misma.

Los lobos comenzaron a aullar de nuevo, pero el sonido era el más agudo que Alex hubiera oído en toda su vida. Instintivamente, ella se dio la vuelta y se colocó de modo que los dos quedaron espalda con espalda. Alex agarró con fuerza el Colt, con el dedo en el gatillo.

Las sombras comenzaron a elevarse y cayeron a su alrededor. Ella oyó un extraño siseo, como si unas alas gigantes estuvieran batiendo sobre sus cabezas.

Sin embargo, muy pronto no habría más sombras. La oscuridad se estaba adueñando de todo, y la luz de la luna no sería lo suficientemente potente como para penetrar por la bóveda que creaban los enormes robles y pinos.

—Prepárate —le dijo Alex a Dave.

—Ya estoy preparado.

El sonido de las alas se acercó mucho a ellos.

Dave disparó una y otra vez.

—Ahorra disparos hasta que podamos ver algo —dijo

Alex–. Me da la sensación de que vamos a necesitar toda la munición.

–¿Hasta que podamos ver algo? Es como si estuviéramos luchando contra... ¡pájaros invisibles!

Alex notó que se le contraían los músculos. Fuera lo que fuera, se acercaba. Ya sentía la caricia del aire contra la mejilla, como si estuviera a punto de tocarla.

Avanzaban a todo galope, y Cody le dio gracias a Dios de que su caballo fuera sano y fuerte. Y rápido.

Brendan iba detrás de él, muy cerca.

Oían a los lobos, y Cody sabía que no eran los espíritus de los apaches que habitaban las criaturas los que estaban gritando para pedir venganza. Aquellos lobos aullaban de miedo. Eran depredadores, y sabían que había otro depredador suelto por el bosque. El olor del intruso los volvía locos de terror.

De repente, Cody detuvo al caballo.

–¿Qué ocurre? –le preguntó Brendan, haciendo lo mismo.

–¡Allí hay un caballo!

Cody avanzó a un ritmo más lento. El animal no se movió. Estaba temblando entre la hierba, al borde del bosque.

–Vamos... vamos... –dijo Cody en voz baja, para calmarlo, mientras se acercaba.

Su propio caballo estaba empezando a moverse con inquietud, como percibiera el olor de algo amenazante.

Brendan lo siguió.

—Esa yegua es de la casa de huéspedes —dijo.
—Lo sé.
Cody ya había bajado de su caballo. Desató su arco y el carcaj lleno de flechas de la montura. Brendan hizo lo mismo, eligiendo una estaca muy afilada.
Al borde de los árboles, Cody se detuvo. Dejó que la brisa lo rodeara, y sintió el movimiento de la noche que descendía. El olor de Alex le llegó antes que su voz.
—Dave, estás disparando como un loco. ¡Tenemos que aguantar! —gritó.
—¡Pero es que me ha tocado! —replicó Dave.
—Tenemos que reservar las balas, Dave.
Cody sabía que Alex estaba cerca, e incluso en aquel momento, rodeados por los monstruos, parecía que ella lo atraía de alguna manera, despertaba un anhelo en lo más profundo de su alma. Estaba en peligro, pero Alex nunca se rendiría sin luchar, aunque no supiera con qué se estaba enfrentando y no fuera a creerlo a él cuando se lo explicara.
¿Qué demonios estaba haciendo ella tan lejos del pueblo?
Cody la llamó:
—¿Alex?
—¡Aquí!
Brendan y él corrieron en dirección a su voz y la encontraron en una buena posición defensiva, la espalda contra la espalda de Dave. Ésa, posiblemente, era la estrategia que los había salvado hasta el momento. Para las criaturas era más fácil enfrentarse a un solo hombre o mujer a tener que hacer un descenso en pi-

cado y esquivando las balas de dos personas. Las balas no podían matarlas, por supuesto, pero les causaban dolor y les provocaban lesiones que podían durar horas o incluso días, dependiendo de su edad y otros factores.

Brendan y él se apresuraron a ayudarlos. Tomaron posición. Brendan se puso de rodillas, sujetando la estaca con fuerza, y Cody se concentró en escuchar. Tenía un oído muy agudo, y rápidamente, localizó a su objetivo y le envió la primera de las flechas. Con satisfacción, oyó un grito agudo y un aleteo errático cuando el proyectil alcanzó su objetivo. La sombra hizo un viraje brusco y Cody oyó que caía en algún lugar lejano.

De nuevo, escuchó, apuntó y disparó.

Y otra vez.

Y entonces, los lobos se quedaron en silencio y los aleteos cesaron. Las sombras habían desaparecido.

Todos permanecieron callados varios segundos, esperando para asegurarse de que el peligro había pasado de verdad.

—Gracias por otra oportuna llegada —dijo Alex. Su voz sonaba segura, no atemorizada.

Maldita sea, pensó él. ¿Qué le ocurría a aquella mujer? Debería estar aterrorizada.

—¿Qué eran esas cosas? —preguntó ella.

Cody no respondió, al principio. Estaba demasiado anonadado por la fuera de su respuesta hacia ella, y finalmente, se volvió a mirarla.

—¿Que qué eran? Eran la muerte, eso es lo que eran. ¿Qué demonios está haciendo aquí?

—Éste es el lugar en el que fue asesinado mi padre, y

quería verlo. Aunque eso no es asunto suyo –respondió ella rápidamente. Se había tensado como la cuerda de un arco y lo estaba mirando también, con los ojos entrecerrados y una expresión defensiva y hostil.

–Cody... –dijo Brendan a modo de advertencia, pero no sirvió de nada.

Cody no podía controlar la ira que sentía.

–Es usted tonta. Creía que era una joven culta e inteligente. Anoche estuvo a punto de ser violada y asesinada, y sin embargo, aquí está, merodeando en la oscuridad...

–Vamos, Cody –protestó débilmente Dave–. Me pidió que viniera con ella para protegerla. Íbamos de vuelta al pueblo cuando los lobos asustaron a los caballos, que salieron corriendo. Ésa es la única razón por la que seguimos aquí.

–Está bien. Los caballos –dijo Brendan–. Vamos a recuperarlos antes de que decidan volver solos a casa. Señorita Gordon, su yegua está fuera del bosque, junto a los árboles. Dave, no hemos visto el tuyo, así que puedes montar conmigo. ¿Cody?

Cody todavía estaba mirando furiosamente a Alex, y ella lo estaba mirando a él, con un enfado muy parecido.

–Señor Fox –dijo ella, como si la conversación sobre los caballos no hubiera tenido lugar–. Soy una persona libre y mayor de edad. Y no soy tonta. Ni siquiera mi padre me levantó la voz de la manera que acaba de hacerlo usted, y no consentiré que vuelva a hacerlo. No voy a pedirle que se marche de mi casa de huéspedes por este incidente, debido a que desde su llegada, ha sido muy útil no una, sino dos veces. Pero, mientras que su presencia es apreciada, sus opiniones no.

Con aquello, Alex se dio la vuelta y pasó por delante de Brendan y de Dave, que se había quedado boquiabierto después de aquel discurso. Los tres hombres la siguieron rápidamente; Cody iba soltando juramentos entre dientes.

Cuando salieron de la espesa oscuridad que reinaba bajo los árboles, el mundo volvió a ser familiar y seguro. La luna brillaba con suavidad, y la brisa soplaba suavemente, fresca e impregnada del olor de las flores que salpicaban la llanura.

En silencio, Cody montó su caballo. Alex no necesitó ayuda para montar en su yegua, que seguía temblando, pero que, al menos, respondió a su tono de voz y fue calmándose poco a poco con las palabras de su dueña.

Dave montó detrás de Brendan y Cody dirigió su caballo hacia Alex.

—Espero que me perdone, señorita Gordon, si mi preocupación por su vida ha hecho que perdiera los estribos y la ofendiera. El peligro al que nos enfrentamos es muy grave, y a Brendan y a mí nos resultaría mucho más fácil terminar con él si no estamos constantemente preocupados por su seguridad.

No le dio la oportunidad de responder. Después de la reprimenda que ella le había lanzado, estaba decidido a tener la última palabra. Taloneó suavemente al caballo y se puso en camino hacia Victory.

A medida que se acercaban al pueblo, aminoró el

ritmo, y Brendan se puso a cabalgar a su lado. Cody se dio cuenta de que su compañero lo estaba mirando con una sonrisa, pero se limitó a sacudir la cabeza y continuó avanzando hacia la civilización.

Todos volvieron a la casa de huéspedes juntos. Alex temía la idea de tener que cenar en compañía de Cody. Sí, quizá le hubiera hablado con más aspereza de la que debía, pero él la había insultado primero, así que todo era culpa de él. Rápidamente, Levy acudió a hacerse cargo de los caballos, y les dijo que Cole Granger estaba dentro de la casa, paseándose de un lado a otro, desde que el caballo de Dave había vuelto sin su jinete.

—¡Gracias a Dios que estáis de vuelta! —exclamó el sheriff cuando los vio.

Inmediatamente, le dio un abrazo a Alex, y ella se lo devolvió. Ella notó los latidos fuertes de su corazón, y supo que él estaba especialmente agradecido por su vuelta. Después, Cole se acercó y le dio unas palmadas en la espalda a Dave, y estrechó las manos de Cody y de Brendan con gran entusiasmo.

—No me importa decirles que estaba aterrorizado. Después de lo que ocurrió anoche, no podía marcharme y dejar el pueblo sin protección otra vez, pero cuando el caballo de Dave volvió solo... ¿Qué ha pasado?

—Los caballos se asustaron por algo —respondió Dave—. Y... yo creo que hay unos pájaros gigantes en el bosque —añadió, sacudiendo la cabeza. Sabía que aquello era algo irracional—. Pájaros gigantes. Hicieron que los lobos aullaran de un modo que yo no había oído en mi vida, y después empezaron a revolotear a nuestro alrededor. Alex y yo estábamos resistiendo como podíamos, cuando aparecieron Cody y Brendan.

—¿Pájaros gigantes? —preguntó Cole dubitativamente.

—Te lo juro. Eso es lo que parecían. Pájaros gigantes. Y creo que son los que han estado matando a toda la gente de la zona.

Cole los miró fijamente a los cuatro.

—Cole —dijo Alex—. No sé qué es lo que había en el bosque. Pero volaban, y nos habrían matado. Creo que Cody le dio a uno con una flecha, pero se alejó volando antes de caer, y estaba demasiado oscuro bajo los árboles como para poder ver algo. Al final, dejaron de atacarnos, y salimos de allí rápidamente. Así que ahora...

Su voz se acalló cuando entraron Beulah, Bert y las chicas, y comenzaron a besar y a abrazar a todo el mundo con entusiasmo. Alex se dio cuenta de que Cody tenía una sonrisa tímida, como si estuviera complacido por el calor que se le demostraba a su vuelta.

Recordó el sueño tan raro que había tenido, en el que él había aparecido, pero se dijo que era sólo eso, un sueño, y que no debía darle importancia. Sin embargo, se asustó sin poder evitarlo: muchas veces, en el pasado, sus sueños habían sido un aviso de lo que iba a suceder.

—Bueno —dijo Beulah, firmemente, después de que hubieran terminado los saludos—. Ahora, todo el mundo al comedor.

—Yo no, gracias, Beulah —dijo Cole—. He convocado una reunión para todo el pueblo para dentro de una hora, y voy a ir al salón a prepararme.

—Todos vamos a ir a esa reunión, Cole Granger —respondió Beulah—. Y tú tienes que comer. Ahora, todo el mundo al comedor, aunque nadie debe olvidar lavarse primero. Después, todos tomarán una cena rica y civilizada, y entonces podremos ir a hacer planes para dejar de estar tan asustados.

Nadie discutió a Beulah, y unos minutos más tarde, estaban reunidos en el comedor. Las muchachas sirvieron la cena, apresurándose a llevar a la mesa fuentes y cuencos de pollo con crema, guisantes y cebollitas, judías verdes y puré de patatas. Bert les llevó el agua y el vino.

—Beulah, está todo delicioso —dijo Dave, mientras la cocinera andaba de un lado a otro, como una gallina protegiendo a sus polluelos.

—Gracias, Dave —dijo ella.

—Es una cena verdaderamente rica —le dijo Cody—. Gracias.

—Lo mismo digo —añadió Brendan.

Siguieron comiendo en silencio durante un rato, hasta que Cody, por supuesto, tenía que ser él, pensó Alex, formuló una pregunta que los llevó a todos a la realidad de nuevo.

—Perdone que le pregunte, sheriff —dijo, mirando con intensidad a Cole—, pero, ¿qué va a decir en la reunión de esta noche?

Cole dejó su tenedor en el plato, un poco sorprendido.

—Bueno, voy a decirles que ahora, esos forajidos han fijado su atención en Victory. No sabíamos lo que estaba sucediendo cuando destruyeron Brigsby y Hollow Tree. Sólo Dios sabe lo que le han hecho a todo el mundo, si la gente ha huido o si los han... asesinado a todos. Y lo que más me asusta es que yo no estaba aquí cuando atacaron Victory, y que todo el pueblo podía haber perecido si Brendan y usted no llegan a tiempo. Esta noche voy a decirle a la gente que no pueden ser cobardes. Tenemos que luchar juntos, tenemos que cuidar los unos de los otros.

Cody asintió.

—Es un buen comienzo, pero no va a ser suficiente.

Alex sintió una punzada de irritación. ¿Era porque él no tenía derecho a cuestionar a Cole, que había vivido allí desde que nació? ¿O era porque, con sueño o sin él, se sentía fascinada por aquel hombre, y asustada al mismo tiempo?

—Señor Fox, como ya le he dicho, les estamos muy agradecidos al señor Vincent y a usted. Sin embargo, Cole es un sheriff excelente y un hombre muy valiente.

Cody no se ofendió, sino que sonrió a Cole.

—Eso no lo dudo. Sheriff, usted es precisamente el tipo de hombre al que quisiera tener de mi lado en una situación difícil. Pero me temo que la señorita Gordon no va a entender lo que voy a decir. Y me temo, también, que si intervengo en la reunión e intento explicar lo que está sucediendo aquí, algunos sabrán, en el fondo de su corazón, que digo la verdad, pero el resto pensará que estoy loco.

—Me he perdido —dijo Cole—. ¿Adónde quiere llegar?

Cody miró hacia el otro extremo de la sala, hacia la esquina de la cocina, en la que Beulah estaba medio escondida entre las sombras.

—Beulah lo sabe —dijo él suavemente—. Y estoy seguro de que Tess y Jewell también. Esta casa de huéspedes ha sido protegida, no sólo decorada. Las guirnaldas de ajos, todas esas bonitas cruces...

Cody miró a Brendan y prosiguió.

—Nos enfrentamos al mal verdadero. Esos hombres no son sólo forajidos. No todos ellos, al menos. Algunos están... enfermos. La enfermedad que sufren es terrible y contagiosa. Algunas veces se contagia con un acto de puro terror, y otras, mediante la seducción. En algunas raras ocasiones, si una persona ha contraído la enfermedad, puede curarse. Sin embargo, hay un punto de no recuperación, y llega rápidamente.

—¿De qué demonios está hablando? —preguntó Alex.

—Lo que vieron Dave y usted esta noche, y que yo derribé con una flecha, puesto que sus balas eran inútiles, es un mal muy antiguo, algo que ustedes nunca han visto, y que sólo puede combatirse con armas específicas y con precauciones específicas.

—¿Qué armas? —preguntó Cole—. ¿Y qué precauciones?

—Las armas son flechas, estacas, cuchillos y espadas. Y agua sagrada, aunque no parece que tengan mucho de eso por aquí. Yo tengo una pequeña cantidad. Y en cuanto a las precauciones... no permitir entrar a nadie en las casas. A nadie. El enemigo sólo puede entrar si se le pide que lo haga.

—Eso es una locura —dijo Alex—. ¿Cree que yo les pedí a esos hombres que entraran anoche?

Cody negó con la cabeza, pacientemente.

—Esto es una casa de huéspedes. Está abierta al público, como el salón. Estos lugares necesitan más protección que ningún otro.

—Y este mal... ¿tiene un nombre? —preguntó Dave.

Cody los miró a todos fijamente.

—Vampiros —dijo.

CAPÍTULO 6

—¡Vamos, vamos, silencio! —rugió Cole, por encima del caos que reinaba en la taberna.

Alex, que estaba sentada en primera fila, se apoyó en el respaldo de la silla y suspiró. Cole se estaba enfadando, mientras que Cody, que estaba sentado a su lado, permanecía impasible.

Era tal y como Cody había pensado. La mitad del pueblo ya creía que estaba ocurriendo algo sobrenatural y malvado.

La otra mitad pensaba que la mitad anterior estaba loca.

Todos discutían los unos con los otros a voz en cuello.

—¡Les sugiero que se callen y escuchen! —exclamó Cody de repente. No gritó, pero su voz se elevó por encima del fragor de la multitud—. Su vida está en juego.

Se hizo el silencio. La gente dejó de hablar, y todos

lo miraron como si se hubieran quedado helados en el sitio. Habría sido cómico si la situación no fuera tan grave.

Por supuesto, la reunión había sido un evento estrafalario desde el principio. Se estaba celebrando en el salón; en el burdel. La mayoría de las mujeres, las señoras del pueblo, iban respetablemente vestidas, con vestidos de algodón sin escote y con chales sobre los hombros para protegerse del frío. Las chicas del salón, por otra parte, llevaban su ropa de trabajo: vestidos de baile, sombreros de plumas y escotes muy, muy bajos. Una de ellas, una rubia a la que Alex no conocía, un poco mayor que las demás, no llevaba nada más que un corsé y unas ligas bajo la bata de terciopelo.

—¡Los yanquis nos han enviado esto! —gritó alguien—. No pueden ganar a los chicos del Sur, así que nos han mandado esto...

Cody lo miró con tal incredulidad que el hombre se quedó callado.

—Los yanquis no nos han enviado esto. Sin embargo, hay una guerra en el país, y Texas es un estado del Sur, así que no podemos contar con que nos envíen soldados para ayudar, y la Confederación no puede prescindir de un solo hombre. Eso no importa, de todos modos. Me crean o no, les sugiero que escuchen bien lo que voy a decir. Deben aprender a luchar contra nuestro enemigo. No inviten nunca a un extraño a casa. Presten mucha atención a los cambios de comportamiento de la gente, y sobre todo, tengan cuidado de los sueños. Los seres queridos pueden aparecer en ellos, intentando convencerlos de que abran sus puertas. No lo hagan. Fortifiquen su casa con ajos y cruces. Y recuerden...

—¿Está diciendo que esos forajidos son... vampiros? —lo interrumpió alguien, de repente.

Alex miró a su alrededor por la sala, y se dio cuenta de que era la mujer rubia de la bata de terciopelo la que había hecho la pregunta.

—No todos ellos, pero creo que algunos sí. Los vampiros necesitan la ayuda de los vivos, porque son débiles de día. Obtienen su fuerza de la oscuridad y de las sombras y, por supuesto, de la sangre de los vivos —dijo Cody.

El revuelo estalló otra vez.

Cody continuó hablando, y de nuevo, su voz se elevó alta y clara sobre el escándalo.

—Las balas los hieren, pero no los matan. Para destruir a este enemigo hay que decapitarlo, o atravesarle el corazón, o sacárselo del pecho.

Hubo exclamaciones de horror entre los asistentes.

—Cierren sus casas por la noche —continuó—, y no salgan después del atardecer. Afilen estacas y ténganlas siempre a mano, de modo que estén preparados para repeler un ataque. Pueden hacer las estacas con mangos de escobas, o con cualquier cosa de madera. Señores, practiquen con el arco. Las flechas robustas y bien afiladas pueden herir y matar. El agua bendita, si tienen, es un arma de primera. A los vampiros les provoca quemaduras y ampollas en la piel. Si un vampiro no reacciona, eso significa que todavía no ha cruzado el límite. Significa que no ha muerto y regresado todavía, y que hay posibilidad de salvarlo.

La mujer rubia intervino de nuevo.

—¿Existen los vampiros buenos? —preguntó.

Para sorpresa de Alex, Cody titubeó.

—Yo no he conocido a ninguno —dijo finalmente—. Milo y su banda no lo son. No puedo responder a esa pregunta, pero por ahora, recuerden Brigsby y Hollow Tree. Tenemos que pensar que todos los que lleven la impronta del vampirismo son malos, y que quieren devorar a todos los que los rodean.

Hizo una pausa y miró a los demás.

—Ahora es de noche, y aunque todos pueden ponderar mis palabras, creerlas o no creerlas, deben cerrar las puertas y ventanas de su casa con llave, y prepararse para luchar.

Él asintió hacia Cole, y después se dirigió hacia el fondo de la sala. Brendan estaba allí, apoyado contra la pared, junto a la puerta, como si hiciera de centinela para asegurarse de que no pudiera entrar nadie que no hubiera sido invitado.

—Eso es todo —dijo Cole—. O el ayudante Hinton, o yo, estaremos siempre en el pueblo. Mañana todos empezaremos a practicar el tiro con arco y estableceremos turnos para patrullar las calles en parejas. Antes de las diez tendré preparado un horario.

La rubia se puso en pie.

—¿Y qué piensa usted sobre esa ridícula teoría de los vampiros, sheriff?

—Creo que Cody Fox y Brendan Vincent salvaron a este pueblo anoche, y estoy dispuesto a seguir sus instrucciones hasta que se demuestre que están equivocados —dijo Cole.

Alex miró a Cody. Era, con mucho, demasiado delgado y demasiado curtido como para que pudiera considerársele guapo, pero, sin embargo, en sus ojos lo era. Su belleza estaba en su mirada, en su fuerza de carácter y en sus ojos, dorados e hipnóticos.

Lástima que estuviera loco.

Apartó la mirada.

¿Vampiros?

Recordó lo que había visto en la morgue el día anterior, recordó la cabeza del hombre muerto.

Pero... ¿vampiros?

Se sentía entumecida. No sabía qué creer. A ella misma la habían arrestado por sus visiones. La mayoría de la gente no creía en esas visiones, como no creía en los vampiros.

Ojalá pudiera tener una visión en aquel momento. Ver el futuro. Ver la salvación. O...

La condenación.

Beulah y Bert iban hacia ella.

—Vamos, Alex —le dijo la mujer—. Vamos a casa. Cerraremos puertas y ventanas como ha dicho Cody.

Alex se levantó para acompañarla. En la puerta, se encontraron con Levy, Jewell, y Tess, además de con Cody y Brendan.

—Vamos todos juntos a casa —repitió Beulah.

—Sí, señora —dijo Brendan, sonriendo y saludándola con el sombrero.

Mientras caminaban, Alex tomó del brazo a Beulah y se inclinó hacia ella para preguntarle:

—¿Quién era esa mujer rubia que ha hablado en la reunión, Beulah?

Beulah se sobresaltó.

—Oh, hija. Claro. No lo sabes.

—¿Qué tengo que saber? ¿Quién es?

—Es tu madrastra, Alex. La señora Linda Gordon. Parece que ha vuelto al pueblo, a la taberna, justo a tiempo para asistir a la reunión.

—¿Crees que era demasiado pronto? —le preguntó Brendan a Cody cuando estaban sentados, a solas, en el comedor. Después de haber cerrado a cal y canto la casa de huéspedes para pasar la noche, estaban tomando el café de Beulah, con un poco de whisky.

—Seguramente —respondió Cody—. Pero después del día de hoy... Pluma Alta es apache, y ellos creen en el mundo de los espíritus, pero ni siquiera él supo impedir que ese joven guerrero volviera a llevarse a su hija. Ahora sí sabe. La próxima vez que Milo entre al pueblo, la gente sabrá cómo presentar batalla de un modo organizado. El problema es que los dos sabemos que puede haber gente que ya está infectada ahí fuera. Los amigos y los parientes que vivían en esos otros pueblos, y que pueden infiltrarse aquí. No todo el mundo cree lo que he dicho esta noche. Pero al menos, los que sí me han creído estarán sobre aviso.

Brendan volvió la cara y asintió, y Cody se sintió triste por él. Estaban allí porque Brendan era de Hollow Tree.

—Lo siento —dijo Cody.

Brendan apretó la mandíbula, pero asintió y volvió a mirarlo.

—Los detendremos. Terminaremos con todo esto —dijo, y sacudió la cabeza—. Ni siquiera estoy buscando venganza. Sólo quiero justicia, y recuperar un mundo de cordura —dijo, y suspiró—. Ha habido ya demasiada locura. Esta guerra... me puse del lado de la Unión porque pensé que era lo correcto, aunque soy del Sur. Lo siento, sé que eres de la Confederación.

Cody cabeceó con una expresión de tristeza.

—Estoy hastiado de la guerra. Me crié en una ciudad en la que había hombres libres de todos los colores, y sé que lo bueno y lo malo no tienen nada que ver con la piel de un hombre. La esclavitud está mal, lo mires como lo mires. Los derechos de los estados para tomar sus propias decisiones, bueno, eso es otra cosa. De todos modos, ya no me importa, porque no pienso involucrarme más. Fui a Harvard, soy médico. Me gustaría dedicarme otra vez a curar, en vez de a matar. Pero... supongo que tendremos que salvar a esta gente antes de poder curarlos.

Se levantó y le apretó suavemente el hombro a Brendan. Después fue hacia las escaleras. Tenía la sensación de que Brendan necesitaba estar un rato a solas.

Cody subió los escalones cansadamente. Había sido un día muy largo, y muy desconcertante. Su madre había vivido en Victory, en un terreno no muy lejano al pueblo, años atrás, y entonces, había sucedido algo. Ella siempre lo llamaba la noche de los lobos.

Él sabía, o al menos, estaba bastante seguro, de qué había ocurrido.

Entonces, ¿por qué habían pasado tantos años antes de que las cosas hubieran llegado a aquel punto, en el que pueblos enteros habían sido atacados y borrados del mapa?

Al llegar al segundo rellano, notó un cambio en el aire. Era muy sutil, pero estaba allí. Vaciló; quizá se estuviera equivocando.

Sin embargo, no era momento de correr riesgos.

Recorrió a zancadas el pasillo y abrió de par en par la puerta de la habitación de Alex Gordon.

Su balcón estaba abierto, y las cortinas se mecían hacia dentro con el aire. Alex, con un camisón blanco, estaba fuera. El aire nocturno le alzaba el camisón de modo que danzaba alrededor de sus tobillos, y después caía para abrazar su cuerpo. El pelo se ondulaba suavemente tras ella, brillante a la luz de la luna.

Cody se acercó a ella rápida y silenciosamente. Justo cuando ella alzaba los brazos, para abrazar al viento o quizá a algo que estaba viendo en él, al poder que la estaba llamando.

Había llegado justo a tiempo.

—¡Alex!

Ella ni siquiera lo oyó.

Cody la abrazó y tiró de ella hacia atrás. Alex fue dócil, como si no tuviera fuerzas, y él la tomó en brazos y cerró las puertas del balcón con cuidado, recolocando las guirnaldas de ajos que colgaban de ellas.

El ajo no podía retenerla dentro de la habitación, y ni siquiera servía para mantener fuera a todos los vampiros. Era más efectivo contra los jóvenes.

Sin embargo, algo le decía a Cody que el vampiro que estaba intentando conseguir a Alexandra Gordon no era joven, aunque por lo que le había contado

Brendan y lo que había visto la otra noche, parecía que Milo enviaba a sus subordinados para que cumplieran sus órdenes. Sobre todo, si presentía que podía correr peligro.

Cody llevó a Alex hasta la cama y la tendió en ella. Tenía los ojos abiertos, aunque un poco vidriosos. Ella le sonrió, le lanzó una sonrisa preciosa, amplia, seductora. Irresistiblemente erótica. Se movió por la cama y arqueó la espalda, y alzó las caderas.

Su camisón era muy fino.

Y entonces, lo abrazó.

Alex tenía los ojos abiertos, pero estaba en trance, pensó Cody. Hipnotizada, seducida. No estaba despierta, ni era consciente, ni actuaba por voluntad propia.

Y todavía lo estaba abrazando.

Tentadora, muy tentadora...

—Alex, duérmete —le dijo él.

Ella tiró de él hacia abajo. Cody intentó mantener el equilibrio, pero al apoyarse en el colchón, le rozó la piel, y después el pecho. Como cualquier hombre, él era de carne y hueso, y sintió como una descarga eléctrica, una excitación que no había sentido en años... o quizá nunca.

Se irguió rápidamente. Él era quien era, y tenía una misión. Y si ella no podía aceptar la verdad que Cody le había contado con respecto a otros, mucho menos iba a entender quién era él.

Lo que era.

Tragó saliva y apretó los dientes.

—Alex, tienes que dormir. Yo estaré en la habitación de al lado para protegerte.

Se acercó a los pies de la cama, y después hizo una pausa y la miró. Ella había cerrado los ojos. La fuerza de la voluntad de Cody había penetrado en su mente. En aquello, al menos, él era más poderoso que Milo.

No pudo evitar permanecer allí durante un momento. Ella parecía una princesa salida de un cuento, iluminada por la pálida luz de la luna, que se filtraba por la tela de las cortinas. Tenía el pelo extendido por la almohada, y aunque su expresión era angelical, las curvas de su cuerpo, perfiladas por la delicada tela blanca del camisón, no lo eran.

Cody se dio la vuelta y abrió la puerta que comunicaba con su habitación. Después de mirarla por última vez, salió del cuarto de Alex y se tumbó, completamente vestido, en la cama. Cuando por fin se quedó dormido, fue con un sueño ligero. Cierto, necesitaba descansar.

Pero necesitaba más escuchar.

Alex creía que era fuerte. Y era una luchadora, sin duda. Sin embargo, todavía no sabía cómo librar una batalla que había comenzado sin que ella lo supiera, y contra un enemigo en el que ni siquiera creía.

Alex se despertó con una sensación muy extraña. Como si hubiera estado... activa durante la noche.

¿Activa?

Se sentó y miró a su alrededor por la habitación.

Las guirnaldas de ajo seguían en su lugar, y las cortinas no se habían movido. Las puertas del balcón estaban cerradas; claro, ella misma se había ocupado de hacerlo la noche anterior.

Se levantó, se estiró, y entonces, se dio cuenta de que tenía polvo en las plantas de los pies, como si hubiera estado caminando. Ella nunca se permitía acostarse con polvo en los pies, porque no soportaba que se esparciera por las sábanas.

Tuvo miedo. Y, cuando alguien llamó a la puerta que comunicaba su habitación con la habitación contigua, se ruborizó.

¿Alguien?

Sólo podía ser una persona.

Alex se lanzó hacia el baúl de los pies de la cama y tomó la bata que había sobre él. Se puso la bata sobre los hombros justo cuando él la llamaba, con un ligero tono de ansiedad.

–¿Alex?

–¿Sí?

Ella se pasó la mano por el pelo justo cuando se abría la puerta, y se quedó mirándolo fijamente mientras se preguntaba qué era lo que había pasado durante la noche.

El sueño que había tenido no había sido un sueño. Había sido una visión. Pero las visiones no siempre eran sobre lo que podría ocurrir; a veces eran una advertencia, y el futuro todavía podía cambiarse.

¿Había cambiado?

–Tenemos que hablar –le dijo él suavemente.

–¿Eh?

Él se sentó en el tocador de Alex.

–Siento muchísimo haber sido desagradable con usted ayer. Estaba asustado.

–¿Usted? ¿Asustado? No lo creo. No creo que tenga la capacidad de asustarse.

Él sonrió.

—¿Me da miedo la muerte? No especialmente, aunque me encanta vivir. Y, ¿me da miedo enfrentarme a mis enemigos? No, porque siempre hay que enfrentarse a un enemigo, o la batalla está perdida antes de empezar. Pero puedo asustarme, se lo aseguro.

Ella se mantuvo en silencio durante unos minutos, y después asintió.

—Está bien, disculpa aceptada. Supongo que yo también fui un poco hostil como respuesta.

—Un poco.

Ella bajó los ojos, pero sonrió ligeramente mientras se sentaba en la cama, frente a él.

—¿Sabe lo que ocurrió anoche? —le preguntó él con seriedad.

A Alex se le encogió el estómago.

Oh, Dios Santo, ¡no!

—Tengo... una ligera idea —susurró—. Algunas veces... tengo visiones de cosas que van ocurrir, que pueden ocurrir. Una vez me arrestaron por ello. Aunque conocí al presidente Lincoln gracias a ese arresto, y es un hombre maravilloso. Sin embargo, siento lástima por su esposa. Ella...

—Alex —la interrumpió él, suavemente.

Ella se ruborizó, y dejó de hablar. Normalmente, no balbuceaba, pero en aquel momento lo había hecho. Se obligó a volver al tema original de conversación.

—Tengo una ligera idea, y está relacionado con lo que dijo usted en la reunión. Confieso que no lo creí del todo entonces, ni siquiera ahora sé si creerlo, y no recuerdo nada de lo que pasó anoche después de irme a la cama. Pero la visión que tuve antes... fue muy bella. La noche era perfecta. Me levanté y salí al balcón, como si alguien hubiera entrado en mi mente tal y como usted dijo... que ellos sabían hacer. Y aunque lo único que yo hice fue quedarme en el balcón, me sentía como si me estuvieran acariciando, como si alguien me estuviera acunando, cuidando... No puedo explicarlo.

Alex hizo una pausa y se dio cuenta de que él la estaba mirando con gravedad. Ella no sabía si la creía, pero al menos no se estaba burlando.

—Entonces, apareció usted —prosiguió—. Me metió a la habitación y me dijo que me durmiera.

—No puede permitir que él entre en sus sueños ni en su mente —dijo Cody.

—Yo... no quería. ¿Se refiere a Milo?

—Sí. Creo que él es quien está detrás de todo esto.

—Entonces, ¿me salvó de él anoche?

—Sí.

—Gracias.

—Ha sido un placer. De verdad.

La intensidad con que él lo dijo asustó un poco a Alex. Volvió a mirarlo y carraspeó.

—Usted... eh... me tendió en la cama y me dijo que me durmiera, ¿verdad? Y... yo lo hice.

La sonrisa lenta que apareció en los labios de Cody fue realmente encantadora, y ella tuvo ganas de darle una bofetada. Rápidamente, se había dado cuenta de que él no iba a responder su pregunta.

Quería verla retorcerse un poco.

Eso significaba que todo lo que había sucedido la noche anterior había sido inocente, ¿verdad?

—Sí, se durmió —dijo él—. Después del incidente, claro.

—Quiero decir que yo no... usted no...

—¿No qué? —preguntó Cody inocentemente. Después, se puso serio de nuevo—. Lo que tiene que pensar, y espero que esto la asuste, es que él está ahí fuera, en algún sitio. Y anoche, su poder funcionó. Usted era suya, y él podía habérsela llevado. Habría hecho cualquier cosa que él le hubiera pedido. Cualquier cosa. La única razón por la que todavía está aquí es que yo la encontré y la metí en la habitación antes de que él pudiera controlarla por completo.

Alex se cruzó de brazos.

—Lo entiendo. Y estoy asustada. Necesito que me enseñe... que me enseñe a ser fuerte.

—Ya sabe cómo hacerlo —respondió Cody—. Ya es fuerte, y ahora lo ha visto y lo cree; por eso, su mente se hará cargo de la situación y luchará. Estará bien. Y yo estaré ahí al lado, para asegurarme de que esté bien.

Ella volvió a ruborizarse y apartó la mirada.

—Pero...

Él se levantó, interrumpiéndola.

—La dejaré vestirse. Me temo que va a ser otro día muy largo.

Cody se dirigió hacia la puerta. Él ya estaba vestido y llevaba el cinturón de las pistolas a la cadera. Su guardapolvo portaba discretamente varias armas.

Y tenía una sonrisa de petulancia.

—Idiota —le dijo ella.
Él sonrió aún más, y se marchó.

Beulah había servido el desayuno en la cocina, y todos se sentaron a tomarlo juntos. La comida comenzó en un clima de angustia, como si estuvieran pensando en el peligro del que habían escapado la noche anterior y en el peligro que todavía acechaba.

Sin embargo, Jewell y Tess estaban demasiado llenas de vida como para permanecer deprimidas durante mucho tiempo, y pronto se pusieron coquetas y tontas. Beulah las miraba como una madre orgullosa, Bert sacudió la cabeza sin dar crédito a aquella locura, e incluso Levy, que estaba un poco tembloroso, sonrió.

Al poco de terminar, Dave apareció en la casa de huéspedes para pedirles a Brendan y a Cody que lo acompañaran a la comisaría, porque Dolores Simpson y su marido estaban allí, y la mujer se estaba comportando de un modo extraño.

—¿Quién es Dolores Simpson? —preguntó Cody, mientras iban de camino hacia la comisaría.

—Su marido y ella, Bill, tienen una de las granjas más grandes del pueblo. Está a las afueras. Llevan años acogiendo niños huérfanos, además de que ellos también han tenido unos cuantos. Una de sus hijas murió hace poco, de tuberculosis. Estamos bastante seguros de ello. No volvió a salir cuando sus padres decidieron que sabían lo que tenía.

Llegaron a la puerta de la oficina del sheriff, y Cody se detuvo y miró significativamente a Brendan.

Brendan arqueó una ceja y le preguntó a Dave:
—¿Cuándo ocurrió eso?
—Hace un mes, más o menos. Todavía están de luto, eso es seguro. De todos modos, Cole piensa que tiene que escuchar su historia. Cree que es muy importante.

Entraron en la comisaría. Había una mujer delgada sentada en una silla, junto al escritorio de Cole, con un pañuelo entre las manos. Era evidente que había estado llorando. Tendría unos cuarenta años, y una vez había sido muy guapa. Tenía mechones blancos en el pelo, pero en vez de afear su aspecto, le conferían más personalidad. Cody pensó que tenía aspecto de ser una mujer buena que había vivido una vida de trabajo duro, sólo para llegar a un punto de terrible tristeza. El que debía de ser su marido, Bill, estaba sentado al borde del escritorio de Dave, al otro extremo de la habitación. Él también estaba muy delgado. Tenía cara de bulldog, agradable, cansada y, en aquel momento, de preocupación.

—Ah, Cody, Brendan —dijo Cole, levantándose—. Me gustaría presentaros a los Simpson, Dolores y Bill. Bill sorprendió a Dolores en su porche delantero, anoche. Cuando le preguntó que qué estaba haciendo allí, porque se les había dicho que debían permanecer dentro de casa por las noches, ella respondió que había salido porque Amy, su hija, que falleció recientemente, la estaba llamando.

Cody le estrechó la mano a Bill Simpson, y después se agachó junto a Dolores.

Ella lo miró con los ojos enrojecidos.

—Creen que estoy loca, pero no lo estoy. La oí llamándome.

Cody le tomó las manos.

—Señora Simpson, hay mucha gente que cree que yo también estoy loco, pero no lo estoy. Y tiene que escucharme. Anoche le advertí que quizá oyera a sus seres queridos llamándola, ¿no es así? —ella asintió, y él continuó—. Si vuelve a suceder, no debe prestarle atención.

—Nuestra hija está muerta —dijo Bill Simpson con aspereza—. Nuestra preciosa hija está muerta, y las cosas son así.

Dolores comenzó a llorar de nuevo.

—Tú no lo entiendes. Era Amy, y Amy no es mala. Por el amor de Dios, la niña está ahí fuera, y tengo que encontrarla y traerla a casa. Quizá tenga frío y miedo. Quizá esos hombres malvados la estén persiguiendo.

Cody se puso en pie.

—Señor Simpson, soy doctor en medicina. Me gustaría recetarle a su esposa una pequeña dosis de láudano. Necesita descansar, dormir profundamente, y mucho.

—Gracias —le dijo Bill Simpson con gratitud.

—Te traeré el maletín de la casa de huéspedes —le dijo Brendan.

Cody asintió y después se arrodilló nuevamente junto a Dolores. En vez de intentar convencerla de que estaba equivocada con respecto a Amy, le preguntó por sus otros hijos. Tenían dos niños y dos niñas propios, y cuatro más que habían adoptado después de que la mayoría de los viajeros de un tren fallecieran de viruela.

Brendan volvió con el maletín, y Cody le dio a Bill

un frasquito de láudano e instrucciones para dosificarlo.

Bill volvió a darle las gracias y dijo:

—Vamos, Dolores. Tenemos que ir a casa. Y tienes que pensar en nuestros otros hijos. Nos necesitan en este momento. ¿De acuerdo, querida?

Dolores lo miró vagamente.

—Estoy tan cansada, Bill...

—Lo sé, pero el señor Fox nos ha dado algo para que puedas dormir.

Dolores miró a Cody.

—Es usted muy amable.

—Y usted se va a poner bien —le aseguró él.

Bill Simpson tomó a su esposa del brazo y la condujo hacia la puerta. Cuando se hubieron marchado, Cody se volvió hacia el sheriff.

—¿Dónde está enterrada Amy? —le preguntó.

—En el cementerio del pueblo —respondió Cody—. ¿Por qué?

—Porque vamos a tener que exhumar su cuerpo.

—¿Cómo? —preguntó Cole, horrorizado.

—No te preocupes. Será fácil. Estoy seguro de que la tierra estará blanda, removida, y de que su ataúd ya estará abierto.

CAPÍTULO 7

Alex decidió que era un buen momento para darse el lujo de tomar un baño caliente en la bañera de la cocina. Beulah era una excelente vigilante, y se mantuvo en la puerta para que nadie pasara, y Alex pudo disfrutar del jabón y el champú hasta que se le arrugó la piel a causa del agua.

Sin embargo, después del baño se sintió inquieta. Cody no había vuelto, aunque Beulah le dijo que Brendan había ido a buscar su maletín médico para atender una situación sin gravedad, y que lo tenían todo bajo control.

Alex ayudó con las tareas de la casa durante un rato, y después fue al salón y se sentó al piano. Sin embargo, pese a que adoraba tocar y sentía pasión por la música, aquel día sus estudios y sonatas le parecían faltos de emoción. Decidió tocar canciones de guerra, y dejar que la energía y la furia que tenía acumuladas se escaparan por sus dedos hacia las teclas. Cuando, por fin, se sintió cansada de tocar, se dio la vuelta y se dio cuenta de que todos los miembros de la casa se habían reunido tras ella para escucharla. Sólo faltaba Levy.

Su pequeño público aplaudió, tal y como hacían siempre que su padre los arrastraba al salón para que la oyeran tocar.

Ella se puso en pie y les dio las gracias.

—¿Dónde está Levy? —preguntó.

—En las prácticas de tiro con arco —dijo Beulah, y después le dio a Bert un golpecito en el hombro con el trapo del polvo—. Volvamos al trabajo. Muy pronto, Victory volverá a prosperar, y debemos estar preparados.

Mientras se marchaban, Alex sonrió. No estaba segura de que Victory, Texas, hubiera prosperado alguna vez.

Beulah tenía la capacidad de leer el pensamiento. De repente, se dio la vuelta y le dijo:

—Hazme caso. La guerra terminará, y la gente desplazada vendrá al Oeste. Victory está destinada a prosperar, si es que conseguimos mantenerla con vida lo suficiente.

Después de que Beulah se marchara definitivamente, Alex pasó los dedos por las teclas y se levantó. No soportaba estar metida en casa. Como estaban en pleno día, decidió que saldría un poco.

Justo cuando iba a dejar el salón, Bert apareció.

—Hay visita, señorita Alex.

—¿Sí? ¿De quién se trata?

—Es un viejo amigo.

Ella salió hacia la entrada de la casa, y allí, erguido y firme, con una expresión pétrea y que no dejaba entrever el motivo de su visita, estaba el jefe Pluma Alta. Y tras él, dos de sus guerreros.

—Jefe Pluma Alta —dijo ella, dándole la bienvenida. Después se acercó y lo abrazó, tal y como había hecho desde que lo conoció, cuando era niña.

Notó que él se suavizaba, y la abrazó brevemente también, antes de apartarse.

—¿Qué está haciendo aquí? —le preguntó, con una sonrisa para sus acompañantes—. Pensaba que no le gustaba venir al pueblo.

—Tenía que verte.

—Bueno, siempre es bienvenido. ¿Puedo ofrecerle algo? Sé que le gusta el café, y Beulah ha hecho unas magdalenas deliciosas esta mañana.

Alex vio que uno de los guerreros miraba esperanzadamente a Pluma Alta. Ella tomó del brazo al jefe.

—Por favor, vengan conmigo.

Los cuatro se dirigieron a la cocina, y para satisfacción de Beulah, tomaron magdalenas y café. Después, Pluma Alta les dijo algo a los guerreros, que asintieron gravemente y salieron al porche delantero para hacer guardia hasta que Pluma Alta saliera.

Alex fue con Pluma Alta al salón, para poder hablar en privado. Allí, sentados cómodamente en las butacas, con el servicio de café en la mesa, Pluma Alta se relajó por fin.

—Me alegro mucho de verlo —dijo Alex—. Mi padre valoraba mucho su amistad, y usted siempre ha sido como un tío para mí.

El jefe suspiró.

—Sé que hay algunos que dicen que lo matamos mis hombres o yo, o quizá una banda de apaches renegados, pero he venido a decirte que lo queríamos. Su nombre indio era Búho Pensante, y nunca le habríamos hecho daño.

Ella puso una mano sobre la de Pluma Alta.

—Lo sé. Nunca he creído semejantes rumores. Y ahora, me temo que ya sabemos qué tipo de monstruo mató a mi padre.

Pluma Alta apartó la mirada durante un momento, y aunque él rara vez mostraba sus emociones, ella se dio cuenta de que estaba sufriendo mucho en aquel momento.

—He perdido una hija y al buen guerrero que la amaba —dijo.

—Lo siento muchísimo.

Él la miró de nuevo, con una expresión intensa.

—No debes salir nunca por la noche. Y debes hacer lo que te diga Cody Fox. Yo he visto, y sé.

Alex asintió. Tendré mucho cuidado. Lo juro.

—Bien. Entonces, me marcho. Estoy deseando que vengas a vernos al poblado. Mi esposa está ansiosa por verte, como todos los que te conocen.

—Pronto —prometió Alex.

Él se levantó, y ella lo siguió.

Después de despedirse, cuando Alex lo vio desaparecer por Main Street con sus guerreros, se dio cuenta de que ya no soportaba estar más en la casa.

Era hora de ir a conocer a su madrastra.

El cementerio estaba a menos de dos kilómetros del pueblo, cerca del río, en un terreno elevado y muy tranquilo.

Sin embargo, cuando llegaron aquella mañana, era evidente que había estado sucediendo algo extraño.

Al mirar el cementerio con sus sencillas cruces de madera y los arbustos que hacían las veces de ornamentación, Cody se sintió consternado. Parecía que la tierra de varias de las tumbas había sido removida pocas horas antes. Y la de Amy Simpson era una de ellas.

—Cody, aquí.

Cody se volvió y Brendan le señaló lo que parecían restos de animales pequeños. Algunos estaban... roídos hasta los huesos. Otros estaban descomponiéndose.

—¿Qué es eso? —preguntó Cole, acercándose a ellos.

—Milo es... selectivo —dijo Cody, asintiendo hacia las tumbas—. Metiendo a aquellos a quienes elige en su redil, permitiéndoles unirse a su banda. Cuando sus elegidos se despiertan aquí, sienten un hambre tan feroz que no pueden soportarla, pero no saben cazar. Tienen que aprender. Podrían haber devorado a cualquier alma desprevenida que pasara por aquí, pero por suerte, no ha ocurrido todavía. Cuando los muertos se despiertan, están desorientados. Comienzan a alimentarse de animales pequeños, pero tienen miedo, así que se mantienen cerca de sus tumbas o buscan el lugar donde vivían. Es evidente que Amy ha ido a su casa, llamando a su madre entre llantos. Era una niña cuando fue asesinada, así que cree que su madre puede ayudarla.

—Dios —dijo Cole—. Amy era una niña preciosa y dulce como el sol. Sus padres quedaron destrozados cuando murió. ¿Cómo... cómo pudo llegar a ella?

—No lo sé. Cuando terminemos aquí, Brendan y yo

haremos una visita a los Simpson y veremos qué podemos averiguar –dijo Cody.

–Bien. Entonces, empecemos –sugirió Brendan.

–Sí –dijo Cody–. Parece que tenemos que encargarnos de cinco cosas de ésas, así que será mejor que nos las repartamos. Quiero terminar cuanto antes, mientras el sol está alto.

Las tumbas removidas estaban dispersas, así que Brendan se encaminó hacia el extremo oeste del cementerio, Cody al sur y Dave y Cole se quedaron en el centro.

Cody comenzó a cavar. Como había pensado, la tierra estaba blanda, y no fue difícil llegar hasta el ataúd. Abrió la tapa con facilidad; las cerraduras estaban rotas.

Se encontró con un hombre mayor, y miró la inscripción que había en su lápida. Era Arthur Connelly, héroe de la Guerra de la Revolución.

Al menos, el hombre había tenido una vida larga después de haber luchado por la independencia de su país, pensó Cody mientras tomaba su estaca y su martillo.

Y en aquel momento, aquel hombre recuperaría su alma.

Le clavó la estaca en el corazón. Arthur Connelly abrió los ojos durante un segundo, pero no tuvo ocasión de enfocar la vista. La criatura no gritó, sólo cerró los ojos y comenzó a descomponerse.

Cody salió rápidamente de la tumba y cerró el ataúd.

–¡Cody!

Brendan lo llamaba con urgencia.

Cody miró en la dirección que le mostraba Brendan.

Cole Granger había terminado de excavar la tumba de Amy y había abierto su ataúd, pero claramente no estaba preparado para lo que tenía que hacer.

El sheriff estaba arrodillado en la tierra, con la niña en brazos.

—¡Cole! —le gritó, y salió corriendo hacia él por el cementerio.

—Es tan preciosa —dijo Cole, sujetándola como si quisiera defenderla de Cody—. ¿No puede tratarse de un error? Quizá... la enterraron viva, y consiguió salir de la tumba. Quizá...

—¡Cole!

Amy se había despertado. Sus ojos azules tenían un brillo rojo, y sonrió con una mirada de placer perverso. Comenzó a abrir los labios y dejó a la vista unos colmillos afilados.

Cody saltó dentro de la tumba y le arrebató a Cole a la chica. La tiró al ataúd y la sujetó con un pie, y de repente, se dio cuenta de que se había dejado la estaca y el martillo en la otra tumba. La chica forcejeó con una fuerza increíble bajo él.

—¡Cody!

Se volvió, y vio que Brendan le tendía una estaca. Cody la tomó y se la clavó en el corazón a la niña, con todas sus fuerzas.

La pequeña Amy Simpson, por fin, quedó inmóvil.

Cole la miraba con espanto. Después se volvió hacia Cody con los ojos desorbitados.

—Dios Santo, todo esto es verdad.

Cody tomó al sheriff por los hombros.

—Eres un buen hombre, Cole. No quieres ver el mal

en un inocente, pero esto es una epidemia. No puedes permitir que te engañen, no puedes permitir que tu corazón domine a tu mente. Esto va a ser difícil para ti, porque... porque tú conoces a esta gente. Pero, Cole, no quiero tener que clavarte una estaca a ti, así que... esto no puede volver a suceder.

Cole lo miró con furia.

—No volverá a pasar. Soy el sheriff y sé cuál es mi trabajo, pero tendrás que perdonarme porque me resulte difícil clavarle una estaca en el corazón a una niña. Quizá tú sólo tengas hielo en las venas, pero era una niña a la que yo conocía.

Cody asintió. Cole estaba muy tenso. Era como la primera vez que un amigo saltaba en pedazos en el frente, pensó Cody. Había que ser de piedra para no dejarse afectar.

Cole se agachó y le cortó la cabeza a Amy. Parecía que quería demostrar que lo que había dicho era cierto. Cody hizo un gesto de consternación. No debería haber permitido que el sheriff excavase la tumba de la niña.

O... quizá fuera lo mejor. A partir de aquel momento, Cole estaría preparado para cualquier cosa.

—¡Oh, maldita sea! —exclamó Dave de repente.

Estaba ante una de las tumbas removidas, mirándola con angustia.

—¿Qué ocurre? —preguntó Cole.

Saltó fuera de la tumba de Amy y corrió hacia su ayudante. Al llegar junto a la tumba, se quedó inmóvil, como si lo hubiera atropellado un tren.

Cody caminó hacia ellos y leyó la lápida de la tumba.

Eugene Alexander Gordon.
Amado padre, gran amigo y filósofo.
Añorado, pero Dios y Sus ángeles
acogerán a un hombre como él.

Cody asintió.
—Hay que darse prisa.
Cavaron juntos hasta que Cody pudo saltar junto al ataúd.
La cerradura estaba rota, como era de esperar.
Abrió la tapa de par en par, y sufrió un impacto casi físico.
El ataúd estaba vacío.

Alex ni siquiera pensó en decirle a Beulah adónde iba. La cocinera no se habría puesto muy contenta al saber que iba a visitar el salón, con madrastra o sin ella.
Eran más de las doce del mediodía, pero cuando entró al salón, mientras esperaba a que sus ojos se adaptaran a la luz tenue, tuvo la sensación de que la zona de comedor y el bar estaban vacíos, cosa rara para aquella hora del día. Jigs no estaba al piano, y ninguna de las chicas estaba por allí.
De repente, apareció una cabeza detrás de la barra. Era Roscoe Sheen, el camarero. Llevaba allí desde que ella tenía uso de razón.
Sin embargo, no estaba presente la noche anterior.
—Roscoe —dijo Alex, intentando disimular el miedo que le había producido su brusca aparición.

—Vaya, señorita Alex. Ya me habían dicho que había vuelto usted. Bienvenida a casa.

Roscoe era viejo, de pelo rojizo y fuerte. Tenía una sonrisa amplia y ojos bondadosos, y trabajaba en el bar para que Gerald Sweeney, el propietario, pudiera pasar el rato «haciendo pruebas» a las chicas.

Roscoe salió de la barra y le estrechó la mano, pero ella retrocedió tan rápidamente como pudo.

—Me alegro de verlo, Roscoe. He estado aquí dos veces desde que volví al pueblo, pero todavía no lo había visto.

Él no se ruborizó ni apartó la mirada.

—No estaba la noche en que vinieron los forajidos. Estaba pasando unos días en la granja de mi hija. He llegado esta tarde —dijo—. Me enteré de la reunión que hubo, y tengo que decir que todo este asunto de los vampiros me parece una locura. Pero me gusta vivir, y estoy dispuesto a hacer lo que sea por mantener este negocio a flote, porque espero poder comprárselo a Sweeney algún día —dijo, mientras se remangaba—. Aunque me alegro de verla, Alex, sé que no ha venido sólo para charlar conmigo. ¿Qué ocurre?

—He oído que la viuda de mi padre trabaja aquí —dijo.

A Roscoe se le quedó congelada la sonrisa.

—Linda.

—Sí. Y me gustaría mucho conocerla.

—¡Eh, cariño! Me alegro de verte —dijo alguien desde la barandilla del piso de arriba. Alex alzó la cabeza y vio a Sherry Lyn, la mujer morena y alta que llevaba años trabajando allí.

Sherry Lyn la estaba saludando. Era evidente que acababa de despertarse. Llevaba un pijama corto de seda que exhibía la hermosa longitud de sus piernas, y se había echado una bata de plumas por los hombros. Claramente, no le importaba mucho quién viera qué parte de su anatomía.

—Hola, Sherry Lyn —dijo Alex.

—¿Qué estás haciendo aquí?

—Ha venido a conocer a Linda —le dijo Roscoe.

—Eso tiene sentido —dijo Sherry Lyn, sin dejar de mirarla.

—¿Está aquí? La vi la otra noche, pero no supe quién era hasta que ya nos habíamos marchado.

—Creo que está aquí, sí —dijo Sherry Lyn—. No lo sé con seguridad. Nos hemos acostumbrado a cerrar la puerta de la habitación después... después de que nuestros visitantes se hayan marchado —explicó—. Vamos, sube. Te llevaré a su cuarto.

—Gracias —dijo Alex.

Había estado varias veces en el salón, pero nunca había subido al piso en el que las damas atendían su negocio. Se sintió azorada, y un poco intrigada, al subir las escaleras.

—Vamos, cariño —le dijo Sherry Lyn, sonriendo con picardía—. No mordemos, Alex, ya lo sabes —dijo, y frunció el ceño—. Lo siento. He elegido mal las palabras.

Alex sacudió la cabeza y sonrió, preguntándose por qué, si su padre había tenido que enamorarse de una de las chicas del salón, no había sido de Sherry Lyn. La morena tenía un alma bondadosa. Una vez había usado sus ahorros para ayudar a un joven de un rancho cercano, y la gente había especulado con la posibilidad de que se casaran.

Sin embargo, el chico se había ido a la guerra y no había vuelto. Ni siquiera en un ataúd. Sus restos yacían en algún lugar de Virginia del Norte.

Sherry Lyn se estremeció cuando Alex la rozó con una mano.

—Vampiros... ¿De verdad crees que Milo es un vampiro? Quiero decir que... créeme, cariño, nadie necesita ser un vampiro para ser un monstruo. Yo he conocido a muchos tipos durante mi vida, y he visto lo monstruosos que pueden llegar a ser los seres humanos.

—Te creo —le dijo Alex.

—Aquí mismo, nenita. Ésa es la puerta de Linda —dijo Sherry Lyn, y llamó con fuerza.

Una voz respondió con firmeza.

—¿Sí? ¿Qué ocurre?

—Tienes visita, Linda —dijo Sherry Lyn.

—No recibo visitas a estas horas del día —respondió Linda.

—Es tu hijastra —dijo Sherry Lyn.

Pasó un segundo, y se abrió la puerta. Linda hizo caso omiso de Sherry Lyn y miró fijamente a Alex, y después sonrió lentamente.

—Os dejaré para que os conozcáis —dijo Sherry Lyn.

Alex le dio las gracias y Sherry Lyn se alejó con un frufrú de seda.

Linda era atractiva, tenía que admitirlo. Mayor, como

Sherry Lyn, pero alta, de buena figura, y con un rostro bello y lleno de personalidad. Era una mujer interesante.

—Así que tú eres la hija de Eugene, que ha vuelto a casa de la gran ciudad —dijo Linda, junto a la puerta de su habitación, que estaba a oscuras. La única luz era la que pasaba por los bordes de las gruesas cortinas de tela adamascada. Como Sherry Lyn, Linda llevaba una bata con plumas teñidas de rosa, y poco más. Y tampoco parecía que su escasez de ropa la avergonzara—. Vamos, pasa y siéntate.

Las únicas posibilidades eran la cama de Linda, que estaba bastante revuelta, y la silla que había frente a su tocador.

Alex eligió la silla.

—Lo siento. No quería molestar, ni llegar demasiado tarde —dijo Alex.

Linda se sentó en la cama.

—Siempre me he levantado tarde, siempre. Odio las mañanas. Pero claro, mi madre era prostituta. Yo nací en un prostíbulo a las afueras de Dallas, y llevaba el horario de las prostitutas. Pude tener algunos estudios porque mi padre estaba en el gobierno de la ciudad, y pagó a mi madre para que no le hablara a su esposa sobre mí.

—Entiendo.

—Oh, dudo que lo entiendas. No te ofendas —dijo Linda, y miró al techo durante un momento—. Tu padre era un gran hombre. Me imagino cómo sería crecer en un mundo lleno de respeto.

—¿Querías a mi padre? —le preguntó Alex. Pensó

que la franqueza de la otra mujer le daba carta blanca para ser igualmente franca.

—¿Que si quería a Eugene? —preguntó Linda—. Sí. ¿Te hace feliz? Quiero decir que no puedes estar enfadada porque nos casáramos. Dejó un testamento blindado. La casa es tuya. Sus cosas son tuyas. A mí me dejó un poco de dinero. Quería que eligiera un modo de vida distinto —dijo con una sonrisa triste.

—¿No te dejó suficiente? —le preguntó Alex—. A mí me dejó la casa de huéspedes, pero supongo que sabes, como él debió saber, que yo estaría feliz de que tuvieras allí tu hogar.

Linda se rió, aunque no de una manera desagradable. Alargó la mano y le acarició la mejilla a Alex.

—Eres hija de tu padre. Tan seria y compasiva. Alex, tu padre me dejó lo suficiente como para que decidiera, y he decidido. Mientras estaba vivo y estuvimos juntos, hice todo lo que pude por vivir la vida que eligió tu padre. Pero ahora ya no está, y aunque te cueste entenderlo, me gusta esta vida, Alex. Me gustan los hombres. Mientras tu padre vivía, estaba contenta con él. Sin embargo, no tengo intención de convertirme en una viuda solitaria, intentando encajar con la gente respetable, mientras sé que están hablando mal de mí a mis espaldas.

—Linda, yo no permitiría que nadie...

Linda volvió a reírse, pero se puso seria enseguida.

—Lo siento. Sé que tú tienes buenas intenciones. Y veo que te indigna la injusticia, como a tu padre. Lo cierto es que sé que el Norte va a ganar la guerra, y que las leyes cambiarán, pero la gente no va a cambiar.

Hacen falta décadas para que cambie. ¿Y sabes una cosa? Puede que acepten a los blancos, a los negros, cualquier religión, a los del Norte, a los del Sur, pero nunca admitirán a las prostitutas entre la gente respetable. El tiempo que pasé con tu padre fue muy bueno, pero ya ha terminado, y he tomado una decisión. Pero gracias, y me alegro de haberte conocido.

Alex se puso en pie.

—Yo también me alegro de haberte conocido. Y si alguna vez puedo hacer algo por ti...

—Gracias, pero ahora debes irte. Éste no es lugar para ti.

—Sólo acuérdate de que siempre serás bienvenida en la casa de huéspedes.

Linda asintió, y Alex pensó que ya había hecho todo lo que podía hacer. No le había caído muy bien aquella mujer la noche anterior, pero en aquel momento se sentía mucho más impresionada. Y feliz. Al menos, sabía que su padre había disfrutado de la compañía de Linda, y, aunque no quisiera pensarlo demasiado, de la sensualidad de Linda, durante sus últimos días.

Pero, ¿cómo demonios había muerto?

La puerta de la casa de huéspedes estaba cerrada cuando volvió, pero ella tenía su llave y abrió.

La casa estaba en silencio. Oía el viejo reloj del abuelo marcando el paso del tiempo con su tictac desde el salón, pero nada más.

—¿Beulah? ¿Bert? —dijo mientras se movía por la casa.

Después fue a la cocina.

—¡Oh!

La bañera estaba ocupada una vez más.

Cody Fox la estaba mirando fijamente. Tenía la cabeza apoyada contra el borde de madera, y las rodillas dobladas para que su largo cuerpo cupiera en la tina.

El calor del agua creaba una cortina de vapor a su alrededor.

Tenía la piel bronceada y brillante por el agua. Ella debía disculparse por su error y haberse marchado, pero no pudo. Se quedó allí, boquiabierta.

Él también la miró fijamente. Después sonrió lentamente y dijo:

—Supongo que estás disfrutando de la escena. En cualquier caso, ésta es tu casa, así que por favor, pasa. No me importa.

Sabía que él esperaba que se ruborizara y saliera corriendo. Bien, aquello no iba a suceder. Su tono de superioridad la irritó. Se lo había pasado bien tomándola el pelo aquella mañana, consiguiendo que se preguntara qué era lo que había ocurrido exactamente durante la noche, y aquél era el turno de Alex para hacerle sudar.

No se acobardó fácilmente. Después de todo, acababa de estar de visita en el prostíbulo.

Entró en silencio en la cocina, tomó un vaso del armario y fue a sacar agua bombeando en el fregadero.

—Señor Fox, espero que me perdone por decir esto, pero me da la impresión de que le encanta halagarse a sí mismo. Yo no estoy demasiado interesada en su... estado natural.

Llenó el vaso y se dio la vuelta relajadamente. Se apoyó contra el fregadero y lo miró con desinterés.

—Espero que haya tenido un buen día.
Cody sonrió con tristeza.
—Creo que nos movemos en la dirección correcta, sí.
Ella también se puso seria y frunció el ceño.
—¿Y cómo podemos movernos en la dirección correcta? No vamos a tener ninguna ayuda. Y Milo Roundtree y su banda de... de vampiros volverán, ¿no?
—Sí. Volverán en algún momento.
—Entonces, ¿cómo vamos a detenerlos?
—Quizá, mi querida señorita Gordon, pudiera ser tan amable de pasarme una toalla —le dijo Cody.
Ella vio la toalla que, seguramente, le habría dado Beulah, sobre la mesa. La tomó y se la entregó, intentando no mirar y mantener una mirada de desinterés.
Ojalá el corazón no le latiera tan fuerte. Ojalá no tuviera tantas ganas no sólo de mirar, sino también de acariciarle la piel.
En realidad, eran sus ojos, pensó Alex, lo que le había parecido tan deslumbrante al principio. Y después, claro, los rasgos marcados de su cara, la fuerza de su mentón. Y su sonrisa le resultaba encantadora sin que pudiera remediarlo. Por no mencionar que era fuerte y valiente, y que le había salvado dos veces la vida.
Cuando se levantó, sus músculos se tensaron cuando se levantó y se puso la toalla discretamente alrededor de la cintura.
Ella no se sorprendió al ver que su valoración era correcta. Cody Fox era un hombre guapo, muy bronceado, alto y musculoso.
Y ella estaba demasiado cerca.

Por no mencionar que dormía demasiado cerca de él.

De repente, se sintió abrumada por el deseo. Quería que él la abrazara, quería... más.

Sin embargo, no estaba segura de qué era aquel «más». Apenas lo conocía, y sin embargo, nunca había conocido a nadie, ni siquiera a su prometido, que la fascinara y la atrajera más.

−Disculpe −dijo ella, en un tono tan digno como pudo−. Perdone mi intromisión. Lo dejaré a solas para que se vista.

Con aquellas palabras, hizo acopio de orgullo y se marchó. Mientras salía, temía que iba a oírlo riéndose de ella.

Se sintió aliviada al no oír nada.

Y, por algún motivo, supo que él la observó hasta que cerró la puerta y ya no pudo verla más.

CAPÍTULO 8

Aquella noche, el sheriff Cole Granger y el ayudante Dave Hinton cenaron con Cody, Brendan y ella. Alex se dio cuenta de que Cole no la miraba a los ojos, pero lo atribuyó al estrés que todo el mundo estaba sufriendo, y se dedicó a disfrutar de la deliciosa comida de Beulah y a observar a los hombres que la rodeaban.

Quizá fuera por el hecho de que los unía una persecución a Milo y a su banda sedienta de sangre, pero parecía que los cuatro habían forjado una amistad relajada, y eso era agradable. Mientras cenaban, Cole le preguntó a Cody por su pasado. Cody hizo una narración breve: sus padres tenían unas tierras en el pueblo, pero su padre había muerto hacía muchos años, asesinado, y su madre había vuelto a su hogar natal, en Nueva Orleans. Él se había criado allí, y después había ido a estudiar a Harvard. Había encontrado trabajo en la capital y después en Virginia del Norte, hasta que había estallado la guerra y él se había alistado en el ejército de Luisiana. Herido y retirado, había estado ejerciendo la medicina en Nueva Orleans antes de ir al Oeste.

Brendan Vincent intervino.

—En realidad, yo fui a Nueva Orleans a buscar a Cody. Había oído decir que se enfrentó a un asesino como Milo, y necesitaba su ayuda aquí.

—¿Y cómo sabía que había problemas en Victory? —preguntó Cole Granger.

—Tenía familia en Hollow Tree —dijo Brendan—. Hace un tiempo me escribieron y me contaron que estaban pasando cosas muy extrañas. Entonces, conocí en Nueva Orleans a un soldado que había estado por esta zona, y me dijo que Victory era el único pueblo que todavía seguía en pie, que Brigsby y Hollow Tree se habían convertido en pueblos fantasma.

Alex titubeó, y después preguntó:

—¿Cosas extrañas? ¿Hubo otra gente que le hablara de vampiros?

Cody la miró.

—Nadie cree en los vampiros hasta que se transforman en uno de ellos, o los matan y ya no hay vuelta atrás.

—Ya está bien —dijo Dave de repente—. Tenemos que seguir viviendo como gente civilizada, y para mí, eso incluye no hablar de asesinatos durante la cena, ¿de acuerdo? —nadie lo contradijo, y él siguió—: Señorita Alex, tiene que tocar el piano para estos señores. Nunca habrán oído a nadie como ella —les dijo a Cody y a Brendan.

Alex se rió.

—Si vamos a ser civilizados, se supone que los caballeros deben marcharse a la biblioteca de mi padre a tomar los licores y a fumar.

—Preferimos escucharte tocar el piano —dijo Cole.

—Quizá al señor Vincent o al señor Fox les apetezca tomar un brandy o fumar un cigarro.

—¿Un cigarro antes que la compañía de una joven y bella señorita? —preguntó Brendan, sonriendo.

Cuando todos se hubieron levantado e iban al salón, Alex le preguntó a Cole:

—¿Está bien John Snow?

El sheriff asintió con seriedad.

—Le han desaparecido algunas cabezas de ganado, y su hijo mayor, que ya tiene hijos propios, está preocupado por su hijo mayor. Pero a mí me pareció que el niño estaba bien. Ahora tenemos que avisarle de lo que está ocurriendo. Debería haber enviado a alguien para que lo hiciera, pero las cosas en el pueblo... bueno, digamos que ha sido un día muy complicado. Es importante que nos preparemos aquí primero para poder ayudar a los demás.

—Brendan y yo iremos a primera hora de la mañana —dijo Cody.

—Bueno, ya está bien de hablar de eso. Toque algo, Alex —dijo Dave.

—¿Qué os apetece escuchar? —preguntó ella.

—Cualquier cosa que no sea una marcha fúnebre.

Ella se sentó al piano y tocó un preludio de Chopin, seguido de un baile escocés.

—Deberíamos bailar —dijo Dave.

—Es difícil bailar cuando la única mujer de la sala está al piano —dijo Cole.

Para sorpresa de Alex, Cody sonrió de repente y dijo:

—Eso es porque no ha servido bajo el mando de un buen comandante en una campaña larga. Brigadier General Vincent, señor, ¿me concede este baile?

—Por supuesto, soldado. Descanse —respondió Brendan.

Después, los dos hombres comenzaron a girar por la habitación, para diversión de Dave y Cole. Beulah asomó la cabeza para ver qué estaba ocurriendo, y antes de que pudiera retirarse, Cole la tomó entre sus brazos y la puso a bailar. De repente, Dave se colocó en el banco del piano, junto a Alex.

—Vaya a rescatar a uno de los hombres, señorita Alex. Yo no toco tan bien como usted, pero me las apaño con una danza escocesa.

Ella le permitió que ocupara su sitio, y rescató a Brendan Vincent. Bailó con él durante un rato, y después con Beulah, y después con Cole, y finalmente se encontró con Cody.

Se sentía eufórica y asustada.

Sólo era un baile, pero bailar con Cody era algo especial.

La sujetaba del mismo modo en que la habían sujetado Brendan y Cody, pero Alex sentía el modo en que él sostenía su mano, y cuando lo miró a los ojos, el fuego dorado que vio en ellos la dejó sin aliento con mucha más rapidez que el baile.

Finalmente, Brendan gritó:

—¡Piedad!

Dave dejó de tocar.

—Gracias a Dios que se ha rendido usted primero, señor. No me habrían aguantado los dedos mucho más tiempo. No soy músico, como han podido observar.

—No diga eso, ayudante —protestó Brendan—. Ha sido estupendo, y se lo agradecemos mucho. Aunque Cody puede valer como pareja de baile en un aprieto, Beulah y la señorita Alex han sido mejores compañeras. No te ofendas, Cody.

—Claro que no —le aseguró Cody.

—Bueno, señoras y señores, ha sido mucho ejercicio para este señor —dijo Brendan—. Si me disculpan, voy a acostarme. ¿Cody?

—Yo revisaré la casa —le dijo Cody.

Brendan asintió y subió las escaleras, y Cole y Dave anunciaron que era hora de marcharse.

—¿Por qué no vas a tu habitación? —le sugirió Cody a Alex—. Yo los acompañaré fuera y echaré el cerrojo.

—Gracias —dijo ella.

Unos minutos después, mientras estaba en la intimidad de su dormitorio, oyó a Cody caminando por la casa, comprobando que puertas y ventanas estuvieran bien cerradas. Ella se puso el camisón y empezó a cepillarse el pelo, escuchando sus pasos mientras subía las escaleras y abría y cerraba la puerta de su habitación. Un momento después, llamó a la puerta que comunicaba los dos dormitorios, y ella se quedó sin respiración.

—Adelante —susurró, preguntándose si él podría oírla. Sí pudo.

—Voy a comprobar tus ventanas —dijo Cody al entrar.

—Yo misma las he cerrado —respondió ella.
—De todos modos, me gustaría asegurarme, si no te importa.
—No, no me importa.
Ella se dio cuenta de que estaba paralizada en la silla de su tocador, y que su cepillo del pelo estaba en el aire, a medio camino hacia su cabeza.
Cody comprobó que las ventanas y las puertas del balcón estuvieran bien cerradas, y después volvió a la puerta y se detuvo. Alex oyó el tictac del reloj, pero cuando el ruido se aceleró, se dio cuenta de que eran los latidos de su corazón.
—Buenas noches, Alex —dijo él, finalmente.
Después salió y cerró la puerta entre ellos.

El sueño llegó en algún momento de la madrugada.
Una vez más, Alex supo que era un sueño, que no era real, pero quizá fuera una visión de lo que podía ocurrir...
Había salido a cabalgar a la llanura. Sabía que era peligroso, pero había algo que la impulsaba a hacerlo. No podía elegir.
Avanzó a todo galope, y Cheyenne, su yegua, volaba sobre el suelo.
Un poco después vislumbró una silueta en la distancia. Era un hombre que llevaba un guardapolvo y un sombrero, una vestimenta común en las llanuras. Sin embargo, era muy alto y estaba erguido, y ella lo conocía, aunque no podía verle la cara.
Por fin, llegó hasta aquel lugar.

El lugar donde había muerto su padre.

Desmontó. El hombre estaba de espaldas a ella, pero Alex caminó hacia él. No podía resistirse; de nuevo, sentía un impulso irrefrenable. Debía ver su cara, aunque en el fondo del corazón, sabía quién era.

Él se giró hacia ella, y a Alex se le encogió el corazón. Era su padre.

La miró con una expresión de dolor, con los ojos llenos de lágrimas.

—Alex —susurró.

Extendió los brazos hacia ella, y ella fue hacia él.

—Te quiero, papá —susurró mientras él la abrazaba.

—Alex, sé que me quieres. Y yo te quiero a ti, mi querida hija. Tienes que saberlo, tienes que creerme cuando te digo... Yo no soy eso.

Sus brazos eran fuertes y reales, y ella sentía todo el poder de su amor, pero se apartó ligeramente y le acarició la cara para intentar relajar su expresión de pena.

—¿Que no eres qué, papá? —le preguntó.

Él hizo una pausa, y ella se dio cuenta de que estaba tratando de escuchar algo. Y entonces, ella lo oyó, lo sintió: el temblor del suelo daba a entender que se acercaban jinetes.

—Tenemos que irnos —dijo él—. ¡Rápido!

—Tengo a Cheyenne —dijo ella; él asintió y saltó al caballo que había tras ella. Comenzaron a galopar, pero cuando llegaron a la base de los acantilados y se detuvieron, él desmontó y la bajó al suelo. Le dio a Cheyenne una palmada firme en la grupa y la envió a casa; después tomó de la mano a Alex y la llevó hacia las altísimas piedras.

Pasaron las cavernas de enterramiento de los Apaches y siguieron corriendo, hasta que, finalmente, él la metió a una cueva oscura.

Ella comenzó a hablar, pero él se llevó un dedo a los labios para indicarle que se mantuviera en silencio.

Alex oyó movimiento, risas, y después oyó a Milo ladrándoles órdenes a sus hombres.

—Registrad todo este sitio. No se me escapará. La tendré, ¿me oís?

Alex tomó aire bruscamente. ¿Se refería a ella?

Se acercaron unos pasos. Los hombres de Milo la estaban buscando. Su padre la apretó detrás de él, advirtiéndole de nuevo que estuviera callada.

—¡Esperad! —gritó Milo—. Sé dónde han ido. La ha llevado a Hollow Tree. Vamos por los caballos.

Alex esperó a que los pasos se alejaran.

—Se ha ido —le dijo a su padre—. Papá, estamos a salvo. Oh, Dios mío, me dijeron que estabas muerto, pero yo sabía que no podía ser cierto.

—Shh —dijo él de nuevo.

Alex no oía nada. Ni un paso, ni una respiración. Sin embargo, permaneció inmóvil igualmente, para cumplir la orden de su padre.

—Tienes que dejarla —dijo, con su voz grave y calmada, Cody Fox.

—Es mi hija —respondió su padre con la voz llena de angustia.

—Y Milo te está usando —dijo Cody.

—Yo nunca le haría daño a mi propia hija —dijo su padre.

—Cody, es mi padre —dijo Alex, intentando que Cody lo comprendiera.

Sin embargo, Cody no le prestó atención. Tenía los ojos fijos en su padre, y los hombres intercambiaban una mirada llena de significado que ella no entendía.

—Tienes que creerme. Me estoy escondiendo. Yo no soy parte de este horror —le dijo su padre a Cody.

—Entonces, envíala de vuelta conmigo. Ella no puede formar parte de esto. Milo tiene la capacidad de conectarse mentalmente con los otros, y cada minuto que Alex está contigo, está corriendo un grave peligro.

Su padre respiró profundamente, y después miró a Alex.

—Ve con él. Tienes que irte.

—¡No! Te he encontrado otra vez. No voy a dejarte —protestó Alex.

—Tienes que hacerlo. Te lo ruego, Alex, ve con Cody.

Su padre la empujó y se encaminó hacia la profunda oscuridad del fondo de la caverna.

—¡No! —gritó ella, y se sentó en la cama, temblando. Entonces se dio cuenta de que había gritado de verdad y no en sueños.

Parpadeó, y se dijo que sólo había sido un sueño, y no una visión del futuro, de algo que ella pudiera evitar, porque su padre estaba muerto y no volvería a verlo en vida.

—¡Alex!

Cody Fox la llamó mientras abría la puerta que separaba las dos habitaciones.

Ella todavía estaba demasiado impresionada por el sueño como para ser hostil o para coquetear.

—Oh, Cody —susurró, con los ojos llenos de lágrimas.

Él se acercó rápidamente a su lado y la tomó entre sus brazos. Aunque Alex estaba temblando, su abrazo hizo que se sintiera mucho mejor. Junto a su cuerpo, se sentía como si estuviera ardiendo. En sus pechos, en cada centímetro de su piel, sentía un cosquilleo. Pese al miedo, era consciente de que él la excitaba de un modo primitivo e innegable.

—¿Qué ha pasado, Alex? —preguntó él, echándose hacia atrás y apartándole el pelo de la cara.

—He tenido un sueño.

—¿Un sueño? ¿O una visión?

—No ha habido ninguna visión esta noche. Sólo un muro de tristeza, y debería haberlo sabido. Tú estabas en el sueño, intentando salvarme, como de costumbre. Pero no necesitaba que me salvaran.

—¿Con qué has soñado?

—Supongo que ha sido un sueño del corazón... Echo mucho de menos a mi padre. He soñado que cabalgaba por la llanura hasta el lugar donde murió. Pero no estaba muerto. Me estaba esperando. Sin embargo, sabía que los forajidos se acercaban, que me estaban buscando, y me llevó hasta los acantilados. Llegaron Milo y sus hombres y comenzaron a registrar las cavernas para encontrarme. Sin embargo, mi padre me escondió, y ellos se fueron a Hollow Tree, y entonces apareciste tú... y hablaste con mi padre. Y él me obligó a volver contigo.

Cody no se rió de su sueño. La observó con seriedad y volvió a acariciarle el pelo. Durante un momento, ella pensó que iba a hablar, pero entonces, la abrazó de nuevo contra sí.

Después de unos instantes, él se apartó, le levantó la barbilla con una mano y con la otra, le acarició la mejilla. Ella no supo si se movió, o si fue él, pero de repente, sus labios se unieron. Al principio sólo fue un roce, pero después fue un enredo de hambre y pasión. Se rodearon el uno al otro con fuerza, fundiendo sus bocas y sus lenguas, calientes, húmedas, ansiosas.

Cuando él interrumpió el beso, Alex sabía que tenía los labios húmedos e hinchados, que estaba jadeando... y que sus ojos estaban clavados en los de él, perdidos.

—¿No soy lo que tú quieres? —le susurró.

—No —dijo él, y le tomó la cara entre las manos mientras le hablaba con vehemencia—. Eres todo lo que podría desear un hombre, y me está matando dejarte. Pero yo no soy el hombre que quieres tú, y ni siquiera podrías entender por qué. Sin embargo, me quedaré para protegerte. Te prometo ante Dios que estaré aquí. Pero no soy lo que tú quieres. No puedo serlo.

Sus manos cayeron, y ella se dio cuenta de que apretaba los puños y se clavaba las uñas en las palmas.

Después, él se dio la vuelta y se marchó.

Y, una vez más, la puerta se cerró entre ellos.

Cody sabía que debía esperar algo inesperado de Alex, y ella le demostró que tenía razón al día siguiente, durante el desayuno.

Fue cordial con todo el mundo, incluido él. Pero en cuanto terminó de desayunar, se limpió los labios, se volvió hacia él y le dijo:

—Voy a ir a Calico Jack's. Quiero ver a John Snow y a su familia.

Él se echó hacia atrás y la miró especulativamente. Era cierto que alguien tenía que ir a Calico Jack's, pero eran Brendan y él, o Dave y el sheriff, acompañados por algunos hombres del pueblo.

—Nosotros iremos a verlos, Alex.
—No, quiero verlo yo. Es importante.
—Alex...
—Estamos en pleno día, y podéis venir conmigo. Si estáis ocupados, se lo pediré a otra persona. Pero voy a ir a Calico Jack's —afirmó ella con determinación.

—Muy bien —respondió él—. Vamos a ensillar los caballos.

Miró a Brendan, que asintió.

Ambos habían decidido que uno de ellos siempre permanecería en el pueblo durante los días siguientes, porque era probable que pronto surgieran problemas. Brigsby y Hollow Tree se habían convertido en pueblos fantasma, y él no sabía dónde estaban buscando alimento Milo y su banda, ni lo que había aumentado su número de secuaces. Milo tenía experiencia, y sabía que había que monitorizar la comida, así que crear demasiados seres que fueran depredadores como él en la misma zona era un error. Sin embargo, los vampiros más jóvenes no tendrían el mismo conocimiento que Milo, ni tanta disciplina sobre sí mismos como para elegir a quién transformaban y a quién mataban. Su experiencia del cementerio el día anterior había sido prueba de ello.

Tenían que reunir un grupo de gente del pueblo y encontrar el escondite de Milo. Debía de estar en las cuevas, o en uno de los pueblos desiertos.

Sin embargo, había otro problema.

El sueño de Alex era preocupante, sobre todo teniendo en cuenta que la tumba de su padre estaba vacía. Cody tenía que encontrar a Eugene Gordon. Él nunca había oído que un vampiro recién convertido, como Eugene, luchara contra el hambre. Todos los vampiros se alimentaban de animales cuando no podían encontrar su presa favorita: los humanos. Pero la tentación de alimentarse de la vida humana siempre estaba presente, formaba parte de su esencia. Eran necesarios años para aprender a controlar aquella hambre. Y pocos lo habían conseguido, porque a muy pocos les importaba lo suficiente como para intentarlo.

Eugene estaba en algún lugar, y Milo tenía una conexión mental con todos aquellos a los que había creado, cosa que le permitía manejarlos a voluntad.

Le causaba pavor recordar a Alex en el balcón la otra noche. Milo era quien la llamaba, pero el vampiro había aprovechado el amor que ella sentía por su padre para disfrazar su llamada, y había obligado a su padre a atraerla al exterior de la casa, donde él pudiera conseguirla.

Sin embargo, ¿cómo podía explicarle Cody lo que estaba ocurriendo de verdad?

Después de todo, estaban hablando del padre de Alex. Ella lucharía con uñas y dientes contra la realidad de que se padre se hubiera convertido en vampiro. Y nunca creería que se había transformado en un ser perverso, aunque su padre le mostrara los colmillos y se los clavara en el cuello.

—¿Cody? —dijo ella, y él se dio cuenta de que Alex estaba junto a la puerta, observándolo con impaciencia.

—Disculpa. Estaba pensando en las musarañas —dijo él, y se levantó.

—Yo me encargaré de vigilar aquí, de que todo el mundo se organice y de dirigir las prácticas de tiro con arco. También haré un recuento de las armas que tenemos —dijo Brendan—. Cole va a enviar a Dave y a otros hombres a los ranchos de la zona, para avisar a todo el mundo que no sepa que... están en peligro.

O que quizá ya estén muertos, o convertidos en criaturas nocturnas sin alma, pensó Cody, pero se limitó a asentir.

—Bien.

Después se giró hacia Alex y le dijo:

—Nos vemos en la parte de atrás en diez minutos.

Sin esperar su respuesta, Cody subió a su habitación. Tenía el presentimiento de que aquel día iba a necesitar su instrumental médico y sus armas.

Levy ensilló a los caballos mientras Alex esperaba. Estaba lista para marchar en cuanto apareció Cody, con las alforjas del caballo al hombro.

Se sorprendió de su propia habilidad para comportarse cortésmente y con calma hacia él, mientras ensillaban y se ponían en marcha. Alex nunca se hubiera imaginado que, el día que pusiera su honor sobre la mesa, lo rechazarían. Sin embargo, el modo en que él le había hablado la noche anterior la había conmovido. «Yo no soy el hombre que tú quieres».

Parecía que aquellas palabras le habían salido del alma, teñidas de algo que se asimilaba mucho al dolor.

—¿Qué tal se te da disparar con arco y flechas? —le preguntó él, minutos después, al salir del pueblo.

—Bueno, se me da muy bien disparar con pistola, pero, para ser sincera, nunca he tirado con arco.

—Ya entiendo. Entonces, jovencita, tiene prácticas de tiro mañana —dijo él. Su semental, negro como el carbón, se encabritó, pero él lo volvió a controlar fácilmente con la más ligera de las órdenes.

—Estoy impresionada —dijo ella, observando con admiración el caballo.

—El primo de Brendan, de Nueva Orleans, fue quien me regaló a Taylor. Ese hombre estaba loco por el presidente Zachary Taylor, y por eso el nombre.

Después de aquella breve conversación, continuaron en silencio hasta que salieron de los límites de la civilización y, un rato después, llegaron a Calico Jack's.

Parecía que estaba desierto.

No había carretas frente al edificio, cuyos dueños deberían estar dentro comprando víveres. Tampoco había ponis indios, ni un solo caballo ensillado.

—No desmontes —le dijo Cody a Alex.

Sin embargo, él bajó del caballo y subió cautelosamente los escalones del porche, con una mano en la pistola que llevaba en la cadera. Con la otra, abrió la puerta.

Entró al interior de la casa, y Alex esperó con el corazón encogido y la respiración contenida.

A los pocos segundos, reapareció Cody.

—Entra —le dijo a Alex.

Ella bajó de Cheyenne, ató las riendas de la yegua en la barandilla y subió hacia la puerta. John estaba en la casa, con Mina, su esposa mestiza. Ambos la saludaron con un abrazo y una expresión de angustia.

—Voy a traer café —dijo Mina.

Era una mujer muy bella, y una pareja perfecta para John. Debía de tener sangre escandinava, o quizá germánica. Era muy alta y tenía el pelo rubio y brillante, aunque tendría unos cuarenta años. Sus rasgos morenos eran de los apaches, pero sus ojos eran verdes.

John Snow era también mestizo, pero se había criado entre los apaches. Siempre decía que, aunque su madre había sido una cautiva, amaba a su padre. Él no había querido formar parte de ninguno de los bandos, y le gustaba vivir en su punto de comercio, llevando una existencia relativamente solitaria. Mina era su tercera esposa, y había tenido hijos con todas sus mujeres. En cierto modo, había creado su propia tribu.

—Sí, muchas gracias, Mina —dijo Alex. Tanto Mina como John tenían aspecto de estar muy nerviosos. Ella miró a Cody—. Iré a ayudar a Mina.

John y Cody se sentaron en la gran mesa de madera que había en el centro de la habitación, un lugar para que los clientes se sentaran y charlaran, tomaran café y compararan precios. Mina y Alex llevaron el café a la mesa y se sentaron con ellos.

—El mal anda suelto —John—. No es apache, ni es blanco. Es el mal que llega de las entrañas de la tierra.

—Lo sé —dijo Cody—. El sheriff Granger vino a visitaros el otro día, pero cuando vino, todavía no lo entendía. Pensó que su único problema eran los forajidos.

—Los forajidos no matan de esa manera. He encontrado cadáveres... de ciervos, de ganado. Abiertos. Sin sangre. Y entonces, lo supe: el mal ha salido de la tierra, y no es un espíritu. Esto es distinto. Es algo que el Gran Espíritu y la Madre Tierra deploran. Es una abominación.

—Los llamamos vampiros —dijo Cody.

—Vampiros —repitió John—. Nunca había oído esa palabra.

—John, ¿cómo está tu familia?

John respiró profundamente y miró con tristeza a su esposa.

—April.

—¿April? —preguntó Cody.

—La hija de mi hijo. Es muy bella, y sólo tiene dieciséis años. Se está muriendo.

—¿Dónde está, John? Necesito verla —dijo Cody—. Soy médico. Por favor. Hay posibilidades de que pueda salvar a tu nieta.

—Las tierras de mi hijo están justo detrás del punto de venta —dijo John Snow.

—Vamos —dijo Cody.

Se les olvidó el café. Los cuatro salieron apresuradamente por la puerta trasera y se encaminaron hacia el rancho del hijo de John. Cuando entraron en la casa, se encontraron con que la mayoría de la familia ya estaba allí reunida. Alex reconoció a la mayoría de los niños mayores, y supuso que los más pequeños eran de Mina, y el resto, nietos de John.

—Está peor, padre —dijo con tristeza Jeremy, el hijo mayor de John, mientras se acercaba a ellos. Saludó a Alex con un abrazo lleno de emoción, y después miró con recelo a Cody.

—Cody es médico —le dijo Alex—. Cree que puede ayudar a tu hija.

—Entonces, adelante.

Los condujo hacia la habitación de la niña, que estaba tendida en la cama. Tenía el pelo negro y la piel muy pálida. Cuando Cody se acercó a ella, comenzó a retorcerse.

—La está poniendo peor —dijo Jeremy con abatimiento.

Cody no le hizo caso, sino que se sentó en la cama y le agarró las muñecas a la muchacha con facilidad. Después le abrió los dos ojos a la vez, y después, le separó los labios con los dedos.

Alex soltó un jadeo.

Los colmillos de la chica habían crecido. Se habían hecho enormes.

La madre de la niña gritó, y de repente, April abrió los ojos. Intentó salir corriendo, pero no lo consiguió, y comenzó a rechinar los dientes y a tratar de morder a Cody.

—Quizá no hayamos llegado a tiempo.

Alex atravesó la habitación rápidamente.

—Tienes que salvarla. ¡Tienes que salvarla!

Él la miró y suspiró.

—Haré lo que pueda. Abre mi maletín. Ahí encontrarás agujas, y algunos tubos de goma.

—¿Agujas? —preguntó John Snow con preocupación.

—Necesita sangre —dijo Cody—. Créeme, es muy importante.

Alex le llevó el instrumental que él había pedido, y Cody miró a la chica y murmuró algo. Pareció que ella lo había oído, aunque no podían estar seguros.
—Voy a darle un poco de mi sangre. Es la única plegaria que tenemos.

CAPÍTULO 9

April se quedó durmiendo plácidamente. No parecía que tuviera ni siquiera dieciséis años. Era una muchacha bellísima, y Cody estaba seguro de que Milo había ido en su busca personalmente. En un momento dado, la niña abrió los ojos y sonrió a su madre, y Cody supo que se había ganado la confianza de la familia Snow.

Dejaron a su madre y a varios de sus hermanos con ella mientras dormía, y los demás adultos se reunieron en la sala principal de la casa. Se sirvió café y algo de comer.

—John, Jeremy —dijo por fin Cody—. Creo que será mejor que nos llevemos a April a la ciudad durante unos días.

El padre y el hijo se miraron. Cody se quedó asombrado porque Snow no respondió a lo que él había dicho.

—Fox, Alex dice que naciste aquí, y ahora recuerdo a tu familia.

—Mis padres tenían un rancho aquí —dijo él—. Pero fue hace mucho tiempo.

—El rancho todavía es tuyo, Cody Fox —dijo John Snow—. Está abandonado desde hace años, pero sigue siendo tuyo.

Cody se encogió de hombros.

—No creo que me dedique al negocio del ganado en un futuro próximo.

—Fue la primera noche de los lobos —dijo John con gravedad—. La noche en que murió tu padre.

Cody sacudió la cabeza.

—¿Cómo?

—La primera noche de los lobos —repitió John.

Sabía exactamente de qué estaba hablando John Snow, pero tenía que fingir ignorancia. Aunque el deshonor de la mentira le hizo daño, había vivido con una mentira durante toda su existencia.

—Ocurriera lo que ocurriera, pasó hace mucho tiempo —repitió—. No tiene nada que ver con lo que está ocurriendo ahora, y debemos detener al demonio antes de que venga a reclamar a April.

—Nosotros nos encargaremos de sacarlo de ella —dijo John.

Cody cabeceó.

—Todavía puede estar bajo la influencia de Milo. Intentará escapar.

—Somos muchos, y nunca la dejaremos sola. Dos de nosotros nos sentaremos junto a su cama por las noches —le aseguró John—. Podemos protegerla.

—Debéis aseguraros de que Milo nunca se acerque a la niña —dijo Cody—. No creo que pudiéramos salvarla de nuevo. Y si la pierdes, se convertirá en vampiro, y lo único que podrás hacer será matarla.

—Tú nos dirás lo que debemos hacer.

Cody se lo explicó. Les advirtió que no debían dejar pasar a nadie, ni siquiera a alguien que pudiera ser un amigo, cuando empezara a atardecer. Les enseñó a hacer guirnaldas de ajo y a proteger con ellas las ventanas, para repeler a las criaturas. Les explicó que si eran atacados, debían defenderse con lanzas y flechas, y les dijo que debían cortarle la cabeza a un enemigo caído, o sacarle el corazón del pecho.

Ellos escucharon atentamente.

Nadie le dijo que estuviera loco, y cuando les explicó todo lo que sabía, Alex y él se marcharon.

Ella lo miró mientras cabalgaban.

—No les has dicho que colgaran cruces.

—John y su hijo tenían pipas y plumas de águila, y otros objetos sagrados para los apaches. No tienen que colgar cruces, y creo que tampoco los ayudarían mucho. Todo el mundo, todas las razas, tienen sus propias creencias. Lo que importa está en el corazón de un hombre, y John y su familia tienen buen corazón y creen firmemente en un poder superior.

—Entiendo.

Él negó con la cabeza.

—No creo que lo entiendas. Todavía no estoy seguro de que me creas.

Ella apartó la mirada, medio sonriendo.

—Tienes que admitir que no es fácil aceptar el hecho de que los vampiros anden por las llanuras, tan abundantes como los búfalos.

—Has visto a esa niña —dijo él.

—Sí, la he visto. ¿Qué habría ocurrido si no hubiéramos venido?

—Milo habría vuelto a buscarla.

—Pero, ¿cómo pudo llegar a ella?

—La llamó en sueños, y ella fue a él.

—De la misma manera que yo salí al balcón. Pero yo no oí voces. Salí porque la brisa era suave y la luna estaba muy bella.

—El método de seducción no importa —dijo Cody—. Vamos a apresurarnos. Oscurece rápidamente, y ha sido un día largo.

Después de que todo el mundo se bañara y cenara en la casa de huéspedes, conversaron un rato en la sobremesa. Brendan estaba muy contento con Levy, que había resultado ser un arquero excelente. Siempre acertaba en el centro de la diana, pese a que nunca antes había tomado un arco.

Alex se acostó pronto. Estaba agotada, y pensó que, seguramente, se quedaría dormida con facilidad.

Sin embargo, comenzó a dar vueltas por la cama y a pensar en April, y en cómo había mostrado sus…

Colmillos.

Cody no había mentido. Los vampiros eran algo real. Cody había equiparado el vampirismo a una enfermedad. Una enfermedad que primero mataba, y después reanimaba el cuerpo de un modo espantoso, con un hambre violenta.

Y con el deseo de matar.

Le pareció oír que se abría la puerta principal, así que, con curiosidad y temor, se levantó de la cama y fue corriendo hacia las escaleras. Miró hacia abajo, pero el vestíbulo estaba vacío. Bajó los escalones de dos en dos y miró por una de las ventanas de la fachada principal. Vio a Cody y Brendan cruzando la calle.

Iban hacia el salón.

Y el burdel.

Sintió una punzada de ira, aunque sabía que era irracional. Quizá estuviera ocurriendo algo importante en la taberna. Tal vez hubiera ocurrido algo.

O a lo mejor estaba a punto de ocurrir algo.

Alex emitió un gruñido y volvió a la cama.

Tenía que dormirse.

Pero no pudo hacerlo. Se quedó esperando. Escuchando.

El salón no estaba precisamente abarrotado. Había unos cuantos hombres del pueblo, pero nadie de los ranchos y granjas vecinos. Muy inteligente por su parte, el hecho de permanecer en sus casas, pensó Cody. El sheriff Granger estaba jugando a las cartas con su ayudante, y las chicas estaban sentadas en una mesa, charlando, como si el local fuera un club social en vez de un burdel.

Brendan pidió dos cervezas, mientras Cody se sentaba junto a las chicas. Sherry Lyn, Dolly y la chica más joven, Liz, lo miraron cuando se acercó a ellas, y lo saludaron.

—Señor Fox —dijo Sherry Lyn—. Bienvenido. ¿Podemos ayudarle en algo?

—En cualquier cosa —dijo Dolly con una sonrisa de picardía—. Invita la casa, claro.

Cody sonrió.

—Sólo quería saber cómo andan las cosas por aquí. ¿Cómo está todo el mundo? ¿Ha sucedido algo fuera de lo común?

—No, nada —respondió Sherry Lyn—. De hecho, si no resolvemos este problema pronto... bueno, no vamos a poder comprar comida ni ropa.

La rubia cáustica, que aparentemente se había burlado de él durante la reunión de la otra noche, estaba sentada en la barra, observando, sin tomar parte en la conversación. Parecía que le divertía.

—¿Linda? —dijo Dolly, girándose hacia ella—. Has estado muy callada toda la noche. ¿Estás bien?

Después, Dolly se volvió hacia Cody y le dijo en tono conspirativo:

—Linda no estaba aquí cuando aparecieron Milo y su banda, así que no entiende bien lo horribles que son.

—Hago visitas a domicilio —dijo Linda dulcemente.

Dolly soltó un resoplido.

—Estoy segura de que andas buscando otra alianza.

Cody frunció el ceño.

—¿Otra alianza?

—¿No lo sabía? —preguntó Dolly—. Linda estaba casada con Eugene Gordon, el padre de Alex.

Él disimuló su sorpresa y la miró con curiosidad.

Dolly continuó.

—Podía haberse quedado en la casa de huéspedes si hubiera querido. De hecho, la señorita Gordon vino el otro día y se lo dijo. Pero ésta... bueno, siempre está de un lado para otro. No tiene intención de ser una viuda vestida de luto, no señor.

Dolly se quedó callada cuando vio que Linda se acercaba a la mesa. Linda tenía una forma de caminar lenta, seductora. Se movía sabiendo que era atractiva, aunque aquel atractivo no fuera considerado decente.

Observó a Cody con la mirada sensual de un gato y se inclinó sobre la mesa para hablar, mostrando su escote.

—Vamos, Dolly, no cuentes mi vida tú, cuando yo puedo hablar por mí misma. Eugene Gordon era un hombre maravilloso. Pero a mí me gusta estar aquí, señor Fox, donde estoy. De hecho, les tengo mucho cariño a los hombros. Y usted... bueno, parece un magnífico ejemplo de virilidad, así que supongo que cualquier cosa que le apetezca no será mucho pedir. Puede que yo no estuviera aquí, pero tiene mi gratitud más absoluta.

—Le agradezco mucho el ofrecimiento —dijo él, sonriendo. Después de todo, el trabajo de una chica de salón era ser solícita con los hombres—. Me gustaría presentarles a mi amigo —añadió, mientras Brendan aparecía con sus cervezas. Y me temo que estamos vigilando la casa de huéspedes, y no vamos a estar aquí mucho tiempo. Pero gracias.

Pareció que Linda se molestaba, pero saludó a Brendan con una sonrisa amable y él respondió con su acostumbrada cortesía. Linda, que debió de aburrirse, bostezó y se excusó diciendo que estaría en su habitación si la necesitaban para algo.

Dolly puso los ojos en blanco.

—Oh, Linda está bien —dijo Sherry Lyn, susurrando, aunque Linda estaba a medio camino por las escaleras.

—Una prostituta, después la esposa de un hombre respetable, y después prostituta de nuevo. Y todo en Victory —dijo Dolly—. Y ahora está buscando a otro hombre con algo de dinero y que todavía tenga agallas.

Cody se levantó.

—Bien, señoras, sólo habíamos venido a comprobar que todo iba bien, aunque ya veo que el sheriff también está pendiente de ustedes.

—Sí —dijo Sherry Lyn con una sonrisa—. Y su ayudante. Victory no es un mal sitio. Recemos para que siga así.

—Que así sea —dijo Brendan, levantándose el sombrero para despedirse.

Se acercaron a la mesa de póquer, sabiendo que Cole los había estado observando desde que habían entrado.

—¿Cómo está John Snow? —le preguntó Cole mientras se acercaban.

—John está bien —dijo Cody, mientras se sentaban Brendan y él—. Su nieta, sin embargo, está... enferma.

Cole frunció el ceño.

—No consiguió convencerlo para que le clavara una estaca en el corazón, ¿verdad? No quisiera tener que arrestarlo a usted por asesinato.

—No. Creo que se pondrá bien. Y John Snow entiende la situación. Hará lo que sea necesario.

—Hoy dejé a Dave a cargo de la vigilancia del pueblo y me fui a visitar un par de ranchos.

—¿Y cómo han ido las cosas por allí? —preguntó Brendan.

Cole agitó la cabeza.

—Pete Weathers pensó que me había vuelto loco. Sin embargo, el viejo Dougherty, el propietario del Rancho de la Montaña Roja, me creyó. Ha perdido todo un rebaño y tres hombres hace una semana. Salieron una mañana, y no volvieron jamás. Él creyó todo lo que le dije.

—Bien. Quizá él tenga algo de influencia en sus amigos —dijo Cody.

—El pueblo está tranquilo. Demasiado tranquilo —comentó Dave.

—Eso está bien, aunque no va a durar si no hay... —Cody se interrumpió.

—¿Si no hay qué? —le preguntó Dave.

Cole miró a Cody, y respondió por él.

—Si no hay comida —dijo.

Alex estaba doblemente molesta. Necesitaba dormir, pero el hecho de saber que Cody estaba en el salón la mantenía despierta. Estaba preocupada, y también celosa. Era patético. Él la había rechazado, amablemente, claro, pero de todos modos...

Se acurrucó con tristeza, pensando que podría morirse si...

Si él prefiriera estar con Linda.

Mientras se daba la vuelta, oyó la puerta de la casa abrirse y cerrarse, y después, el ruido del cerrojo.

Habían vuelto, y no habían estado demasiado tiempo fuera.

Claro que, una cita con una prostituta no tenía que durar mucho.

No era asunto suyo, pero de todos modos, sólo el hecho de pensar qué podía haber estado haciendo Cody le dolía como si le clavaran un puñal.

Lo oyó entrar en su habitación. Oyó sus pasos, oyó que titubeaba junto a la puerta que comunicaba ambos dormitorios y esperó, con la respiración contenida.

Oyó que sus pasos se alejaban.

Se levantó de un salto y corrió hacia la puerta. Llamó suavemente, y después la abrió. Él estaba junto a su cama. Se había quitado el abrigo, el sombrero y el cinto de las pistolas, y estaba desabotonándose la camisa.

—Alex, ¿va todo bien? —le preguntó él.

Ella exhaló un suspiro.

—Sí, supongo que sí. Quería asegurarme de que eras tú.

Él asintió.

—Soy yo.

Ella intentó que su voz sonara despreocupada al preguntar:

—¿Estaba todo en orden en el salón?

—Sí. Brendan y yo fuimos a tomar una cerveza y a hablar con las chicas.

—¿Sólo a hablar?

Cody se echó a reír.

—Sí, sólo a hablar.

Alex quiso que pareciera que estaba indignada, pero en vez de eso, se rió también.

—Lo siento, no quería ser entrometida.

—Sí, sí querías —respondió él—. Pero no importa. ¿Una de las chicas estaba casada con tu padre?

Alex se encogió de hombros.

—Linda. Hablé con ella el otro día. Creo que lo quería de verdad. Al menos, eso espero. No sé con seguridad lo que sentían el uno por el otro. No estaba en el pueblo cuando se casaron, y no conocí a Linda hasta que volví. La vi en la reunión, pero Beulah no me dijo quién era hasta después.

Pareció que él estaba a punto de decir algo, pero sacudió la cabeza y se quedó callado.

—Bueno, supongo que debemos dormir un poco.

—Claro —dijo Alex, que de repente, se sintió azorada por estar allí en camisón—. Buenas noches.

Se retiró a su dormitorio y cerró la puerta.

Se tumbó, se tapó hasta la barbilla y sonrió.

Él había ido al salón a hablar.

Sólo a hablar.

Cerró los ojos y, por fin, se quedó dormida.

Cuando llegó de nuevo, Alex luchó contra él.

Como siempre, supo que era un sueño. O una pesadilla.

Comenzó con una ráfaga de viento. Las puertas del balcón se abrieron, y la brisa entró como si fuera un ser vivo. Alguien susurró su nombre, y aunque ella intentó luchar, no pudo evitarlo: tenía que ir.

Se levantó de la cama, y aunque sabía, en el fondo de su mente, que necesitaba resistir el deseo de ir, no podía recordar el motivo. La brisa era deliciosamente fresca, y jugueteaba con la tela de su camisón, enredándosela en las piernas, levantándola. Aquella sensación era más erótica que cualquier cosa que pudiera recordar.

Había otra voz que la llamaba, diciéndole que no fuera. Alex conocía aquella voz. Era la de su padre, y ella quería darse la vuelta e ir corriendo hacia él, pero no podía. No sabía qué era lo que la atraía hacia el balcón, pero tenía una fuerza muy grande, y aunque ella lo odiaba, siguió avanzando, de todos modos.

Entonces, se despertó y se dio cuenta de que estaba frente a las puertas abiertas del balcón.

No era un sueño, no era una visión. Era la realidad.

De repente, la puerta del dormitorio de Cody se abrió de par en par, y apareció él. La tomó entre sus brazos y la metió en el dormitorio. Cuando Cody se adelantó para cerrar las puertas, descendió una sombra gigante. Alex miró hacia arriba y gritó. Había unos murciélagos gigantes junto a su balcón.

Cody la protegió con su cuerpo y tomó un arco y unas flechas que había dejado detrás de la cortina. Cuando el primer murciélago se lanzó en picado hacia el balcón, él disparó una flecha con rapidez. Alex oyó un chillido terrible, y el enorme murciélago cayó sobre el balcón.

Ella se quedó mirándolo con espanto.

Cody ni siquiera bajó la mirada. Estaba demasiado ocupado disparando de nuevo.

Le acertó a una segunda criatura, y también aquel ser emitió un grito helador, sobrenatural, y se desplomó en el balcón. Como su compañero, quedó reducido a cenizas en pocos segundos.

Cody pudo cerrar, por fin, las puertas del balcón, y registró rápidamente la habitación. Tomó un parasol y lo metió por los abridores de las puertas del balcón para que no pudieran abrirlas desde fuera.

Un momento después, oyeron el sonido de unas campanadas que provenía de la comisaría, y gritos y chillidos desde la calle.

—¡Vamos! —exclamó Cody.

La tomó de la mano y la condujo a toda velocidad escaleras abajo, él, sin camisa ni zapatos, y ella, en camisón. Los demás ya se habían agrupado en el vestíbulo, y Brendan estaba repartiendo las estacas, los arcos y las flechas que habían guardado en el armario de la entrada.

Cuando Levy, Bert y Brendan estuvieron armados, Cody le dijo a Levy que se quedara a defender la casa, abrió la puerta y salió, seguido de Bert y de Brendan.

Alex miró a su alrededor y vio a Tess y a Jewell acurrucadas en un rincón, y a Beulah en pie, paralizada, en el centro del vestíbulo. Cuando Levy se acercó a la ventana para mirar al exterior, Alex no titubeó. Fue al armario y tomó un carcaj de flechas y un arco. No sabía si su puntería iba a ser certera, pero estaba decidida a luchar.

—¡Alex! —exclamó Beulah con consternación—. ¿Qué estás haciendo?

—Proteger mi casa —respondió Alex. «Y vengar a mi padre».

Abrió la puerta y salió a la pasarela de madera. Las sombras llegaban de todas partes, gritando con una intensidad aterradora para infundir pavor.

Ella apuntó cuando uno de aquellos seres se acercó, y soltó la flecha. Acertó, pero sólo en un ala. El murciélago cayó a la calle, se revolcó en la tierra...

Entonces, se levantó.

Y se dirigió hacia la casa.

Era una mezcla de hombre y murciélago, que caminaba erguido, pero con alas, y tan negro como una sombra. Tenía los ojos rojos y brillantes. Se lanzó contra ella, al principio, tambaleándose, pero después, con una espantosa rapidez.

Junto a ella, silbó una flecha que se clavó de lleno en la criatura. En aquella ocasión, su grito fue un alarido de muerte; el murciélago cayó y quedó reducido a cenizas y restos de huesos.

Alex se dio la vuelta. Levy sonrió y se encogió de hombros, claramente, satisfecho de sí mismo.

Ella se volvió hacia la calle y vio a Cody y a Brendan espalda contra espalda, disparando flechas sin pausa. Las sombras caían a su alrededor. Algunas se convertían en polvo, y otras en cuerpos putrefactos, pero todos gritaban y se retorcían en una agonía horrible antes de morir. Miró a su alrededor y vio también a Cole y a Dave, que junto a un gran número de habitantes del pueblo, sacaban fuerzas de flaqueza y valor los unos de los otros mientras disparaban sus flechas.

Una de las criaturas estuvo a punto de alcanzar a Dave, pero alguien gritó, y Cody se volvió y le clavó una estaca al vampiro antes de que pudiera llegar a su objetivo.

Otro se abatió hacia la casa, pero en aquella ocasión, Alex no falló. Levy y ella mantuvieron su posición junto a la puerta y siguieron disparando flechas hacia la tormenta de criaturas aladas.

Oyó golpes secos, aleteos, gritos y chillidos. Veía fogonazos acompañados de silbidos, y después sólo veía cenizas... y huesos.

Y entonces, tan repentinamente como habían aparecido, las criaturas se elevaron por el cielo, formando una enorme nube negra, y se alejaron.

La calle quedó silenciosa. Pasó una eternidad mientras todo el mundo se mantenía inmóvil, en estado de shock, después del ataque.

—¡Bien hecho! —gritó finalmente Cody—. Pero ahora, tenemos que asegurarnos de que están muertos. Si hay algún cadáver, decapitadlo, porque pueden sanar. Hemos luchado esta noche y hemos ganado la batalla, así que no podemos permitir que ninguno de ellos se infiltre.

Alex seguía en la pasarela, y de repente, comenzó a temblar. Cuando Beulah le puso las manos en los hombros, se sobresaltó profundamente.

—Ahora, entra —le dijo Beulah—. Ya has hecho tu parte. Deja que los hombres terminen.

Alex obedeció, y Levy las siguió, diciéndoles a Tess y a Jewell, con una voz llena de seguridad, que se aseguraran de que ninguna puerta ni ninguna ventana había sido forzada. Las chicas corrieron a cumplir sus órdenes.

—Creo que a todo el mundo le vendrá bien un té con whisky antes de dormir —dijo Beulah, y fue a la cocina.

Alex se quedó admirada por su calma.

Por fin regresaron Bert, Brendan y Cody. Alex todavía estaba en la entrada, y Cody la miró con curiosidad mientras cerraba la puerta con cerrojo.

Al oír el ruido, ella salió del trance.

—Beulah está preparando té con whisky para todo el mundo —dijo con calma.

Todos fueron a la cocina a tomar la infusión.

—Muchas gracias, Beulah —dijo Brendan.

—Sí, gracias —dijo Cody.

—De nada —respondió Beulah—. ¿Van a volver?

—Esta noche no. Se han llevado un buen golpe. Pero se reagruparán, y cuando vuelvan, buscarán nuestros puntos débiles, buscarán un modo de que se les abran las puertas.

—Oh, Dios —susurró Beulah.

—Pero no será esta noche —repitió Cody—. Esta noche hemos acabado con muchos de los viejos y poderosos. Milo tendrá que recuperarse. Sugiero que durmamos un poco ahora, mientras podamos.

Terminaron sus bebidas en silencio y subieron a sus habitaciones.

Sin embargo, Alex no permaneció en la suya. Fue directamente a la puerta que comunicaba con la de Cody y llamó. Después, la abrió sin esperar su invitación.

Cody estaba sentado en la cama, agotado, con el pelo por la frente y los hombros hundidos.

Se volvió rápidamente y la miró.

—Tienes miedo —dijo con una sonrisa—. No es de extrañar. Pero lo has hecho muy bien, aunque yo hubiera preferido que te quedaras dentro. ¿Por qué has venido? —le preguntó.

—No quiero ser el punto débil que hunda al pueblo. Sueño, y después mis sueños se convierten en realidad, y no estoy luchando muy bien en ese sentido —dijo ella.

Cody se levantó. La luz de la luna entraba a través de las cortinas, y había una lámpara encendida en el tocador, que enviaba reflejos de luz sobre su pecho y sus brazos musculosos.

—Yo vigilaré —le aseguró él—. Puedes dormir tranquila.

Ella lo miró a los ojos con franqueza.

—No quiero dormir. Y no quiero que vigiles. Quiero que estés conmigo. Dices que no eres lo que yo quiero, pero ya no creo en el mañana, y lo que quiero ahora es a ti.

Él se quedó mirándola fijamente con sus ojos dorados y enigmáticos.

—Cody, por favor. No soy una criatura frágil, aunque acabo de aprender lo frágil que puede ser la vida. Lo único que te estoy pidiendo es que duermas conmigo.

Cody siguió mirándola fijamente. Y después, por fin, se movió. Ágil y rápido, se acercó a su lado.

Y la tomó entre sus brazos.

CAPÍTULO 10

Él era todo lo que ella deseaba.

A Alex le encantó cómo la envolvió con su cuerpo, y la fuerza de sus brazos cuando la alzó del suelo. Cierto, lo deseaba de un modo puramente sexual, pero había más. Había caído bajo el hechizo de sus ojos, que eran comprensivos y bondadosos cuando observaban las penalidades de otros, intensos en la ira y como el sol cuando reía. Alex adoraba el tacto de sus dedos, delicado cuando le acariciaba la cara y fuerte cuando la sujetaba. En sus brazos se sentía segura.

Y peligrosamente desinhibida.

No tuvo ningún miedo mientras atravesaban la puerta hacia su habitación.

Se sintió casi sobrenaturalmente consciente de todo. Del tacto de las sábanas bajo el cuerpo cuando él la tendió en la cama, de la presión del cuerpo de Cody, del algodón de su camisón rozándole la carne. Sintió los pies descalzos de Cody contra los suyos, y la aspereza de sus pantalones, y la carne caliente de su cuerpo ardiendo contra ella, encendiéndole el fuego en la sangre.

La luz de la luna, pálida y mística, los envolvió. Ella miró su rostro y le pasó los dedos por los rasgos, con fascinación. Le acarició la mejilla y el mentón al ver la lucha que estaba librando consigo mismo reflejada en sus ojos, porque él pensaba de nuevo que no debía estar con ella, y Alex le susurró:

—Tienes que creerme. Sé lo que quiero.

Esperaba que su voz no sonara tan desesperada como se sentía por que él no la dejara.

Cody no lo hizo. Agitó la cabeza ligeramente, de un modo extraño, como si se estuviera rindiendo.

Entonces, se besaron, y en aquel beso, pareció que el mundo que la rodeaba explotaba en un brillo maravilloso. El calor la atravesó como una ráfaga del desierto, y notó que su cuerpo se arqueaba y se movía por instinto, alineándose con sus formas delgadas y musculosas. Los labios de Cody pasaron de apasionados a delicados, jugando contra los de ella de un modo erótico, y le tomó la cara entre ambas manos para tener mejor acceso a su boca. Ella le devolvió los besos febrilmente, aferrándose a sus hombros, y después, explorando su espalda con manos ansiosas. Su camisón se enredó cuando rodaron por la cama apasionadamente. Interrumpieron el beso y se rieron juntos, y después él le sacó el camisón por la cabeza y tras un momento de respiración contenida, volvió a abrazarla con fuerza.

Se besaron una vez más, aferrándose el uno al otro, carne contra carne, con la piel húmeda pese a la frialdad del aire nocturno. Él le devoró los hombros con los labios mientras le acariciaba los pechos y la espalda, apretándola con fuerza contra sí. Él dibujó líneas sobre su cuerpo con la punta de la lengua, e inhaló su esencia, y con cada inspiración, cada caricia, su deseo crecía más y más.

Por fin, él se levantó para despojarse de los pantalones, y cuando ella vio su silueta dibujada contra la luz de la luna, sintió otra ráfaga de pasión. Sabía que, sintiera lo que sintiera Cody, pensara lo que pensara, ella siempre guardaría aquellos instantes en su mente como algo precioso. La vida era tan frágil... Ella había visto cómo se apagaba muchas veces, pero era mucho más fuerte de lo que él pudiera saber.

Cody volvió a la cama y se tendió a su lado. Colocó una pierna sobre las de ella y la acarició. Ella se apretó contra él, y sus bocas se encontraron y se fundieron en una, y ella notó su vitalidad y su poder corriéndole bajo la piel. Alex se movió contra él y le pasó los labios por el pecho, y notó que él enredaba los dedos entre su pelo, y después los movía hacia su nuca, y después hacia su espalda y su cintura. Después posó las palmas sobre sus nalgas y giró repentinamente, y comenzó un viaje con los labios y la lengua hacia abajo, por su cuerpo, dejando un rastro de sensualidad líquida que hizo que Alex se estremeciera en una agonía de deseo.

Él le hizo el amor con ternura, con fuerza, bañándola en caricias de sus manos y su lengua, excitándola con besos en la boca y después con las caricias de su lengua contra las caderas y los muslos, y en medio de ellos. Ella jadeó suavemente, con sorpresa, al notar un rayo de placer atravesándole el cuerpo, y comenzó a temblar mientras se elevaba para unirse a la luna. Y entonces lo sintió dentro de ella, y el deseo que se creó en su interior fue como algo enloquecedor y tempestuoso, que escapaba a todo control. Su sangre comenzó a correr siguiendo un ritmo lento, como el de unos tambores paganos. Apenas tuvo tiempo de saborear el hecho de sentirlo en su cuerpo, porque la fiebre la hizo arquearse, retorcerse y caer en el fuego rampante que él había avivado en ella.

El mundo quedó reducido a la fuerza de su abrazo, a la humedad resbaladiza del cuerpo de Cody contra el suyo. Al final, cuando ella tuvo la sensación de que no podría soportar nada más, ambos se vieron atrapados a la vez en el poder del clímax, y su danza salvaje de miembros entremezclados se convirtió en un momento de éxtasis congelado en el tiempo, y después se transformó... en una plenitud mágica.

De nuevo, ella percibió la luz de la luna, el aire frío en la piel.

Y los ojos de Cody, clavados en los suyos.

Con una caricia tierna, él le apartó el pelo de la cara.

—Eres... única —le susurró—. Increíble.

Comenzó a apartarse de ella, pero Alex negó con la cabeza.

—No me dejes, por favor. Ahora no. No voy a exigirte nada después; cuando sea el momento, te dejaré marchar, te lo prometo.

Él sonrió y volvió a abrazarla.

—¿Pensabas que iba a marcharme esta noche? No hay ni una sola posibilidad —le aseguró.

Había muchas cosas que ella quisiera saber sobre él,

muchas cosas que quisiera entender. Sin embargo, no en aquel momento. En aquel momento, Alex tenía miedo de las palabras. Sólo quería estar con él, deleitarse con aquel momento y con la sensación de estar completamente viva y real.

La guerra era un mundo aparte, con todos los horrores que ella recordaba.

Incluso el pueblo y la plaga que había descendido sobre él quedaron relegados a lo más profundo de su mente.

En brazos de Cody, el mundo era bueno, y era suyo.

Estuvieron tendidos juntos durante horas, somnolientos, medio dormidos. Se rozaron el uno contra el otro, hicieron el amor de nuevo, y finalmente, se quedaron dormidos.

En aquella ocasión, los sueños de Alex fueron sólo sueños, y fueron buenos, porque él la estaba abrazando mientras la luna brillaba en el cielo.

«¡Dolores! Dolores, necesito hablar contigo urgentemente sobre Amy».

Dolores Simpson despertó de un profundo sueño a causa de aquella voz.

Se incorporó de golpe y con la manta agarrada al pecho, y después miró a su lado, pensando que debía de haberle hablado Bill.

Pero Bill estaba roncando suavemente.

Frunció el ceño. Estaba segura de que alguien la había llamado. Y habían mencionado a Amy. ¡Su preciosa Amy! Todo el mundo decía que Amy estaba muerta, pero todas las noches, ella oía a su hija llamándola, y su voz era más fuerte cada vez.

El señor Vincent, aquel hombre tan amable, había ido a verla para decirle que Amy estaba con Dios. Que si pensaba que oía a Amy, o a cualquier otro niño, o cualquier otra voz, gritando, llorando, debía hacerle caso omiso.

Había hablado con Bill y con los niños, y les había dicho que cerraran las puertas de la casa con llave, y les había explicado cómo debían destruir al demonio que estaba asediando la ciudad, cortándole la cabeza o sacándole el corazón del pecho.

Brendan Vincent, sin duda, era un buen hombre, pero ella era una mujer cristiana, y no podía perdonar que se le hicieran semejantes cosas a un cuerpo humano, aunque fuera el cuerpo de un enemigo. Semejantes brutalidades eran, claramente, algo pagano.

Dolores se levantó y se puso la bata, y después miró de nuevo a Billy, que seguía durmiendo. Era un hombre trabajador y bondadoso. Un buen marido. Lo tapó bien, se levantó y caminó por el pasillo para echar un vistazo en el cuarto de los dos niños que todavía vivían en casa, Gary y Jared, sus hijos adoptivos, que tenían quince y trece años. Ella los adoraba tanto como había adorado a Amy. Amy era su hija pequeña. Rubia, dulce, preciosa. Todo el mundo la quería.

Los niños también estaban durmiendo.

«¡Dolores, por favor! ¡Es urgente!».

Ella se acercó a la ventana. Había una mujer fuera. A Dolores le resultaba conocida, pero no recordaba por qué...

Titubeó. Le habían advertido... pero la mujer no parecía peligrosa, y tenía una voz dulce, compasiva y amable. E hipnotizadora...

«Dolores, ven conmigo, puedo ayudarte. Puedo llevarte con Amy. Ven conmigo».

Dolores dejó de pensar y se dejó dominar por sus sentimientos. Amaba a su marido y a sus hijos, pero Amy... Salió al porche y esperó, con el ceño fruncido, porque su raciocinio le susurraba que algo no marchaba bien.

«Dolores...».

La mujer se deslizó hacia delante como un ángel envuelto en neblina, y Dolores bajó del porche.

«Tengo un mensaje de Amy para ti».

Dolores avanzó y se vio en la misma neblina que la mujer. La mujer la abrazó y se inclinó hacia delante con los ojos llenos de compasión.

«Acércate más, para que pueda susurrarte».

Entonces, la bruma desapareció.

Y la realidad que permaneció era un espanto.

Dolores vio, con los ojos bien abiertos por fin, que la habían engañado.

Era demasiado tarde.

Por muy extraño que pudiera parecerle, sufrió muy poco dolor. Como dos pequeños alfilerazos.

El sonido era mucho peor, mientras la mujer bebía a lengüetazos de su cuello, con avidez, tragando como un animal sediento, y después, suspirando con un gran placer.

«No te voy a agotar. Todavía no. Pero... eres mía, Dolores. Mía».

De nuevo, el sorbido, aunque en aquella ocasión más suave. Cuidadoso, incluso.

Cuando el vampiro terminó, se apartó de Dolores y sonrió.

«Esperarás mi llamada».

Después soltó a Dolores, que cayó al suelo sin fuerzas. Cuando miró hacia arriba, la mujer ya había desaparecido.

Dolores parpadeó con desconcierto, y se dio cuenta de que había tenido un sueño. Había soñado con Amy. Y había salido de casa. Se estremeció, pensando en que Bill y los chicos se quedarían horrorizados si averiguaban lo que había hecho, y que se preocuparían por su sentido común. Así que debía volver a su habitación antes de que se dieran cuenta.

Intentó ponerse en pie, pero no pudo. Estaba demasiado débil.

Por fin lo consiguió, y prácticamente tuvo que arrastrarse hasta el porche.

Entró, y tuvo que hacer un gran esfuerzo para conseguir echar el cerrojo.

Apoyándose en la pared, consiguió llegar a su dormitorio y cayó sobre el colchón. Se quedó inmóvil, rezando para no despertar a Bill; él continuó dormido.

Ella cerró los ojos y, asombrosamente, se quedó dormida. Soñó una vez más con la mujer, con su voz, y con Amy. La niña estaba a su alcance, sonriéndole. La mujer también estaba allí, rodeada de bruma, y su sonrisa era benigna una vez más, mientras saludaba a Dolores con la mano.

«Es todo tan bonito aquí fuera, con Amy».

Tan bonito.
Dolores anhelaba estar con ellas.
En su sueño, Dolores veía a Amy, y en la realidad, las lágrimas le surcaban las mejillas.

Alex durmió hasta tarde a la mañana siguiente, y cuando se despertó, Cody ya se había ido.
Sonrió, sin embargo. Él no la había dejado, estaba segura.
Todavía no.
Estaba a punto de levantarse cuando alguien llamó a la puerta; era Tess, que le llevaba agua caliente. Le preguntó si se encontraba bien, y le dijo que Beulah estaba preocupándose abajo por su tardanza. Alex le aseguró que bajaría en pocos minutos, y la muchacha se fue.
Ella se levantó de un salto y se acercó al lavabo. Mientras se lavaba, cerró los ojos e inspiró profundamente, deseando que pudiera llevar consigo el olor de Cody durante días.
Después terminó de asearse y se puso unos pantalones de montar, unas botas y una camisa para tener libertad de movimientos.
No pudo resistir la tentación de detenerse antes de salir del dormitorio, y tomó la almohada, donde todavía quedaba un rastro de la esencia de Cody. Estaba siendo muy tonta, pensó.
Sí, era tonta, y estaba triste. Él tenía algo muy especial, pero no iba a permanecer en su vida. Se lo había dejado bien claro.

Y ella no lamentaría lo que había hecho, ni el placer que habían compartido. Tampoco intentaría retenerlo cuando él quisiera marcharse en busca de lo que le deparara el futuro.

Se mordió el labio y dejó la almohada en el colchón. Después irguió los hombros con determinación y salió del dormitorio.

Como dirían algunos, ella misma se lo había buscado.

Bajó al comedor y encontró a Beulah refunfuñando, molesta porque ya era muy tarde para desayunar. Alex no se dejó intimidar por el malhumor de la cocinera, y mientras comía, le preguntó dónde estaban Brendan y Cody. Beulah le dijo que llevaban horas levantados, y que habían ido a la comisaría.

Cuando terminó el desayuno, Alex le dio las gracias a Beulah y, apresuradamente, salió en busca de Cody, sin poder quitarse de la cabeza la increíble noche que habían pasado juntos.

Cody y Brendan habían comenzado muy temprano la jornada, y habían llegado a Brigsby antes del mediodía, lo cual les daba una hora completa de luz plena antes de tener que ponerse en camino de vuelta a Victory.

Era evidente que Milo Roundtree tenía un escondite en el que ocultarse de día. Había atacado primero Brisgby, y después Hollow Tree, lo cual convertía aquellos dos lugares en candidatos posibles, pero no seguros.

Cody se sintió cansado al pensar en las muchas maneras de las que Milo podría atacar su objetivo actual: Victory.

Podría elegir un asalto total, como había sucedido la noche anterior, o podría acercarse mediante la seducción y el engaño. A los vampiros les deleitaba tentar, usar las emociones y el instinto básico del deseo humano. Y, por muy orgulloso que estuviera el pueblo del éxito de aquella noche, si no encontraban la guarida de Milo y destruían a sus vampiros mientras dormían, finalmente las criaturas encontrarían el modo de infiltrarse en Victory.

Y lo que realmente le aterraba era que podrían conseguirlo a través de Alex...

La tumba de su padre estaba vacía.

Lo que significaba que Eugene Gordon estaba oculto en algún lugar, y Cody no tenía valor para decirle a Alex que debían darle caza y destruirlo.

Se preguntó si Eugene estaría sobreviviendo por sí mismo o se habría unido a la banda de Milo, aunque se las arreglara para mantenerse al margen de los ataques a Victory.

Se apartó todos aquellos pensamientos de la cabeza para otro momento, mientras se detenían en el centro de la calle principal de Brigsby. El pueblo entero estaba cubierto de polvo. La puerta de la barbería se abría y se cerraba a golpes a causa del viento, y puertas del salón se habían desencajado y colgaban en un ángulo extraño.

Cody desmontó y se mantuvo inmóvil, escuchando con los ojos cerrados, usando todos los demás sentidos. No percibió nada.

Nada, salvo el vacío.

—Yo registraré la taberna —dijo Brendan.
—No vamos a separarnos —le dijo Cody.
Ataron las riendas de los caballos entre el salón y el almacén, y llevaron dentro sus armas, por si acaso había algún problema.
El salón estaba vacío.
Salvo por los restos momificados de un hombre que había caído sobre la mesa de póquer, con la mandíbula en una posición extraña.
Tenía un par de ases.
Era una pena que no hubiera podido ganar nada.
Brendan miró el cuerpo, y después a Cody, y arqueó una ceja.
Cody sacudió la cabeza.
—Está muerto. Pero...
Se acercó al hombre, le agarró la cabeza con las manos y dio un giro brusco. La carne seca y el hueso se rompieron con facilidad. Dejó la cabeza en la mesa y dijo con pena:
—No tenemos tiempo para entierros decentes.
—Lo sé. Vamos —dijo Brendan.
En el almacén, se detuvieron y miraron las estanterías de telas, grano, de conservas y de alimentos, todo ello cubierto con buenas telarañas.
Lo que les preocupó de verdad fue que el suelo estuviera cubierto de restos de animales, de gatos, perros, ratas, ardillas, un cordero y un coyote, y entre ellos, el cuerpo de un anciano.
En aquella ocasión, Cody no tuvo necesidad de quitarle la cabeza. El cuerpo había sido mutilado salvajemente.

Le hizo una señal a Brendan para que se mantuviera inmóvil y, silenciosamente, avanzó hacia el final del mostrador, sujetando con fuerza una estaca.

Algo, alguien, se abalanzó salvajemente hacia él. Él estaba listo, y atravesó a la criatura con la estaca antes de ver su cara. El hombre se agarró a la estaca y echó la cabeza hacia atrás, y Cody y Brendan pudieron ver una mata de pelo enredada y un rostro cubierto de barba.

Cody clavó al vampiro en el suelo, donde la criatura se retorció en la agonía, hasta que murió. Quedó quieto, y comenzó a oscurecerse y a quebrarse. Era un vampiro joven, y dejó de descomponerse antes de convertirse en una pila de cenizas.

Brendan se había acercado a Cody.

—Lo conocía —dijo suavemente—. Se llamaba JoJo Grayson, y era una especie de silvicultor, un nómada. Se ganaba la vida cazando serpientes y bichos para vender las pieles. Venía a los pueblos de la zona cuando tenía necesidad de pasar la noche en el prostíbulo. Siempre olía a rayos, pero era un hombre inofensivo.

Cody se agachó y le cortó la cabeza.

Entonces sí fue inofensivo.

—¿Crees que estará aquí la guarida? —le preguntó Brendan.

—No, creo que no.

—Entonces, en Hollow Tree.

—Es probable —admitió Cody—. Tenemos que terminar aquí, comprobar que no haya más criaturas y volver a la ciudad antes de que anochezca. Mañana iremos a Hollow Tree.

Retiró la estaca y se puso en pie.

Continuaron. Había muchos edificios en Brigsby, no tenían demasiado tiempo para registrarlos todos.

La comisaría estaba vacía.

Alex bajó a la pasarela de madera y miró hacia el final de la calle. Algunos peatones la saludaron, y ella sonrió y les devolvió el saludo. Después se giró y miró hacia el cementerio. Allí había gente, aunque Alex no distinguía quiénes eran.

¿Estaban enterrando a los muertos de la batalla de la noche anterior?

Quizá Cole y Dave estuvieran en el cementerio, pensó, y quizá también Cody y Brendan. Ella todavía no había estado allí. Había estado evitándolo, porque no quería ver la tumba de su padre. De ese modo, no tendría que aceptar definitivamente que estaba muerto y que no iba a volver. Al recordarlo, se sintió culpable, y decidió que era el momento adecuado para hacerlo.

Se dirigió a la casa de huéspedes y pasó al establo. Al saber cuáles eran sus planes, Levy asintió, sin decir nada, y la ayudó a ensillar a Cheyenne. Ella le prometió que volvería pronto.

El trayecto hacia el cementerio era corto. Al aproximarse, vio que Cole, Dave y otros hombres estaban allí. Habían construido una pira funeraria fuera de las puertas de madera del camposanto, y habían cavado una fosa, y ella sabía que los restos de los vampiros que habían muerto la noche anterior serían enterrados allí.

Cuando desmontó, Cole la vio.

—Alex, ¿qué estás haciendo aquí? —le preguntó con consternación.

—He venido a ver la tumba de mi padre —dijo.

—Alex, éste no es un buen momento para hacerlo.

Sin embargo, ella ya había rodeado el fuego y había entrado al cementerio.

—Sé dónde está —le dijo a Cole—. Siempre me dijo que quería ser enterrado en el punto más alto, en el centro, porque se consideró el centro de Victory durante mucho tiempo.

—Alex...

—¿Qué es esto, por el amor de Dios? —susurró Alex.

Parecía que el camposanto había sufrido un ataque. Muchas de las tumbas estaban abiertas y vacías, presididas por las lápidas silenciosas. Se volvió y le clavó una mirada fulminante a Cody, y después corrió hacia la pequeña colina que había en el centro del cementerio.

Encontró la tumba de su padre exactamente en el lugar que esperaba.

El terreno estaba recién removido, y había un agujero en el suelo. El ataúd de su padre estaba junto a la fosa, abierto y vacío.

CAPÍTULO 11

Cuando entraba en el pueblo junto a Brendan, cansado y triste, Cody vio al grupo del cementerio.

Y vio a Alex, junto a la tumba de su padre, con los puños apretados a ambos lados del cuerpo, mirando fijamente a Cole Granger.

—Oh, demonios —murmuró.

—Quizá tendrías que haber hablado con ella, haberle dado la noticia con tacto —comentó Brendan.

Cody miró a su amigo con el ceño fruncido.

—¿Crees que debería haberle dicho que lo más probable es que su padre sea un vampiro y que forma parte de la banda de Milo Roundtree?

Cody taloneó a su caballo y salió a galope hacia el cementerio. Brendan lo siguió. Mientras se aproximaban, varias personas de las que estaban cuidando el fuego los saludaron, y Cody les devolvió el saludo distraídamente mientras desmontaba de un salto, tiró las riendas hacia la valla y caminó con rapidez hacia la tensa escena que estaba teniendo lugar en la colina del cementerio.

—¿Qué es lo que pasa, Cole? —estaba diciendo Alex mientras Cody se acercaba—. ¿Cómo te has atrevido a desenterrar a mi padre? No tenías ningún derecho a perturbar su tumba, ni ninguna de las demás. ¿Por qué lo has hecho, Cole? ¿Por qué?

Cody se dio cuenta del instante en que ella lo vio, porque se puso muy rígida y la furia hizo que entrecerrara los ojos. A Cody se le encogió el estómago.

—Alex —le dijo con dureza—. No la tomes con Cole. Él no tiene la culpa de nada de esto. Si necesitas echarle la culpa a alguien, échamela a mí.

Antes de que Cody pudiera continuar, Alex se acercó a él de dos zancadas y lo empujó con fuerza.

—¿Qué demonios estás haciendo? Todo el mundo te ha agradecido mucho tus conocimientos y tu ayuda, y todos han cumplido tus órdenes. Sin embargo, ahora te estás aprovechando de este pueblo. ¿Qué? ¿Has echado a suertes a quién había que desenterrar y cortar en trocitos? ¿Qué especie de morboso eres?

Volvió a empujarlo con fuerza, en el pecho, para subrayar sus palabras.

Él la tomó por las muñecas.

—Alex, escucha. No hemos elegido nada. Sólo estamos haciendo lo que hay que hacer. Estoy seguro de que Cole te lo habría explicado si le hubieras dado la oportunidad.

—¿Por qué habéis desenterrado a esta gente? ¿Por

qué habéis desenterrado a mi padre? —preguntó ella furiosamente.

—Alex, no los hemos desenterrado. Ellos se habían desenterrado ya.

—¿Cómo?

—Ya sabes lo que son los vampiros. Los has visto. Cuando un vampiro desangra a una persona, y la mata, esa persona vuelve. ¿Cómo crees que sucede?

Ella negó con la cabeza.

—Pero... ¡estaban en sus tumbas! Cole dijo que tenías que decapitarlos, como al hombre que murió en la calle, como a los vampiros que matamos anoche.

—Sí —dijo Cody.

Ella miró a Cole.

—Entonces, ¿los habéis encontrado en sus tumbas? ¿Por qué no estaban con Milo?

—Milo no quiere a todo el mundo al que infecta. Los deja abandonados, y ellos se comportan como recién nacidos, confusos, hambrientos, desesperados, unos recién nacidos letales. Alex, nosotros los dejamos que descansen en paz. Impedimos que maten, ¿es que no lo entiendes?

—¿Y mi padre? ¿Le hicisteis esto a mi padre?

—No —dijo Cole.

—¿Por qué no?

—Porque no estaba en su tumba.

Ella lo miró durante un instante eterno, sin decir nada. Después se dio la vuelta y bajó corriendo la colina hacia su yegua. Montó con agilidad, y después salió al galope.

—¿Dónde demonios va? —preguntó Dave.

Cody no respondió. Ya estaba a medio camino colina abajo, siguiéndola.

Alex fue directamente al salón. Desmontó de un salto, ató las riendas de Cheyenne a la barandilla de la pasarela de madera y subió los escalones hacia el bar.

Cuando entró, Roscoe la miró con desconcierto.

—Me gustaría tomar un whisky, Roscoe.

—Eh... ¿perdón? —preguntó él, parpadeando.

—Quiero un whisky —repitió ella más lentamente.

—Señorita Alex...

—Un whisky, Roscoe.

Él asintió, se dio la vuelta y le sirvió la copa. Alex se la tomó de un trago y sintió un escalofrío. Después hizo una mueca de dolor. Dios, aquello tenía un sabor espantoso.

Sin embargo, mientras sentía el calor bajando por su garganta hasta el estómago, se dio cuenta de que, extrañamente, le daba fuerzas.

Todos estaban locos. Su padre no era un vampiro. No era como Milo Roundtree.

—¿Señorita Alex?

Alex se dio la vuelta y vio a Jigs. Estaba sentado en el banco del piano, mirándola.

—Hola, Jigs —dijo con una expresión sombría, y lo miró con atención. Frunció el ceño. El pianista tenía aspecto de estar muy cansado, y estaba pálido.

—¿Estás bien?

—Supongo que estoy cansado, y también preocupado. Dave Hinton ha dormido aquí estas dos últimas noches. Hace guardia hasta las cuatro de la mañana, y después yo lo relevo unas horas, y después, Roscoe.

Oyó unos pasos, y miró hacia arriba. Linda estaba bajando las escaleras. Alex intentó mirarla con objetividad. Le resultaba muy difícil ver a Linda, Linda Gordon, tan alegre y abierta sobre su promiscuidad sexual cuando Eugene Gordon le había hecho el honor de convertirla en su esposa. Cuando Alex se había marchado del salón, después de su conversación del otro día, se iba pensando que aquella mujer le caía bien.

Sin embargo, en aquel momento, después de lo que acababa de saber de su padre, lo que menos quería era ver a Linda y su escasa vestimenta.

—¿Qué pasa, cariño? —le preguntó Linda despreocupadamente, de camino a la barra.

—Tú viste cómo enterraban a mi padre, ¿verdad? Quiero decir que no te fuiste del pueblo a buscarte la vida antes de su entierro, ¿no? —le preguntó Alex.

Linda se sobresaltó, pero después sonrió lentamente.

—Ooh. La pequeña Alex tiene garras.

—Respóndeme, por favor.

La diversión se desvaneció de los rasgos de la otra mujer.

—Claro que estuve en su funeral. Vi cómo lo enterraban, por supuesto. Jim Green se ocupó de él, y vino el pastor de Brigsby para asegurarse de que tuviera una ceremonia cristiana —respondió Linda—. ¿Por qué?

Alex no tuvo oportunidad de responder. Cody entró de repente por la puerta, y dijo:

—Porque no está en su tumba. Por eso.

Linda miró de Alex a Cody.

—Claro que está en su tumba —dijo, como si se hubieran vuelto locos.

—No. La abrimos el otro día. La tierra ya estaba removida, y su ataúd no estaba sellado. Y él no estaba dentro.

Linda agitó la cabeza y arrugó la nariz.

—¿Me estáis acusando de haber robado el cuerpo de Eugene?

—No estoy acusando a nadie de nada. Sólo estoy exponiendo un hecho.

—Oh, sí, claro que sí —dijo Alex—. Estás acusando a mi padre de ser un vampiro como Milo Roundtree.

—Yo nunca he dicho que fuera como Milo Roundtree —respondió Cody.

—Dios Santo —susurró Roscoe. Se sirvió un whisky y se lo tomó de una vez, rápidamente.

—Pero hay que destruirlos a todos. Todos son monstruos, ¿no? —preguntó Alex.

Cody permaneció en un silencio obstinado.

Alex volvió a mirar a Linda.

—Dime una cosa, ¿tú has visto a mi padre? ¿Ha estado rondando tu balcón, dedicándote citas de Shakespeare? Siempre le encantó Shakespeare. Quizá haya estado haciendo de Romeo, intentando seducir a su Julieta para poder morderle el cuello y dejarla seca.

—Alex —murmuró Linda.

Alex estaba al borde de la histeria, y lo sabía. Debería haberse ido a casa. Iba a marcharse a casa. Sin decir una palabra más, salió disparada del bar, tomó las riendas de Cheyenne y rodeó la casa de huéspedes de camino al establo. Le entregó la yegua a Levy y entró por la puerta principal de la casa, pasó por delante de la cocina dejando a Beulah con el saludo en la boca y subió las escaleras rápidamente, sabiendo que Cody y Brendan llegarían pronto. No quería verlos, no quería hablar con nadie.

Subió directamente a su dormitorio. Había agua limpia en el aguamanil. Vertió un poco en el lavabo y se enjuagó la cara y las manos, con la esperanza de sentirse mejor. Después se quitó las botas y se tendió en la cama, mirando al techo.

Nadie sabía cómo había muerto su padre. Solamente habían encontrado su cadáver. No estaba destrozado, sólo estaba tendido en el suelo, muerto. Lo habían amortajado y lo habían enterrado. A dos metros bajo tierra.

Y él ya no estaba en su tumba.

Alex ya no estaba enfadada. Estaba entumecida. Se dijo una y otra vez que no era posible que su padre se hubiera convertido en un monstruo, y recordó su sueño.

Él no tenía intención de hacerle daño. Estaba intentando salvarla de Milo Roundtree. La estaba advirtiendo.

Se estremeció al recordar lo que les había dicho Cody: que no debían dejarse engañar por los lamentos de sus seres queridos.

Sin embargo, su padre era distinto. Tenía que ser distinto.

Se movió por la cama con desasosiego. Quería dormir, soñar... y quizá en alguno de sus sueños pudiera alcanzar a su padre. Si su sueño anterior había sido una visión, su padre no estaba con Milo Roundtree.

No se había convertido en un asesino sanguinario. Él...

¿Qué? ¿Estaba viviendo solo, escondiéndose en algún sitio, luchando contra la sed de sangre, que según Cody, lo atormentaba?

Quizá fuera cierto, o quizá...

Cerró los ojos, y se obligó a respirar lenta y calmadamente.

Cody entró en la casa y fue de habitación en habitación, buscando a Alex. Volvió a la entrada, encontró a Beulah y le preguntó:

—Está aquí, ¿no?

Beulah asintió.

—¿Qué ha pasado, señor Fox? ¿Por qué está tan disgustada?

—La tumba de su padre está vacía. Lo descubrimos el otro día, pero...

—Pero nadie quería decírselo a Alex, y usted estaba seguro de que tenía la situación bajo control —dijo Beulah secamente. Cody la miró con asombro, y ella continuó—: ¿Sabe una cosa, señor Fox? Creo que si hay alguien que puede controlar lo que está ocurriendo aquí es usted. Pero eso no significa que pueda controlar a la señorita Alex.

—¿Dónde está?

—Está en su habitación, y será mejor que la deje tranquila ahora, señor Fox. Ya hablará con Alex cuando se haya calmado y haya podido reflexionar sobre las cosas.

Cody frunció el ceño de repente.

—Beulah, usted no ha sentido que Eugene haya estado por aquí, ¿verdad?
—¡Claro que no!
—¿Beulah? La casa está decorada con cruces y ajos.
Ella alzó la barbilla y le respondió con gran dignidad.
—Mi abuela era una mujer sabia, señor Fox. Fue esclava en Haití, pero vino a los Estados Unidos durante la revolución haitiana. Nos enseñó cosas que había aprendido en África, y que había aprendido de su maestro francés. Sabía muy bien que existen los muertos vivientes. Cuando el señor Eugene murió, pensé que teníamos que hacer todo lo posible por mantener la seguridad en esta casa, con todo lo que había ocurrido en Brigsby y Hollow Tree —dijo, y con un pequeño resoplido, añadió—: Aunque no sirvió de nada la noche en que esas sucias criaturas entraron.
—Esto es una casa de huéspedes, un lugar público —dijo Cody—. Pero ahora, Brendan y yo estamos aquí, y estamos preparados.
—¿Preparados? —inquirió Beulah—. Puede que estemos preparados en el pueblo, pero la gente de Victory vive por toda la zona. Hay ranchos esparcidos por todo el campo, y granjas. Y está el negocio del señor Snow, y el poblado apache... Señor, ¿qué ocurrirá si los vampiros convierten en monstruos a esos guerreros?
Cody gruñó, porque ella estaba diciendo en voz alta lo que él pensaba.
—No vamos a esperar a que suceda eso. Vamos a encontrar a Milo y a su banda, y los exterminaremos.
Beulah asintió.

—Me alegro de oír eso —dijo—. Por ahora, vengan a cenar. El señor Vincent y usted necesitan reponer fuerzas. Después podrá ir a hablar con la señorita Alex.

Cole y Dave estaban jugando al póquer en el salón, dejando que pasara el tiempo hasta el atardecer. En cuanto el cielo comenzó a oscurecerse, Cole se puso en alerta.

Todos estaban armados, como el resto del pueblo, con arcos, flechas y estacas. Las chicas se habían acostado, y Roscoe estaba durmiendo detrás de la barra hasta que llegara su turno de vigilancia.

Jigs estaba despierto, observando las nuevas puertas del salón, que ya no eran de bandera, sino que se cerraban por completo y con un robusto cerrojo.

Cole no estaba seguro de si aquellas puertas servirían de mucho en un lugar público, dado que el salón estaba implícitamente abierto al público, pero no iba a rechazar ninguna precaución. Se sentía inquieto, y tiró las cartas sobre la mesa.

—Me has vuelto a ganar, Cole —le dijo Dave, disgustado.

Ganar o perder a las cartas era lo último que tenía Cole en la cabeza. Se levantó y se acercó a Jigs.

—Jigs, Dave y yo estamos aquí. Tienes cara de cansado, así que vete a la cama e intenta dormir un poco por si acaso te necesitamos después.

Jigs asintió. Se levantó del banco del piano y se estiró.

—Tiene razón, sheriff —dijo, y después sacudió la cabeza–. No sé cómo va a terminar todo esto. Este pueblo no puede seguir así, con todo el mundo escondiéndose a todas horas. Este salón, las chicas... No podemos sobrevivir sin clientes.

–Aguantaremos, Jigs. Tenemos ayuda, y otros pueblos no la han tenido. Ganaremos. Ya lo verás.

Quizá Jigs no lo creyera del todo, pero estaba demasiado cansado como para contradecir a Cole. Agitó una mano en señal de despedida.

–Gracias, sheriff –dijo, y subió las escaleras arrastrando los pies.

Estaba muy cansado. Exhausto.

Cuando llegó a su habitación, comprobó que las ventanas estuvieran bien cerradas y colocó las cruces y las guirnaldas de ajo a su alrededor. Si ocurría algo abajo, lo oiría, así que se acostó vestido, con botas y todo. En dos segundos se había quedado dormido.

A Jigs le gustaba mucho dormir últimamente, debido a los sueños eróticos que estaba teniendo. No tenía problemas en encontrar mujeres en Victory debido a su mezcla de ancestros. Demonios, no en un prostíbulo. Pero encontrar el amor... eso era algo diferente. La verdad, él era feo, y a las mujeres no les gustaba eso.

Pero en sus sueños...

En sus sueños, ella se colaba directamente en su habitación y se acercaba a la cama. Cuando abría los ojos, la veía allí, sonriendo. Ella le posaba un dedo sobre los labios para que mantuviera silencio, y después sonreía con picardía y comenzaba a hacerle cosas.

No... todo.

Pero lo suficiente. Lo suficiente como para que él

empezara a jadear como un colegial cuando ella se tendía a su lado, delgada y elegante, y le susurraba al oído. A ella le gustaba juguetear, mordisquearle el oído y acariciarle el cuello. Él notaba un pinchazo de vez en cuando, pero entonces, ella comenzaba a lamerle, a calmar su carne, y entonces, él flotaba por encima de la cama.

—Es nuestro secreto, Jigs —susurraba ella cuando se marchaba—. No quiero que las otras chicas sepan el tesoro que eres. Y no quiero que nadie se entere de que vengo a verte... ¡por cuenta de la casa! —decía, y se echaba a reír.

Y cuando se había marchado, Jigs se quedaba a solas en la cama, disfrutando de la excitación de aquel sueño. Siempre se sentía muy cansado después, pero cansado de un modo que le hacía sonreír. Era la mejor manera de la que podía cansarse un hombre.

Sabía que sólo eran sueños... pero todos los hombres se merecían sus sueños.

Alex intentó imaginarse a su padre. Era un hombre guapo, y no tan viejo, sólo tenía cuarenta y cinco años. Tenía algunas canas; sin embargo, no hacían otra cosa que subrayar el carácter que se reflejaba en su rostro. Caminaba erguido, y era alto, de hombros anchos, atlético.

Se lo imaginó en la llanura, el último día de su vida.

Intentó sentir la brisa, el calor del sol, el brillo del atardecer. Se imaginó los arbustos rodadores.

«Aparece...».

Era un pensamiento. Un ruego.

Sin embargo, por mucho que intentó conjurar la imagen de su padre, no lo consiguió. Sólo vio oscuridad, como si unas nubes negras hubieran invadido su mente, hubieran bloqueado la visión de la llanura y de su padre.

La oscuridad era espesa, tenía vida propia.

Poco a poco, comenzó a aclararse.

Alex vio una casa. Un rancho bonito, rodeado de campos de cultivo, algunos de ellos vallados.

Era una casa familiar, y ella se dio cuenta de que llevaba mucho tiempo en pie.

Y dentro...

Dentro siempre había olor a galletas recién hechas y risas de niños.

Pero aquella noche no.

Ella entró en su propio sueño, en su visión, y supo que aquella noche, aunque todavía era pronto, los niños y su madre se habían acostado ya, mientras el esposo apagaba las luces. Alex los conocía. Bill y Dolores Simpson. Pobre matrimonio, todavía llorando a su pequeña Amy, que había sido el sol de la casa.

Mientras ella los observaba, Bill se acostó por fin, y la casa se sumió en el silencio. Alex casi notaba la intensidad de su dolor, algo que ella conocía muy bien.

Entonces sintió un movimiento en la oscuridad, y en un segundo, vio a Dolores levantarse de la cama. En la puerta del dormitorio se dio la vuelta para mirar a Bill; su marido no se había despertado.

Dolores salió del dormitorio y cerró cuidadosamente la puerta, y caminó por el pasillo. Parecía como si... flotara.

Llegó a la habitación de sus hijos y entró para asegurarse de que estaban bien. Después se acercó a la cama de su hijo menor, Jared, y se sentó a su lado.

Alex se sintió inquieta, y luchó contra aquel sueño, pero no le sirvió de nada. No tuvo más remedio que ver cómo Dolores se inclinaba sobre su hijo y le tapaba la boca con brusquedad. Después separó los labios y exhibió los colmillos.

Echó hacia atrás la cabeza y, con un gruñido de placer, se inclinó y clavó los colmillos en la carne blanda del cuello de su hijo.

CAPÍTULO 12

La cena ya casi había terminado.

Cody y Brendan estaban tomando el café y un trozo de tarta de cerezas de Beulah, cuando se oyó un grito desgarrador desde el piso de arriba.

Cody se puso en pie inmediatamente y subió las escaleras en segundos. No llamó, no vaciló, no entró a través de su propia habitación. Pasó a la de Alex directamente, preparado para cualquier cosa.

Pero no había ningún intruso. Ella estaba sentada en la cama, vestida, aunque no llevaba calzado, y mirando hacia delante.

Y gritando.

Él miró por la habitación, pero no había nadie.

Se aproximó a ella, la agarró por los hombros y la zarandeó suavemente.

—Alex, ¿qué te ocurre?

Ella pestañeó y se quedó callada.

—¿Alex?

Entonces, Alex jadeó y lo tomó del brazo.

—Tenemos que ir al rancho de Bill Simpson. Su mujer... los niños. He visto cómo sucedía, pero quizá todavía estemos a tiempo.

Saltó de la cama y se puso las botas. Cody se dio cuenta de que Brendan lo había seguido y estaba esperando en el umbral de la puerta, con el resto de la casa tras él.

—Vamos —le dijo Cody—. Tenemos que salir de aquí.

—No vais a ir sin mí —dijo Alex.

—No hay ningún motivo para que te arriesgues...

—Claro que sí. Fui yo la que tuvo la visión, y quiero ayudaros a acabar con lo que está sucediendo. Levy, Bert y tú vigilad bien la casa —dijo Alex.

—Alex, te estoy diciendo que...

—Y yo te estoy diciendo que vamos a tener que enterrar a otro niño si no vamos al rancho rápidamente —dijo Alex, mientras se ponía la chaqueta.

A Cody le preocupaba el hecho de distraerse en una lucha en un momento crucial por la necesidad de proteger a Alex, pero como ella ya estaba de camino a la puerta, no tenía elección.

—Bert —dijo, siguiéndola—. Ve al salón y avisa al sheriff. Quizá esto sea un truco para sacarnos del pueblo. Manteneos en alerta.

Bert asintió.

—Levy, no salgas de la casa —dijo Cody.

—No lo haré.

—Yo echaré el cerrojo de la puerta cuando salgan —dijo Beulah—. Tess, Jewell, debéis estar preparadas para defenderos.

Alex, que conocía bien el camino al rancho, fue en cabeza. Cody y Brendan la seguían muy de cerca. Tuvieron que detenerse a las puertas de la granja, que estaban encadenadas. Bill había puesto letreros que advertían de que cualquiera que entrara sin permiso podría recibir un disparo.

Cody hizo girar a su caballo, se dirigió a galope hacia la valla y la saltó. Brendan y Alex hicieron lo mismo.

Cuando se acercaban a la casa, Alex gritó:

—Bill, soy Alex. No dispare. Están en peligro, y hemos venido a ayudar.

Cody no perdió el tiempo esperando a que Bill abriera la puerta. Entró directamente y estuvo a punto de chocarse con el hombre, que estaba en el pasillo, perplejo, con un rifle entre las manos.

Era evidente que no sabía si usarla o no.

—Es su esposa —dijo Alex, que estaba detrás de Cody—. Está enferma, Bill.

Cody los dejó hablando y fue a revisar las habitaciones. Dolores estaba en el segundo dormitorio al que se asomó, sentada en la cama junto a uno de sus hijos, con una espantosa mueca en la cara y la boca abierta de una manera antinatural.

La saliva le goteó de los colmillos cuando se agachó hacia el chico.

Cody se lanzó hacia ella y la empujó de la cama. Se colocó a horcajadas sobre ella en el suelo, mientras la mujer gritaba de furia y se retorcía, blandiendo los puños hacia él, intentando clavarle los colmillos. Los niños se despertaron y comenzaron a gritar y a llorar.

Jared, a quien su madre había estado a punto de desangrar, corrió hacia Cody y comenzó a darle puñetazos en la espalda.

Sin embargo, los demás ya habían entrado en la habitación.

—¡Bill, llévese a los niños de aquí! —gritó Alex, y consiguió agarrar a Jared, mientras Bill se llevaba al otro chico en brazos, mirando a su esposa con una mezcla de horror y miedo.

Brendan se movió rápidamente para ayudar a Cody, y le inmovilizó las piernas a Dolores sentándose sobre ellas. Cody quedó libre para forcejear con sus brazos y evitar sus colmillos. Justo cuando los dos hombres la dominaron, Bill entró otra vez en la habitación.

—¡Oh, gracias a Dios! Todavía está viva. No pueden matarla. Pero... ¿qué está ocurriendo?

Al oír la voz de su marido, Dolores se puso frenética otra vez y comenzó a gritar, a dar patadas, para intentar liberar los brazos.

—Bill, por favor, tráigame una cuerda fuerte —le dijo Cody—. Voy a hacer todo lo posible por salvarla, pero no permitiré que se lleve a nadie por delante, ¿me entiende?

Bill asintió con tirantez y desapareció.

Un minuto después había vuelto con una cuerda gruesa. Cody le ató los brazos y las piernas a Dolores mientras ella luchaba contra Brendan con una fuerza increíble. Después, entre los dos, colocaron a Dolores sobre la cama y la ataron allí.

—¿Qué vamos a hacer? —preguntó Bill ansiosamente.

—Usted debería salir de aquí —le dijo Cody con suavidad—. No tiene por qué verla de este modo.

Bill lo miró con un ruego en los ojos.

—Es mi esposa. Acabamos de perder a nuestra hija pequeña.

—Lo sé, Bill, y voy a intentar salvar a Dolores. Ahora, vaya a cuidar a sus hijos. Lo necesitan.

Cuando Bill salió de la habitación, Cody se volvió hacia Brendan y le dijo:

—Necesito mi maletín médico.

—¿Vas a hacerle una transfusión de tu sangre? —le preguntó Brendan—. Hace muy poco desde la anterior, Cody.

—No pasa nada. Me recupero rápidamente.

—¿Tanto?

—Sí. Creo que sí. Demonios, Brendan, es la única posibilidad de que esta mujer sobreviva.

Brendan salió de la habitación, y Cody se apoyó contra la pared y vio que Dolores estaba recuperando, lentamente, la conciencia. Cerró los ojos y se quedó inmóvil, y después de un momento, los abrió y miró a su alrededor. Se quedó desconcertada al verse atada a la cama de su hijo.

Miró a Cody.

—¿Qué ha ocurrido? —preguntó.

Cuando él se acercó, Dolores se asustó.

—¿Dónde están mis hijos? ¿Y mi marido?

—Están perfectamente. Pero usted ha sido... infectada. Ha estado a punto de matar a su hijo esta noche.

Ella lo miró sin dar crédito, sacudiendo la cabeza.

—No —susurró, y comenzó a llorar.

—Dolores, tiene que confiar en mí. Tiene que dejar que la ayude. Voy a darle sangre. Mi sangre. Le servirá para luchar contra la enfermedad.

—¿Dónde está Bill? —preguntó ella quejumbrosamente.
—Está fuera, con los niños. No quería que la viera hasta que no volviera a ser... usted misma.
—Amy... quiero mucho a Amy. Pero mis hijos... ¿cómo he podido hacerles daño a mis hijos?
—No estaba en su sano juicio, Dolores. Todo va a solucionarse, pero tengo que mantenerla atada por el momento. Voy a darle mi sangre, y no puede enfrentarse a mí durante la transfusión, ¿comprende?
—No lo haré, señor Fox. Se lo prometo. Preferiría morir antes que hacerles daño a mis hijos. Por favor, no lo permita. Si no... si no me curo... entonces tiene que matarme. No permita que mis hijos corran peligro.
Brendan volvió en aquel momento con el maletín. Cody comenzó a seleccionar agujas, mientras Brendan lo ayudaba colocando los tubos.
—La transfusión de sangre es algo asombroso, Dolores —le dijo Cody para intentar mantenerla tranquila—. En mil seiscientos veintiocho, un médico inglés llamado William Harvey descubrió la circulación de la sangre. Poco después, los doctores intentaron realizar la primera transfusión, pero no tuvieron éxito hasta el año mil seiscientos sesenta y cinco, y ni siquiera fue con una persona. Un médico llamado Richard Lower mantuvo a unos perros con vida inyectándoles la sangre de otros perros. Después hubo varios éxitos con humanos, pero como los médicos usaban sangre de animales, las leyes lo prohibieron, y pasaron otros ciento cincuenta años hasta que pudo usarse sangre humana para salvar la vida de las personas.

Cody no estaba muy seguro de que Dolores le estuviera prestando atención, pero parecía que el sonido de su voz le gustaba.

—Esto le va a doler un poco —dijo.

Dolores gimió cuando la aguja se le clavó en el brazo. Cody deshizo con habilidad los torniquetes que había puesto en su brazo y en el de ella, permitiendo de aquel modo que su sangre fluyera en el cuerpo de Dolores, mientras ella le preguntaba:

—¿Voy a ponerme bien?

—Vamos a hacer todo lo posible para que así sea —respondió Cody.

Entonces Dolores cerró los ojos y se quedó callada.

Cody respiró profundamente mientras abría y cerraba el puño para mantener la sangre circulando.

—Cody —le dijo Brendan después de un rato—. Ya es suficiente.

Cody asintió. Mientras Brendan aplicaba presión en el brazo de Dolores y retiraba la aguja, Cody se ocupó de sí mismo.

—¿Qué piensas? —le preguntó Brendan ansiosamente—. ¿Tiene alguna posibilidad?

—Siempre hay una posibilidad. Tendremos que esperar para comprobarlo.

Milo Roundtree caminaba de un lado a otro bajo los árboles con una expresión dura. Desagradable.

La mujer irguió los hombros y se acercó a él.

—Me has mandado llamar —le dijo—. Pero podías haber ido a verme. Nunca has tenido problemas para hacerlo.

Él le clavó una mirada fría que la asustó.

—No voy a arriesgarme para ir a verte.

Ella se puso muy tensa. Cómo había cambiado la historia. Recordaba muy bien su primera seducción.

No había tenido ni la más mínima oportunidad contra sus promesas y sus lisonjas. Había creído que él la adoraba, que la necesitaba, que la deseaba, y que ella sería una reina entre los de su nueva raza, que eran lo suficientemente fuertes como para conseguir cualquier cosa que pudieran querer. Para regir el mundo.

—Muy bien —dijo—. ¿Qué es lo que quieres?

—¿Por qué estás tardando tanto? —le preguntó él—. Van a salir a cazar, de día, muy pronto, si no lo han hecho ya.

Ella se rió.

—Cody Fox y Brendan Vincent. ¿Dos hombres, y tienes miedo, cuando tú tienes a tantos a tu alrededor?

Milo se quedó pensativo un momento.

—Hay algo... Cody Fox no es un hombre normal —musitó, y después agitó la cabeza—. No importa. Eso es asunto mío. ¿Qué pasa en el pueblo?

—Las cosas van muy bien. He convertido a mucha gente, y pronto habré convertido a muchos más —dijo ella con orgullo—. En cuanto al poblado apache... he oído decir que ahora está muy tranquilo. Y no sé nada sobre la familia que se estaba convirtiendo a sí misma en Calico Jack. Sin embargo, ya he empezado a infiltrarme en los ranchos. He hecho lo que querías. No he fallado.

Él la agarró de repente, con una fuerza terrorífica, y la atrajo hacia sí.

—Yo te hice, mi amor. Y puedo destruirte.

—He hecho lo que deseabas —repitió ella, intentando no echarse a temblar.

Él era muy poderoso, y la mujer había visto cómo, cuando estaba insatisfecho, se cebaba con los suyos.

Él la soltó con tanta brusquedad que ella estuvo a punto de caerse, pero consiguió mantener el equilibrio, se irguió y se quedó inmóvil.

—Ocúpate de los ranchos —dijo él.

—Antes de mañana...

—Esta noche. Lo sabré.

—Si no quieres venir tú mismo, envía a alguien para que lo compruebe. Ellos verán que puedo cumplir mi parte del trato.

Entonces, él se enfureció de nuevo y se acercó a ella; sin embargo, la mujer se mantuvo firme, mirándolo con frialdad, con sabiduría.

Él la abofeteó. Con fuerza. Con tanta fuerza que la tiró al suelo.

—Recuerda esto, y recuérdalo bien: yo te hice, y puedo destruirte. Te di poder, y no dejé que te pudrieras, ni que tuvieras que alimentarte de los bichos del bosque. No me falles, no me enfades, o te destrozaré.

Ella se quedó sentada en la tierra, odiándolo.

Odiándose a sí misma.

Después, él se fue.

Alex se había llevado a Bill y a los niños a la cocina, y a la luz de las lámparas de queroseno, había hecho chocolate. Él le había dado las gracias amablemente, pero estaba como atontado con la taza humeante entre las manos.

Después, se levantó y revolvió en un armario hasta que encontró una botella de whisky que debía de tener escondida allí. Después de poner un poco en el chocolate, volvió a dejarla en el armario.

De repente, Cody apareció en la puerta. A Alex le pareció que estaba muy pálido, y que se tambaleaba un poco. ¿Cuánta sangre podía dar en cuestión de días y sobrevivir?

—¿Cody? —susurró.

Tomó una taza limpia, sirvió chocolate caliente y se la dio sin decir una palabra.

—¿Cómo está Dolores? —preguntó Bill con miedo.

—Está resistiendo —respondió Cody.

—¿Podemos verla los niños y yo? —preguntó Bill.

Cody asintió.

—Durante unos minutos. Pero... lo siento, todavía no podemos desatarla. Tenemos que saber si el tratamiento ha servido de algo.

Bill asintió, y los tres se fueron por el pasillo.

Cody esperó a que se hubieran ido y después se dejó caer en una silla junto a la mesa, con las piernas estiradas ante sí.

Alex se sentó a su lado y lo miró atentamente.

—¿Se va a poner bien?

—No lo sé.

—¿De verdad hay... alguna posibilidad?

—Sí —dijo él con una sonrisa débil. Sin embargo, después se puso serio—. Si se pone bien, y de ese modo, toda esta casa se salvará, es gracias a ti. ¿Con qué frecuencia tienes estos... sueños, o visiones, o lo que sean?

Alex se encogió de hombros.

—No muy a menudo, aunque... con más frecuencia últimamente. En el pasado he intentado hacer uso de lo que sabía sobre la gente, pero con discreción. Me metí en problemas cuando estaba viviendo en Washington. En realidad, me arrestaron. Por suerte, tanto el presidente como su mujer creen en las visiones, así que me dejaron en libertad. Abraham Lincoln es un buen hombre.

Cody se inclinó hacia ella.

—Alex, tienes que contarme todo lo que veas y lo que sueñes. Es muy importante.

Ella asintió.

—Te lo diré todo.

—No estoy tan seguro. ¿Está tu padre escondido en alguna parte?

Ella cabeceó con vehemencia. Necesitaba que él la creyera.

—Me niego a creer que sea un monstruo. ¿Es que nadie que tenga esta enfermedad ha evitado convertirse en un asesino? ¿Nunca? Tiene que ser posible.

Él apartó la mirada para que ella no pudiera ver lo que él estaba pensando. Era una cosa que nunca iba a compartir con ella.

—Alex, ha habido algunos casos, muy raros, en los que una persona no se ha transformado en vampiro completamente; por eso pudimos salvar a April Snow, y por eso quizá podamos salvar a Dolores. Pero... a tu padre lo infectaron hace muchas semanas, y no sabemos quién lo mató. Lo único que sabemos es que lo enterraron, y que ya no está en su tumba. Alex, no puedes arriesgarte, ni siquiera aunque él vaya a buscarte. Ésa es una estrategia de los vampiros. Amy atrajo a su madre al exterior de la casa porque sabía que su madre la quería. Me temo que tu padre hará lo mismo, y que tú no tendrás la fuerza suficiente para resistirlo.

Ella se irguió en la silla y se alejó de él.

—Y yo me temo que tú no me concederás la oportunidad de demostrar que tengo razón respecto a mi padre. Nadie lo ha visto nunca con Milo, ¿sabes?

Cody alzó las manos.

—Todavía no hemos visto ni a la mitad de los que están con Milo. No hemos encontrado su escondrijo. Y ya ha terminado con dos pueblos enteros, además de Dios sabe con cuántos carromatos, diligencias y trenes.

—Mi padre no está con él —insistió ella.

Brendan apareció de repente en la puerta, antes de que Cody pudiera responder.

—Cody, creo que debes venir.

Cody se levantó inmediatamente, y Alex lo siguió por el pasillo hasta la habitación en la que estaba Dolores.

Los niños se habían acurrucado junto a su madre sobre la cama, y Bill Simpson estaba de rodillas, a su lado.

Dolores tenía los ojos muy abiertos. Habló con una voz llena de tensión.

—Están cerca... los siento —dijo.

—No sé de qué está hablando —dijo Bill, mirando a Cody con preocupación.

—Yo sí —dijo Cody—. Vamos, niños. Tenéis que levantaros. Hay que llevar a vuestra madre a un lugar seguro.

—¿Qué? —preguntó Bill.

—Está sintiendo que se acercan los vampiros. Tenemos que llevarla a un lugar seguro —repitió Cody.

—Hay que desatarla —dijo entonces Bill.

—Todavía no.

—Pero... ¡estamos en peligro!

—Todavía hay un vínculo entre los vampiros y ella. Lo siento, pero no podemos arriesgarnos. Bien, ¿tiene sótano la casa? ¿Hay alguna habitación abajo, con un buen cerrojo?

—Sí, el sótano de las tormentas.

—Tenemos que llevar a su esposa allí abajo, y a los niños también —dijo Cody.

—Muy bien, vamos —respondió Bill—. Les mostraré el camino.

Tuvieron que salir de la casa para llegar hasta aquel sótano. Alex se estremeció cuando salieron. La noche había cambiado por completo.

Soplaba un viento fuerte que gemía.

Ella permaneció en el porche, sintiendo el aire y mirando hacia el cielo. Vio un brochazo rojo cruzando aquel lienzo oscuro y lleno de estrellas, como una advertencia escrita en sangre.

—¡Alex! —gritó Cody.

De repente, los lobos comenzaron a aullar, a emitir quejidos de angustia en la noche.

—¡Alex! —repitió Cody.

Ella los siguió a toda prisa hacia el sótano. Brendan

ya estaba junto a los caballos, tomando las armas. Colocó una fila de estacas en el porche, contra la barandilla, y también preparó arcos y flechas para tres personas.

Ella llegó junto a Cody. Él había bajado a Dolores Simpson al sótano, sin desatarla. Los niños estaban con ella. Bill se había quedado arriba, y Cody había vuelto a subir.

—Tienes que bajar —le dijo a Alex.

—No, estoy mejor aquí fuera. Puedo luchar. Luché contra ellos la otra noche.

—Pero alguien tiene que quedarse con Dolores —insistió Cody.

—Tiene a sus hijos.

—No. Milo todavía tiene mucha influencia sobre ella, y Dolores puede convencerlos de que la suelten.

—Bill la vigilará.

—Bill también será vulnerable —dijo Cody, cada vez con más severidad, mientras el viento y los lobos aullaban.

—¡Que alguien baje al sótano ya! —gritó Brendan—. ¡Los veo acercarse!

—No permitiré que me engañe, se lo juro, señor Fox —dijo Bill. Bajó al sótano y cerró con el pestillo en dos segundos. Ellos oyeron el clic.

Cody soltó un juramento.

—Alex, ¡sube al porche! Al menos tendrás la espalda protegida. Brendan, tú ve a la izquierda, y yo iré a la derecha —ordenó Cody.

Alex entendió la inteligencia de su plan, y obedeció. Los dos hombres apuntaron las flechas hacia el cielo.

En el cielo… se estaba formando una oscuridad profunda. Una mancha negra que se movía, que ocultaba la luna, cuya luz debería estar iluminando el patio.

—Preparaos. Están cerca —dijo Cody.

Bill Simpson tenía a su esposa agarrada por los hombros. Los niños estaban sentados a pocos metros, asustados. Ojalá él pudiera taparse los oídos para no oír los aullidos de los lobos.

De repente, Dolores comenzó a moverse. Miró hacia arriba, a Bill, con una sonrisa y una expresión de coquetería.

—Se acercan, Bill. Tienes que soltarme.

Él negó con la cabeza. Se asustó inmediatamente.

—Oh, Bill. Ellos pueden darnos cosas que tú ni siquiera te imaginas. Virilidad, juventud. Si me soltaras ahora, Bill, lo sabrías. Lo recordarías todo.

Bill recordaba. Disfrutaba recordando los días de su juventud, cuando se besaban a la más mínima oportunidad. Recordaba sus noches de placer ilícito bajo las estrellas. Siempre habían tenido la intención de casarse… pero Bill recordaba, con una sensación deliciosa, que se habían atrevido a adelantarse a sus votos.

—¿Papá? —dijo Jared con preocupación.

Bill negó con la cabeza, decididamente.

—No pasa nada. Haremos lo que nos dijo Cody.

—¡Cody!

Dolores gritó de rabia y comenzó a agitarse con furia contra Bill, enseñándole los colmillos, intentando alcanzarlo.

Bill se apartó de ella, horrorizado.

Sabía que tenía que hacer algo, pero estaba paralizado de miedo, viendo cómo su mujer se retorcía entre convulsiones.

—¡Papá! —gritó Jared, espantado.

Bill miró a su hijo. Amy había muerto, y ahora los niños estaban presenciando cómo su madre se transformaba en un monstruo.

—Perdóname, Dolores —susurró, y le dio un puñetazo en la mandíbula.

Ella suspiró, y dejó de luchar mientras se sumía en la inconsciencia.

Más y más cerca...

Los lobos se quedaron en silencio de repente, y las sombras se acercaron.

Los hombres estaban listos. Habían apuntado.

Alex también.

Cody disparó la primera flecha, y un segundo después, se oyó un grito espeluznante. Brendan arrojó la siguiente flecha, y también Alex se puso en movimiento.

Después de otro disparo, se oyó otro grito y una cosa cayó al suelo y comenzó a arrastrarse hacia ellos. Brendan lanzó una flecha y la cosa se quedó inmóvil. Entonces percibieron el hedor que desprendía su carne mientras se convertía en una masa negra de putrefacción.

Después, la noche se volvió un fragor de gritos, de aleteos violentos y de silbidos de flechas, tan rápidas que Alex ya no sabía cuáles eran las suyas, las de Cody o las de Brendan. Entonces, varias de las criaturas consiguieron posarse en el suelo.

Cody dejó a un lado su arco y tomó la espada que tenía junto a sí, y se adelantó para enfrentarse a ellos. Sus movimientos eran poderosos mientras decapitaba y atravesaba torsos.

Alex captó un movimiento y gritó:

—¡Brendan!

Una de las criaturas se arrastraba en la oscuridad hacia él, y Brendan se volvió y le clavó una estaca con un movimiento preciso.

Un segundo después, no quedó nada más que un montón de cenizas.

Los lobos comenzaron a aullar de nuevo, un sonido terrible que acompañaba con una armonía demoníaca los gritos que rasgaban la noche.

Entonces, como si una bandada de pájaros migratorios hubiera levantado el vuelo, Alex oyó el sonido de las alas batiéndose en el viento, elevándose.

Alejándose.

El patio estaba lleno de... cenizas. De cuerpos mutilados en varios estados de descomposición.

Los tres se quedaron inmóviles mientras los sonidos de la batalla se disipaban.

Un lobo aulló de nuevo, pero aquel sonido también se acalló.

Finalmente, Cody dijo:

—Se terminó. Al menos, esta noche.

CAPÍTULO 13

Alex estuvo muy preocupada durante todo el camino de vuelta al pueblo, pero Cody había insistido en que podían hacerlo con seguridad, porque no habría más ataques aquella noche.

Los Simpson iban con ellos, porque Cody se había negado a dejarlos solos en el rancho. Bill se resistió un poco por su ganado, pero Cody le dijo que, si no conseguían terminar con los vampiros en los próximos días, el ganado iba a ser la última de sus preocupaciones.

Durante un rato, mientras cabalgaban, Alex observó el cielo. Sin embargo, no volvió a ver aquella extraña mancha roja, y no volvió a oír un solo aullido de lobos, así que finalmente se dio cuenta de que Cody tenía razón.

Cuando llegaron a Victory, Cody dejó que Brendan llevara a los demás a la casa de huéspedes y se acercó al salón para ver cómo iban las cosas y para contarles a los demás lo que había ocurrido en el rancho de los Simpson.

Beulah no se extrañó por tener de repente cuatro huéspedes más. Rápidamente, envió a Tess y a Jewell al piso de arriba a preparar sus habitaciones.

Sin embargo, Dolores no iba a dormir arriba aquella noche. Se quedaría en el sofá del salón, y alguien la vigilaría hasta el amanecer. Cuando alguien propuso que la desataran para que pudiera dormir más cómodamente, Bill, con una expresión triste pero con firmeza, fue el primero en protestar:

—No. Podemos aflojarle un poco las ataduras, pero... todavía no podemos confiar en ella.

—Tiene que descansar, Bill —le dijo Brendan—. Yo haré el primer turno de vigilancia.

—Yo puedo hacerlo.

No habían visto entrar a Cody, pero allí estaba.

—Demonios, Cody, no tienes por qué hacerlo todo tú —dijo Brendan—. Yo haré el primer turno.

—El segundo —dijo Bert, ofreciéndose voluntario.

—Y no hará falta un tercero, porque entonces ya será de día —dijo Beulah—. Con tantas bocas que alimentar mañana, antes del amanecer, me voy a la cama —dijo, y se dio media vuelta para salir del salón. Sin embargo, se detuvo y miró a Alex—. Tú también tienes que descansar. Brendan y Bert van a ocuparse de esto. Los demás debemos acostarnos.

—Sí, Beulah —respondió Alex. Se sentía exhausta.

Sin embargo, no pudo evitar mirar a Cody antes de salir.

Él ya la estaba mirando.

—Buenas noches a todos —dijo ella, y se marchó hacia las escaleras.

En su habitación, esperó. Oyó a Cody entrando en su dormitorio, y no se atrevió a respirar mientras él posaba en una mesa algo pesado. Seguramente, su arma.

Alex esperó, tensa, con los puños apretados.

Entonces, por fin...

Alguien llamó a la puerta que comunicaba las habitaciones, y ella la abrió al instante y abrazó a Cody, arrastrándolo consigo.

Él la besó. Le dio un beso duro, profundo, sin síntomas de cansancio. Sus brazos eran fuertes y seguros cuando la levantó del suelo contra su pecho. Ella le rodeó con las piernas mientras caminaban hacia la cama, donde él se dejó caer, a su lado.

Rodaron para mirarse a la cara.

—Tenía miedo...

—¿Miedo? —preguntó él suavemente.

—Miedo de que no vinieras... Oh, Cody, mi padre, todo lo que ha pasado... los sueños... Sé que no soy normal, y sé que no tenemos una eternidad, ya me lo has explicado, pero quiero lo que tenemos ahora. Yo...

Él le apretó un dedo contra los labios para acallarla, y sonrió profundamente, como si ella acabara de hacerle un enorme regalo.

—Alex... confía en mí. Ninguno de nosotros somos normales. Sólo que algunos somos más diferentes que los demás. Nada de lo que tú puedas hacer o decir me apartaría de ti en este momento, a menos que me dijeras que no me deseas, y de todos modos, yo estaría ahí, protegiéndote, deseándote a ti...

—Quiero que estés aquí —le aseguró ella.

Con la respiración entrecortada, y le acarició la mejilla, le pasó los dedos por el pelo y se sintió eufórica porque él estuviera a su lado y sintiera la misma fiebre que ella. Él se inclinó y la besó, y Alex notó que comenzaba a desabotonarle la camisa.

Su beso, húmedo, salvaje y descuidado, se vio interrumpido por el deseo de liberarse de la ropa que los separaba. En pocos instantes estuvieron desnudos, piel contra piel, y ella se deleitó con el calor que la invadía, con la energía, con la necesidad de estar más y más cerca de él... El ansia de Cody por saborear cada centímetro de Alex fue palpable, y apretó su boca contra ella, primero contra sus labios, después contra sus muslos, sus caderas, su abdomen, y entonces... Alex estuvo a punto de gemir como una gata salvaje en medio de la noche, pero entonces recordó que la casa estaba llena de gente y se mordió el labio. Vio cómo él se alzaba sobre ella y, un instante después, sintió que se hundía completamente en su cuerpo. Las estrellas entraron en la habitación, estallaron en la noche mientras Alex se movía y se ondulaba al ritmo que él marcaba, tan cerca... hasta que al final, alcanzaron el clímax en una explosión a la vez dulce, volátil y tierna, mientras él la envolvía entre sus brazos. Volvió a besarla, y el beso se hizo más y más profundo mientras descendían de las alturas del placer sensual.

Él rodó y se tendió a su lado, atrayéndola hacia sí. No dijo ni una palabra.

Alex estaba asombrada cuando sus ojos comenzaron a cerrarse. La sensación que le producía la mano de

Cody mientras le acariciaba el pelo era calmante. El calor de su cuerpo, curvado junto al de ella, transmitía seguridad.

Alex se quedó dormida. Durmió, y no soñó.

Justo cuando estaba alcanzando aquella región vacía entre el mundo de la vigilia y el del sueño, creyó que le oía suspirar.

Sólo una vez.

Y pocas palabras.

—Ojalá pudiera ser para siempre.

Alex se despertó muy temprano a la mañana siguiente. Sin embargo, Cody ya se había marchado. Ella se lavó y se vistió rápidamente, y bajó las escaleras.

Al entrar al comedor, se asombró por la normalidad de la escena doméstica que encontró. Los Simpson estaban sentados a la mesa. Todos ellos. Cody y Brendan también estaban allí, y Brendan estaba hablando con Bill sobre la situación en el Este, mientras Cody le contaba a Jared algunas de sus experiencias en la facultad de medicina.

Los hombres se levantaron al darse cuenta de que ella entraba en la estancia.

—Buenos días, Alex —dijo Cody.

—Buenos días a todo el mundo —respondió ella, y se dirigió a su silla justo cuando Beulah entraba desde la cocina.

—Bueno, ya estás aquí. El desayuno está preparado. Es estupendo tener la mesa llena, ¿verdad?

Dolores Simpson todavía estaba pálida, pero estaba

mucho mejor que la noche anterior, y tenía una mirada clara. La habían desatado, y había podido arreglarse para desayunar. Los miró a todos, y dijo:

—Les agradezco muchísimo lo que han hecho por mí y por mi familia.

—Es un placer tenerla aquí —dijo Alex—. Y verla tan bien.

—Yo... sólo recuerdo un poco de lo ocurrido. Es como una... pesadilla —dijo Dolores, y bajó la mirada mientras jugueteaba nerviosamente con la servilleta. Después miró hacia arriba de nuevo—. Todavía tengo miedo. No de morir, sino de convertirme en un monstruo.

Jared se levantó de su silla y corrió hacia ella.

—No vas a convertirte en un monstruo, mamá. No lo permitiremos —dijo.

Ella abrazó a su hijo y Alex sonrió. Entonces se dio cuenta de que Cody los estaba observando con algo de melancolía en los ojos.

—Bueno, ahora vamos a desayunar, ¿de acuerdo? —sugirió Brendan.

Justo cuando comenzaban a comer, oyeron que se formaba un escándalo en la calle. En el pueblo estaban entrando muchos caballos. ¿Los hombres de Milo?, se preguntó Alex con un escalofrío.

Cody se levantó de su silla y advirtió a los demás que se quedaran allí mientras salía por la puerta principal, aunque Alex se dio cuenta de que estaba más preocupado que alarmado.

Alex se asomó a la puerta y comprobó con alivio que quien había entrado al pueblo era Pluma Alta. El jefe iba acompañado de nueve guerreros y de dos caballos extra, que portaban fardos envueltos con mantas.

Mientras Pluma Alta desmontaba para saludar a Cody, Cole y Dave salieron de la comisaría y se acercaron.

De hecho, todo el mundo comenzó a salir a los porches de las casas y a la pasarela. Jim Green se acercó al grupo.

—Pluma Alta —dijo Cody, asintiendo a modo de saludo.

—Fox —dijo Pluma Alta con gravedad—. Hemos hecho lo que nos indicaste. Y te hemos traído a algunos. Anoche, cuando anochecía, atacaron. Eran diferentes a los que había visto antes —afirmó, y sus ojos se empañaron. Alex estaba segura de que el gran jefe pensaba en su hija. Sin embargo, él siguió hablando erguido, orgullosamente—. Atacaron en gran número, pero estábamos preparados. Para nuestra gran pena, mataron a uno de nuestros guerreros, pero nos ocupamos de él como debíamos. A vosotros os hemos traído a estas criaturas... son algunos de los que matamos anoche —dijo Pluma Alta, indicando los fardos que había sobre los caballos.

Cody observó a Pluma Alta y después rodeó a los animales. Cole se acercó, y saludó a Pluma Alta con respeto. Después le puso a Cody la mano en el brazo.

—Hazlo con cuidado —le dijo en voz baja, señalando con la cabeza a la multitud—. Muchos de ellos tenían parientes en Brigsby y en Hollow Tree.

Cody asintió mientras apartaba la primera de las mantas.

Alex se acercó para poder mirar, con el estómago encogido.

El primero de los cadáveres era el de una muchacha joven, de la edad de Alex. Le faltaba parte de la cara, y su cuerpo estaba hinchado y gris. Estaba tendida junto a un hombre mayor, y junto a ellos había un adolescente.

Oyeron un grito ronco desde la calle. Alex se dio la vuelta y vio a Jim Green, con la boca abierta de horror, corriendo hacia ellos.

—¡El chico! ¡Tengo que ver al chico!

Se abrió camino y agarró los cuerpos, que cayeron al suelo.

Les habían cortado la garganta, tanto que casi se les separaba la cabeza del cuerpo, y les habían atravesado el corazón con una estaca.

Jim cayó al suelo junto a los cadáveres, gritando:

—No, no no... es mi sobrino. Me lo temía, pero no quería creerlo...

Alex se acercó a él, pero se detuvo. Dolores ya se había inclinado y le había apoyado las manos en los hombros.

—Ven, Jim. Sé cómo te sientes. Y tú sabes que yo... quería mucho a Amy. Pero esto es lo mejor para ellos. Ya no están bajo el control de ese demonio del infierno. Ahora podremos enterrar a tu sobrino en suelo sagrado. El sheriff Cole se ocupará de ello. Ahora ven conmigo y toma un poco de café, para que no tengas que mirar más estas cosas, que pueden romperte el corazón. Ven conmigo.

Ella se las arregló para llevarse a Jim, y Beulah los acompañó hacia la casa de huéspedes.

—Siento que esto haya traído dolor —dijo Pluma Alta—. Sin embargo, pensamos que debíamos traeros a los que una vez fueron vuestra gente.

—Ha hecho lo correcto —dijo Cody.

Alex se acercó a hablar con el jefe mientras Cody iba a hablar con Cole.

—Jefe... ¿conocía a alguno de los muertos?

Pluma Alta la miró sabiamente.

—No, Alex, tu padre no estaba entre los muertos que hemos traído.

Ella retrocedió. Vio que Cody y Cole se habían acercado al segundo caballo y estaban inspeccionando los cuerpos. Los bajaron al suelo y Alex reconoció al barbero de Hollow Tree, aunque estaba tan descolorido y tan hinchado que no podía estar segura. No había visto marcharse a Dave, pero justo en aquel momento se acercaba en una carreta. Detuvo el vehículo, bajó y, con ayuda de otros, comenzó a subir los cadáveres a la carreta.

—Pluma Alta —dijo ella, intentando no mirar—, ¿podemos ofrecerles algo a usted y a sus hombres?

Él negó con la cabeza.

—Te agradecemos que nos hagas sentirnos bienvenidos, pero hoy debemos volver con nuestra gente. No podemos dejar el campamento solo y desprotegido.

—Lo entiendo —dijo ella.

Pluma Alta montó con agilidad en su caballo pinto y se despidió solemnemente. Después se alejó con sus guerreros.

Cuando se hubieron marchado, Brendan se volvió hacia Cody.

—Tenemos que irnos —le dijo.

—¿Que tenéis que iros? —preguntó Alex—. ¿Dónde?

—Volveremos antes del anochecer —prometió Cody—. No tienes de qué preocuparte.

—Cody, no me has contestado. ¿Adónde vais?

—A la llanura —dijo él—. Hay algunas señales que debo… encontrar. Cosas que pueden llevarme a la guarida de Milo.

Cody se quedó callado. Tenían público. Jim Green, Beulah y dolores estaban dentro, pero Tess y Jewell todavía estaban en el porche con Bert y Levy, y Dave y Cole estaban junto a la carreta.

Parecía que Cody quería decirle algo, pero no habló.

—Debería ir contigo —dijo ella.

—No, tienes que quedarte aquí —dijo él, y se dio la vuelta. Al momento, Brendan y él se dirigían al establo.

Alex iba a seguirlos, pero Bert le puso la mano en el hombro y la llevó aparte para asegurarse de que nadie más pudiera oírlo.

—Alexandra Gordon, ¿qué le pasa? ¿Es que quiere que maten a ese chico?

—Bert, yo puedo ayudar.

—La mejor forma en que puede ayudar es quedándose aquí.

Alex se dio la vuelta y entró en la casa, furiosa, pero sabiendo que él tenía razón.

Llegaron a Hollow Tree en pocas horas.

Estaban bien armados, pero cuando llegaron al centro del pueblo, Cody se mantuvo inmóvil, con el corazón encogido.

Parecía que el pueblo estaba desierto.

Se volvió hacia Brendan, que estaba muy demacrado. Aquél era el pueblo de su familia, y ya no había duda: se había convertido en un pueblo fantasma. Había plantas rodadoras por las calles, y nada más.

Brendan desmontó.

—Vamos a hacerlo rápidamente. Si hay alguna de esas criaturas pululando por aquí, será mejor que acabemos con su desgracia, y que impidamos que les suceda a otras personas.

—Brendan —le dijo Cody—. Quizá fuera mejor que yo lo hiciera solo.

—No te preocupes, estoy bien. De veras. ¿Qué posibilidades hay de que averigüemos que mi hermano y su esposa fueron los que se quedaron aquí alimentándose de... roedores? Será mejor que avancemos juntos. Vamos.

Cody se unió a él.

Hollow Tree se había construido con un trazado muy parecido al de Victory, Brigsby y al de los muchos pueblos pequeños que aglutinaban los ranchos y las granjas del gran territorio de Texas. La comisaría estaba en un extremo de la ciudad, y el salón estaba en el extremo contrario. Sin embargo, Hollow Tree tenía una iglesia pequeña, pero preciosa, en la esquina de Main Street.

Había también una barbería, un almacén, una boutique, una consulta en la que ejercía un médico llamado Bernard Pritchard y un despacho de abogados.

Cody también vio un establo, el taller de un fabricante de monturas y una herrería.

Brendan y él registraron todos los edificios. La mayoría estaban vacíos, pero en algunos había cuerpos humanos y varios vampiros decapitados. Parecía que alguien de Hollow Tree había averiguado cómo luchar contra las criaturas, pero si había sobrevivido, ya no estaba allí.

Cody estaba convencido de que Milo había establecido allí su cuartel general, así que registraron cada una de las casas minuciosamente. Sin embargo, no hallaron nada, y justo cuando estaban terminando la tarea, oyeron un fuerte portazo. Se detuvieron en seco y se miraron el uno al otro.

El sonido provenía de la iglesia.

Alex no podía seguir metida en la casa un minuto más sin volverse loca.

En un esfuerzo por evitar que los huéspedes se quedaran de brazos cruzados, sin otra ocupación que pensar en todos los problemas que tenían, Beulah había puesto a los Simpson a trabajar. Estaban muy ocupados afilando mangos de escobas, de fregonas y de todos los utensilios domésticos que pudieran convertirse en estacas. Bert les había prometido que, cuando terminara de ayudar en los entierros, volvería para practicar el tiro con arco con los chicos.

Jim Green se había recuperado rápidamente, y estaba furioso. Quería venganza. Él también estaba afilando mangos de escoba y pensando en practicar.

Alex se las arregló para salir al establo y ensilló a Cheyenne. Había decidido que iría a ayudar a los hombres al cementerio. Montó en la yegua y se asomó por una de las ventanas para decirle a Beulah adónde iba. Después salió corriendo para no darle la oportunidad de que le soltara un sermón.

Atravesó al galope el terreno abierto que había entre el cementerio y el pueblo.

Cole alzó la vista, descansando las manos en la pala, mientras ella se acercaba aminorando el paso de la yegua.

—Deberías estar en casa —le dijo él, cansadamente.

—He venido a ayudar.

Él sonrió.

—¿Qué pasa, que piensas que puedes cavar más rápido que estos hombres y que yo?

Ella se ruborizó.

—No.

Desmontó y ató las riendas de la yegua a uno de los maderos del cercado. Después se acercó a Cole.

Los cuerpos estaban alineados en el suelo, cubiertos con las mantas.

—¿Conocías a alguno?

—Sí —respondió él—. Al médico, y a un joven llamado Sam Birch, que estaba empezando el periódico. Pero hay un cuerpo... a ese hombre no lo conocía. Quizá estuviera de paso, o algo así. Parece latino. Ninguno de nosotros lo conoce.

Alex suspiró.

—El médico... lo recuerdo. Vino a visitarme unas cuantas veces cuando me puse enferma... y cuando me rompí los dedos.

—Era un buen hombre —dijo Cole.

—Y el sobrino de Jim Green... —murmuró ella—. De veras, me gustaría ayudar. Sé que no puedo cavar más rápidamente que vosotros, pero...

Antes de que pudiera decir algo más, se dio cuenta de que Cole tenía la vista puesta en algún punto más allá de ella. Oyó ruido de cascos de caballo, y se volvió para ver quiénes eran.

Tres mujeres.

Linda Gordon, Dolly y Sherry Lyn, del salón.

—Estupendo —murmuró Cole.

Las mujeres desmontaron y se acercaron caminando. Parecían azoradas, salvo Linda, que era la que estaba a cargo de la situación, aunque Dolly fuera la madama.

Linda caminó directamente hacia la valla y abordó a Cole.

—Tenemos que ver los cadáveres, sheriff.

—Linda, por favor, nadie tiene por qué ver estos cuerpos —respondió Cole—. Marchaos a casa.

Linda señaló a Alex con la cabeza.

—A mi hijastra le ha permitido verlos —dijo—. Chicas, venid. Tenemos derecho a ver a los muertos.

Cole apretó la mandíbula y sacudió la cabeza.

—Cole, por favor... —dijo Sherry Lyn—. Hay un hombre... yo tenía un hombre, un viejo amigo del Este, que iba a venir a verme. A él... no le importaba mi profesión. Por favor.

—Sherry Lyn, si te importaba, no querrás verlo.

—Tengo que hacerlo, Cole. Se llama Carlos Ramiro, y... tengo que saberlo. Tengo que verlo...

Cole se quedó callado, y no protestó cuando las

chicas entraron al cementerio. El resto de los hombres las saludó respetuosamente, quitándose el sombrero.

Nadie intentó detenerlas. Se limitaron a observar mientras Linda caminaba por delante de la fila de cuerpos. Apartó todas las mantas hasta que llegó al cuarto cadáver y se quedó paralizada.

Sherry Lyn gritó de repente; cayó de rodillas y comenzó a arrastrarse hacia los cuerpos.

—Sherry Lyn, ¡no! —gritó Dolly.

Pero Sherry Lyn no se detuvo. Llegó al cuerpo del hombre sin identificar y dijo entre sollozos.

—Es él. ¡Oh, Dios, es él!

Agarró el cuerpo y lo abrazó.

—¡No! —exclamó Cole, corriendo hacia ella.

Sin embargo, llegó tarde.

Cuando Sherry Lyn abrazó el cuerpo, la cabeza se alejó rodando, y los ojos castaños sin vida se quedaron mirando ciegamente al cielo.

CAPÍTULO 14

Linda apartó a Sherry Lyn del cadáver y la abrazó para consolarla.

Todos los demás se quedaron mirando, muy incómodos.

¿Quién habría pensado que una prostituta como Sherry Lyn estaba enamorada de un extraño cuya existencia no conocía nadie?

Cole y Alex se acercaron a las chicas. Cole le dio unos golpecitos en la espalda a Sherry Lyn mientras ella lloraba en el hombro de Linda.

—Vamos, vamos —dijo—. Siento que hayas tenido que ver eso. Linda te acompañará al salón. Que Roscoe te dé un whisky doble y quizá después puedas dormir un poco.

Linda lo miró fijamente.

—¿Y cree que se le va a pasar durmiendo y tomando whisky? Vamos, sheriff.

—Linda, por favor, llévatela. No sirve de nada que

esté aquí... con los muertos... Oh, vamos, marchaos. Dejadnos que los enterremos como es debido y llevaos a Sherry Lyn de aquí.

Linda asintió.

—Señoras, volvamos a casa. Sherry Lyn, tienes que echarte un rato, y yo quiero comprobar que no hay nada raro en el salón.

Alex se acercó a ellas.

—Vamos —dijo, y tomó a Sherry Lyn del brazo—. Yo también quiero marcharme de aquí. Dejemos que los hombres caven las tumbas. En este momento me vendría muy bien tomarme ese whisky doble.

Salió por la puerta del camposanto. Al principio casi tenía que arrastrar a Sherry Lyn, pero Linda la ayudó y, entre las dos, consiguieron llevarla hacia los caballos, y Sherry Lyn se volvió más dócil cuando se alejaron del cementerio.

Mientras volvían al pueblo, Linda miró a Alex.

—Muy decente por tu parte.

Alex observó la cara de Linda. Tenía los labios curvados, pero era imposible saber si se trataba de una sonrisa o de un gesto burlón. Aquella mujer era difícil de interpretar.

Asintió y siguió avanzando. No estaba de humor para intentar entender a la extraña con la que se había casado su padre.

Llegaron al salón y entraron al bar. Roscoe estaba detrás de la barra, ordenando los vasos, y se sobresaltó al oír el ruido.

—Hola, Roscoe —dijo Alex.

Linda se echó a reír.

—Sólo somos nosotras. Podías haber cerrado la puerta con llave —le dijo.
—Estamos en pleno día, y quizá entre alguien. Alguien con dinero que quiera pagar un trago —dijo él. Después frunció el ceño, al ver que Sherry Lyn tenía las mejillas surcadas de lágrimas.
—¿Otra mala noticia? —preguntó.
—Conocía a uno de los hombres que trajeron los indios —le dijo Linda.
—Roscoe, whisky para todos, por favor —dijo Alex.
Él la miró con curiosidad un instante, y después se encogió de hombros.
—Claro. Whisky para todos. Invita la casa. ¿Qué más tenemos que hacer?
Como los demás, Alex se sentó junto a la barra. Cuando Roscoe hubo servido las bebidas, Linda alzó su vaso.
—Por nosotros. Al menos, seguimos en pie. Y podemos beber, exactamente igual que los europeos cuando la peste se llevó a la mitad de la población.
—¡Linda! —exclamó Sherry Lyn, horrorizada.
—Oh, Sherry Lyn, lamento mucho tu pérdida, pero tenemos que recordar que todavía estamos vivos. Y si hemos llegado tan lejos, quizá sobrevivamos hasta el final. ¡Beban, señoras y señores!
Entonces miró a Alex, sonrió misteriosamente y apuró su vaso con un rápido movimiento.
Alex, que se sintió como si, por algún motivo, Linda la hubiera desafiado, hizo lo mismo.

★ ★ ★

Los dos hombres se encaminaron hacia la iglesia, que un letrero identificaba como la Iglesia Episcopal de la Llanura de Hollow Tree.

Cody estaba alerta y preparado para todo. Subió las escaleras junto a Brendan. Empujó la puerta, pero la encontró bien cerrada.

—Cody, esto es muy raro —dijo Brendan—. Esto es un templo sagrado. ¿Cómo va a haber entrado aquí una criatura como Milo Roundree?

—No sé, pero ahí dentro hay alguien.

—Quizá no deberías haber empezado por intentar tirar la puerta abajo.

—¿Y cómo vamos a entrar?

—Podríamos llamar.

—¿Llamar? ¿Qué demonios...?

Demasiado tarde. Brendan ya había golpeado con los nudillos en la puerta.

Cody gruñó y dio un paso atrás. Había una pequeña ventana de cristal plomado en el segundo piso, justo encima de la entrada, y alguien estaba mirando por ella, aunque su identidad quedaba oculta por el cristal coloreado.

La ventana se abrió, y para asombro de Cody, por la rendija se asomó un hombre con vestimenta eclesiástica.

—¿Quiénes son ustedes? —preguntó.

—Me llamo Cody Fox, y mi amigo es Brendan Vincent —dijo Cody—. Estamos intentando dar caza a los hombres que destruyeron este pueblo.

El sacerdote los miró fijamente.

—Salgan a la calle y pónganse bajo el sol.

Ellos cumplieron sus órdenes.

—Esto no es una gran prueba —dijo Brendan—. Ellos no salen mucho durante el día, porque en ese momento no tienen mucha fuerza. Sin embargo, eso no significa que no puedan salir.

Cody le dio un codazo.

—¿Para qué demonios le has dicho eso?

—Si mentimos, no nos dejará pasar, y es muy importante que hablemos con ese hombre, ¿no te parece? —preguntó Brendan.

El sacerdote los estaba estudiando atentamente desde su privilegiado punto de observación. Aparentemente, tenía su propio modo de determinar la verdad sobre su estatus de vivos o muertos.

—Voy a bajar —dijo, y cerró la ventana de golpe.

—¿Lo ves? Sinceridad. Es la mejor política —dijo Brendan.

Oyeron un sonido áspero cuando subieron de nuevo los escalones hacia la entrada. Era evidente que habían puesto algo para bloquear la puerta. Un segundo después se abrió la puerta y apareció un cura, con una pesada cruz al cuello.

Tendría unos treinta años, el pelo rubio y los ojos azules, pero sus rasgos, y la agudeza de su mirada, indicaban que era inteligente y que tenía gran fuerza de carácter.

—Entren —dijo.

En la nave, tras el piano, había un pequeño grupo de gente: un chico rubio de unos dieciséis años, un hombre de cuarenta, una mujer se sesenta y otra mujer de unos veinte años.

Cody los miró un instante, y después se giró hacia el sacerdote.

—¿Cómo demonios han conseguido sobrevivir?

Brendan le dio un codazo.

—Cody, esto es una iglesia...

El sacerdote sonrió.

—Una iglesia en mitad del infierno. He rezado para que vinieran...

—¿Rezó para que nosotros viniéramos? —preguntó Brendan.

—Para que llegara ayuda —respondió el cura, y les tendió la mano—. Soy el padre Joseph. Les presento a Timmy Kale, a la señorita Mona Hart, al señor Adam Jefferies y a la señorita Alice Springfield, nuestra pianista.

—¿Cómo están? —dijeron Cody y Brendan al unísono, y después se miraron, sin poder evitar sonreír. La situación era horrible, pero también absurda.

Y maravillosa, pensó Cody. Porque aquella gente había conseguido sobrevivir.

—¿Han salido alguna vez desde que esto comenzó?

El padre Joseph sonrió.

—Oh, sí. Hemos salido, pero sólo al mediodía. Y sólo para ir al almacén en busca de comida, carne ahumada y latas... y agua. También a buscar sábanas y ropa de cama a las casas más cercanas.

—¿Y la gente que fue... asesinada? —preguntó Cody.

El cura respondió en voz baja.

—Nos ocupamos de ellos —dijo, y con su tono de voz, indicó que era algo de lo que no quería hablar más.

—Los vamos a llevar a Victory hoy mismo —dijo Cody—. De hecho, tenemos que marcharnos lo antes posible.

—Estamos listos, pero no tenemos caballos. Los animales que no huyeron... bueno, están muertos...

—Tiene que haber una carreta en algún lugar del pueblo —dijo Cody.

—Hay un establo al final de la calle. Seguramente allí encontrarán algo. La gente no supo lo que estaba pasando con tiempo suficiente como para huir... —miró hacia atrás, hacia los supervivientes asustados que estaban junto al piano—. Llegaron por la noche, como pájaros negros del infierno, con los ojos rojos, y el resultado fue... una carnicería.

—¿Y esa noche eran ustedes cinco los únicos que estaban aquí? —preguntó Cody.

El padre Joseph negó con la cabeza.

—No. Yo sí estaba aquí, rezando, y Alice estaba al piano, practicando para la misa del domingo. Pero a los demás... los trajo un hombre cuando comenzó el ataque. Un hombre muy extraño. Titubeó en la puerta, pero después entró, arrastrando a los demás. Me dijo que creía en Dios y en la iglesia, y que protegiera a los que dejaba a mi cuidado. Dijo que si teníamos fe estaríamos a salvo en la iglesia. Los demonios no podrían entrar. Y supongo que tenía razón. Hemos estado a salvo, pero también hemos tenido mucho cuidado. Estoy seguro de que saben que estamos aquí, y de que están diseñando un plan para hacernos salir.

—Está bien. Vayamos al establo por una carreta —dijo Brendan—. Y roguemos a Dios que los caballos sean lo suficientemente amables como para no rebelarse de camino a Victory.

—Sí —dijo Cody, que todavía estaba mirando pensativamente al cura, preguntándose por la identidad del hombre que había llevado allí a aquella gente y después había desaparecido.

—Cody, el sol no estará en el cielo para siempre —dijo Brendan.

—Prepárense —le dijo Cody al cura.

—Podemos ir allí con ustedes, si creen que es seguro —dijo el padre Joseph.

—No, esperen aquí. Brendan y yo podemos arreglárnoslas.

El establo estaba vacío; ellos lo habían registrado unos minutos antes. Sin embargo, no quería correr riesgos innecesarios.

Tomó su caballo y caminó detrás de Brendan, que ya estaba a mitad de la calle con las riendas de su caballo en la mano.

—¿Qué crees que pasó de verdad allí? —le preguntó Brendan, sacudiendo la cabeza—. ¿Quién iba a llevar a unas personas a una iglesia, y después salir otra vez a la masacre? ¿Por qué no se quedó en la iglesia?

—Eso podemos preguntárselo al padre Joseph cuando estemos de vuelta en Victory —respondió Cody.

—Me interesa más descubrir cómo averiguaron la forma de destruir a los muertos vivientes.

Encontraron una carreta y, después de buscar un poco, arneses para los caballos.

A ninguno de los dos animales les gustó la idea de convertirse en bestias de tiro, y protestaron piafando y relinchando, pero finalmente los hombres consiguieron engancharlos al vehículo. Brendan condujo hasta la iglesia y se detuvo frente a la puerta.

El padre Joseph estaba esperándolos allí. Cuando los demás hubieron subido a la carreta, el sacerdote los siguió, tirando de un gran baúl.

—Padre, tenemos que viajar ligeros de equipaje —dijo Cody.

El cura lo miró a los ojos.

—Amigo mío, esto está lleno de agua bendita y de cruces afiladas. Veo que conocen a esas criaturas y tienen armas adecuadas para combatirlas, pero creo que es buena idea que tengamos todos los recursos posibles a nuestro alcance, ¿no le parece?

—Tiene razón, padre. Encontraremos sitio para ese baúl.

Cuando todos estuvieron en la carreta, Brendan subió al pescante y tomó las riendas.

Cody subió a la parte trasera, con el arco al hombro.

Los supervivientes del padre Joseph estaban callados, apiñados. Cody sonrió al chico, Timmy, según había dicho el padre. El muchacho lo miró fijamente, sin pestañear.

—¿Cantamos? —sugirió una de las mujeres, Alice.

—Creo que deberíamos mantenernos en silencio para no llamar la atención —dijo el padre Joseph.

«Gracias, padre. Gracias», pensó Cody.

El camino ya iba a ser lo suficientemente largo.

Alex salió del salón y miró a ambos lados de la calle. No había ni un alma. Miró al cielo, y se sintió inquieta. El sol todavía no estaba descendiendo, pero ya no era tan fuerte como a mediodía. El aire tenía aquella sutil cualidad del atardecer.

Y Cody y Brendan todavía no habían vuelto.

Los demás habían regresado del cementerio un poco antes, después de terminar su triste tarea. Bert y Levy se habían ido a la casa de huéspedes, y el resto había vuelto a sus casas, a prepararse para otra larga noche; salvo Cole y Dave, que se quedarían en el salón a hacer guardia. Estaban sentados en una de las mesas del bar, jugando a las cartas con las chicas.

Sherry Lyn se había recuperado un poco. Lloriqueaba de vez en cuando, pero también chillaba de satisfacción cuando ganaba una mano de póquer.

Roscoe estaba tras la barra, secando el mismo vaso que estaba secando cuando Alex había salido a la calle.

—Eh, ¿dónde está Jigs? Hace días que no lo veo —preguntó Alex, al entrar de nuevo y ver el banco del piano vacío.

—Está durmiendo —respondió Linda—. Lleva todo el día durmiendo.

—Subiré para asegurarme de que está bien —dijo Alex.

Linda asintió.

—La última puerta al final del pasillo, cariño —dijo.

Alex subió las escaleras y se dirigió hacia la última de las puertas. Allí, vaciló. Seguramente, el pobre hombre estaba exhausto. El hecho de hacer guardias y estar siempre tenso... todos ellos temían que, de quedarse dormidos, quizá no despertaran.

O algo peor.

Que despertaran. Convertidos en monstruos.

Elevó la mano para llamar suavemente a la puerta. Sin embargo, pensó que, si Jigs estaba dormido, sería mejor no despertarlo, sino sólo comprobar que estaba bien. Giró el pomo silenciosamente y abrió.

La habitación estaba en penumbra.

Alex entró, intentando distinguir la forma del pianista sobre la cama.

Entonces, oyó un grito como de lince que llegaba desde detrás de la puerta. La puerta la golpeó, haciendo que perdiera el equilibrio, y Alex intentó recuperar el aliento mientras veía a Jigs volando hacia ella, con las manos como garras y los colmillos goteando saliva y ansia.

—Vienen —dijo Cody.

El cura lo miró fijamente.

—Los oigo. Prepárese.

Cody oyó el juramento de Brendan, que no se preocupó de quién pudiera oírlo, y vio que su amigo agitaba las riendas para apremiar a los caballos.

Todavía estaban a ocho kilómetros de Victory, y estaba atardeciendo.

Cody se puso en pie en la parte trasera de la carreta y tensó el arco, observando el cielo.

El sol era una bola de fuego en el oeste, y las sombras estaban empezando a alargarse en la llanura.

Los vampiros llegaron en una oleada, pero sólo eran unos pocos, tan pocos que Cody pudo contarlos. Seis.

Para su sorpresa, se dio cuenta de que el sacerdote se había puesto en pie a su lado. Había abierto su baúl y había sacado un arco y unas flechas. Él también estaba apuntando, evaluando la distancia mientras las criaturas se aproximaban.

Alice estaba pasando estacas y frascos de agua bendita a los demás. El chico se colocó junto a Brendan, con una estaca preparada en la mano derecha.

Los otros dos estaban apoyados contra un lateral de la carreta, de modo que pudieran clavar sus estacas en las criaturas sin caer al suelo.

—¿Ya? —preguntó el padre Joseph.

—Espere... espere... ¡ahora! —exclamó Cody.

Derribaron a los dos primeros inmediatamente. El tercero alcanzó la carreta, aleteando y chillando. Sus alas gigantes batían el aire con fuerza. El hombre se adelantó y atravesó a la criatura con una estaca.

Cody preparó otra flecha mientras veía, por el rabillo del ojo, cómo el cuerpo del monstruo caía entre las ruedas de la carreta. El vehículo se tambaleó, y todos tuvieron que luchar por mantener el equilibrio.

Cody lanzó la flecha y derribó a la cuarta criatura. El padre Joseph atravesó a la quinta, que explotó en una nube de polvo negro a unos cuantos metros de la carreta.

El sexto vampiro se lanzó en picado hacia ellos.

Alice se irguió.

—Dios, concédeme la puntería —rezó.

Cody tomó una estaca.

No tuvo que usarla. Alice roció de agua bendita al vampiro, que emitió un quejido espantoso y cayó revoloteando en el suelo de la carreta. El padre Joseph lo empujó fuera, y la criatura cayó a la tierra retorciéndose mientras se convertía en un remolino de ceniza.

La carreta siguió avanzando a un ritmo vertiginoso. El padre Joseph perdió el equilibrio y cayó hacia delante, pero la joven lo agarró y le ayudó a erguirse.

—¡La victoria está ante nosotros! —gritó Brendan.

Alex gritó de asombro. Estaba desarmada. Se alejó de la puerta de un salto mientras miraba la cosa salvaje en que se había convertido Jigs.

Estaba pálido y tenía barba de un día. Se le habían puesto los ojos rojos y brillantes. Y lo más horrible de todo era que sonreía como un loco.

—¡Jigs! ¡Jigs, basta! —le gritó cuando él se abalanzaba sobre ella.

Para su asombro, Jigs se detuvo un instante con una expresión de incertidumbre.

En aquel bendito segundo, ella consiguió salir por la puerta y la cerró de un golpe. Después se apoyó contra la madera para impedir que Jigs escapara. El pianista comenzó a chillar inmediatamente, y a golpear con fuerza la puerta.

Cole ya había subido las escaleras, con Dave a la zaga.

—Alex, ¿qué ocurre, por el amor de Dios? —preguntó el sheriff.

—¡Es Jigs! ¡Se ha contagiado! —dijo ella.

—¿Jigs? —preguntó Cole con incredulidad—. Pero... si no ha puesto un pie fuera del salón...

Mientras Cole hablaba, la madera comenzó a astillarse.

—Dave, trae algo... cualquier cosa, ¡date prisa!

Dave se dio la vuelta, blanco como una sábana, y gritó escaleras abajo. Roscoe subió a toda velocidad con una estaca afilada.

Cole se la quitó de las manos mientras la puerta temblaba y comenzaba a romperse.

Con un golpe final, la puerta quedó hecha trozos. Nadie pudo evitarlo. Cole agarró con fuerza la estaca y se la clavó a Jigs.

El pianista emitió un aullido de dolor, se tambaleó hacia atrás, agarrado a la estaca con ambas manos. Cole se la había clavado en el hombro, no en el corazón, pero Jigs no volvió a lanzarse contra ellos. Cayó de rodillas, pálido como la muerte.

—¡Alex!

Ella se dio la vuelta al reconocer la voz de Cody, y sintió un alivio abrumador por el hecho de que hubiera llegado ya. Él estaba a medio camino por las escaleras, con los rasgos tensos de preocupación. Alex tuvo que contenerse para no abrazarlo.

—Es Jigs —dijo.

Cole ya se había acercado a Jigs e iba a retirar la estaca para clavársela en el corazón.

—¡Espera, por favor! —gritó ella—. Cody, ¿podemos salvarlo?

Cody la miró con consternación.

—Podemos darle mi sangre, por favor —rogó Alex.

—Alex, ¿de qué estás hablando? —preguntó Cole.

—Alex, no —dijo Cody.

—Cody, por favor. Es Jigs. Tenemos que intentar salvarlo.

Pero Cody sacudió la cabeza, y después le dijo a Cole:

—Vamos a sacar la estaca. Si no muere, tendrá alguna posibilidad. Pero ten cuidado. No permitas que te muerda. Con un simple arañazo de sus colmillos, te debilitará, y al final podrías morir.

Alex retrocedió, aliviada al saber que iban a ayudar a Jigs, que todavía estaba gimiendo y retorciéndose. Cody y Cole se acercaron, con tanta precaución como si estuvieran rodeando a una serpiente de cascabel.

Ella se dio la vuelta, incapaz de mirar, y vio que Roscoe y las chicas se habían reunido en el pasillo, con los ojos abiertos como platos.

Y no estaban solos.

Para su asombro, un cura los adelantó y se dirigió hacia ella. Estaba rezando, y llevaba en la mano algo que debía de ser un frasco de agua bendita. Pasó por delante de ella y se dirigió hacia Jigs, que seguía gritando mientras los hombres intentaban retirarle la estaca del hombro sin que los mordiera.

—¡En el nombre del Señor! —gritó el sacerdote, y roció con agua bendita por todas partes.

Para asombro de Alex, Jigs quedó en silencio y comenzó a lloriquear. Cody y Cole lo agarraron y lo tendieron en su cama.

Cody miró a Alex.

—Necesito mi maletín. Está en la casa de huéspedes.

—Yo iré —dijo el cura.

—No, que vaya Brendan. Ellos no lo conocen, padre. Y, cura o no, quizá no le permitan entrar.

—Os he oído —dijo Brendan, mientras caminaba por el pasillo hacia ellos—. Voy a buscar el maletín.

—Padre, ¿quién es usted? —preguntó entonces Cole.

—Soy el padre Joseph. Acababa de llegar a servir en Hollow Tree cuando comenzó este horror —respondió el padre Joseph.

—¿Y pudo sobrevivir? —preguntó Dave con escepticismo.

—El padre Joseph y algunos otros se refugiaron en la iglesia del pueblo —explicó Cody.

—¿Otros? ¿Dónde están ahora? —preguntó Cole.

—Abajo —dijo Cody.

Alex miró a Jigs. Le sangraba mucho el hombro, pero Cody estaba taponando la herida con la almohada.

Jigs se había quedado en silencio, pero tenía los ojos muy abiertos. Parecía asustado, y estaba tan dócil como un cordero.

—¿Necesitamos una cuerda? —preguntó Alex.

—Sí, es buena idea —dijo Cody.

—Creo que todavía teme a Dios —dijo el padre Joseph suavemente.

—Y me temo que nosotros todavía tenemos que temerlo a él —dijo Cody.

Brendan volvió con el maletín. Roscoe, que se había acercado a la puerta de la habitación con curiosidad y había oído la conversación, les dio un cordón de cortina, que usaron para amarrar a Jigs.

—El resto de ustedes puede marcharse. Brendan me ayudará —dijo Cody.

—Yo le daré mi sangre, Cody. Tú no puedes seguir dando la tuya —protestó Alex.

—No serviría de nada, Alex. La mía tiene... un poder especial de coagulación. Hazme caso, no pasará nada. Sé lo que estoy haciendo. Que salga todo el mundo, por favor.

—Mira, también puedo darle mi sangre —dijo Cole.

—O la mía —dijo Dave.

—No. Tiene que ser la mía. Fuera —dijo Cody tajantemente.

Cody tomó a Alex del brazo y la condujo hacia las escaleras. Los demás los siguieron.

Abajo, Alex se quedó perpleja al ver que en el salón había dos mujeres, un hombre de mediana edad y un chico de unos dieciséis años.

—Hola —dijo.

—Hola —respondió la mayor de las dos mujeres, adelantándose con la mano extendida hacia Alex—. Me llamó Alice. El chico se llama Timmy, y ella es la señorita Mona Hart, y él es el señor Adam Jefferies.

—Eh... ¿cómo están? —dijo Alex.

No se había dado cuenta de que Linda estaba detrás de ella hasta que su madrastra le habló en voz baja al oído.

—Quizá fuera mejor que los llevaras a la casa de huéspedes —sugirió—. Al menos, a las mujeres y al chico.

—Tengo una pensión al otro lado de la calle —dijo Alex—. Estoy segura de que Beulah, nuestra cocinera, ha preparado ya la cena, y que llegará para todos.

—¿Comida caliente? —preguntó el chico, con una sonrisa que daba a entender que no tomaba una desde hacía mucho tiempo.

—Sí, así que, adelante. Vayamos todos juntos.

—Yo los acompañaré —dijo Dave.

—Gracias —respondió Alex, y miró con esperanza a Linda.

—Yo cuidaré de Jigs —dijo la otra mujer.

Alex asintió y salió a la calle, seguida por aquel extraño cortejo.

—No puedes seguir dando sangre de esta forma —dijo Brendan.

—Lo sé. Pero... no pasará nada por esto —respondió Cody.

—¿Estás seguro de que Jigs puede recuperarse?

—Creo que sí. Reaccionó como un niño que se ha portado mal ante el agua bendita. El líquido no lo quemó, sólo lo acobardó.

—¿Cómo ha podido pasar esto? —preguntó Brendan, mientras la sangre de Cody comenzaba a circular hacia el cuerpo de Jigs.

Cody lo miró.

—Ya sabes cómo ha sucedido.

Brendan negó con la cabeza.

—No, no lo sé. Nosotros vemos a todo el mundo del pueblo, vemos todo lo que pasa, así que no entiendo cómo alguien ha podido entrar y atacarlo.

—Yo no creo que nadie haya atacado a Jigs. Creo

que lo sedujo alguien a quien conocía. Alguien que ya está muerto sin que nosotros lo sepamos.

—¿Quieres decir que...? —preguntó Brendan, sobrecogido.

—Quiero decir que hay un monstruo entre nosotros.

CAPÍTULO 15

Llegó la noche.

Incluso el atardecer había sido de mal augurio. Había teñido el cielo de escarlata y dorado antes de oscurecerse rápidamente.

Y en aquel momento, Alex oía los aullidos de los lobos. Mientras esperaba a que Cody volviera del salón, se paseó con inquietud por el vestíbulo.

Él no podía continuar dando tanta sangre.

Sintió a alguien tras ella y se dio la vuelta rápidamente. Era el sacerdote.

El padre Joseph la observó con gravedad.

—Creo que su amigo está bien.

Ella se ruborizó.

—Rezo para que todos estemos bien, padre. Me asombra, y me alegra muchísimo, claro, que usted y su grupo pudieran sobrevivir.

—Teníamos la iglesia, y la iglesia nos dio fuerza.

—Claro.

—Una iglesia no es sólo un edificio. Está consagrada, y nosotros la llenamos de fe. Eso es todo lo que hace falta para sobrevivir, señorita Gordon, fe.

Alex frunció el ceño.

—Fe, sí, pero de todos modos... algunos de los vampiros debieron de perseguirlos. ¿Cómo supieron...? Quiero decir que, no hay muchos hombres que sospechen de un vampiro, y menos que sepan cómo acabar con él.

—Fue el caballero que trajo a los demás a la iglesia quien me lo advirtió. Al principio pensé que era un loco, pero cuando Timmy me dijo que su propio padre había intentando morderle el cuello, lo creí rápidamente. El hombre me explicó que debíamos apoyarnos en la fe. Hablaba como un erudito, y me explicó cómo había que matar a los vampiros. Yo le rogué que se quedara, pero después de decirnos que fundiéramos plata e hiciéramos balas con ella, y que las bañáramos en agua bendita, se marchó. No volví a verlo. Sin duda, esos monstruos lo mataron. Y sin embargo, ninguno de nosotros habríamos sobrevivido sin su ayuda.

Ella se quedó mirándolo fijamente.

El hombre que había salvado al padre Joseph y a su pequeño grupo hablaba como un erudito.

Como su padre.

A Alex se le aceleró el corazón.

—Padre Joseph, ha dicho que acababa de llegar a Hollow Tree cuando todo esto empezó. ¿Cuánto llevaba allí?

—Seis meses.

—Pero Alice... ella ha vivido en Hollow Tree mucho tiempo, ¿verdad?

—Sí, ¿por qué?

Alex no respondió. Entró rápidamente a la cocina, donde las mujeres estaban terminando de preparar la cena. Alice estaba desenvainando guisantes.

—¿Alice? —dijo Alex.

La mujer se irguió, se ajustó los lentes en la nariz y la miró con expectación.

—¿Sí, señorita Gordon?

—El hombre que los llevó a la iglesia...

—No, a mí no. Yo ya estaba allí, practicando al piano para la misa del domingo. Habría sido estupendo tener un órgano, pero hay que conformarse con el piano.

—Por favor, Alice, esto es importante. ¿Conocía a ese hombre?

Alice inhaló profundamente, la miró, y después negó con la cabeza.

—No, no, no lo conocía.

—¿Está segura? —insistió Alex.

—Sí, estoy segura.

Con una gran decepción, Alex se puso en pie, le dio las gracias a la mujer y salió de la cocina hacia el vestíbulo. Allí se apostó junto a la ventana y miró hacia la oscuridad.

Quería que volvieran Cody y Brendan. Y quería saber qué había ocurrido. Jigs, un hombre bueno, inofensivo...

¿Cómo era posible que las criaturas lo hubieran infectado? Había habido turnos de vigilancia todas las noches en el salón. La única forma de llegar a él era desde...

El interior.

De repente, se le heló la sangre en las venas.

Linda. Tenía que ser Linda. Su madrastra.

Linda, que no estaba allí la noche del primer ataque. Que iba y volvía...

Alex tenía que ir al salón.

Cuando se dio la vuelta, vio a Adam Jefferies tras ella.

—Sé lo que estaba intentando averiguar, señorita Gordon —le dijo.

—¿De veras? —preguntó ella cuidadosamente.

—No me recuerda. Sólo me ha visto una vez, cuando su padre la trajo al banco donde yo trabajo. Trabajaba. Su padre tenía algunos fondos allí depositados. Decía que así le quedaría algo de dinero si atracaban el otro banco.

—Lo siento —dijo Alex, sin saber adónde quería llegar el señor Jefferies—. Yo...

—No importa —dijo Jefferies—. Quiere saber si el hombre que nos llevó a la iglesia era su padre.

Ella inhaló profundamente, llena de esperanza.

—¿Y?

—No estoy seguro. Tenía un pañuelo sobre la cara, y llevaba baja el ala del sombrero. Y estaba... tan pálido, casi como un fantasma, por lo que pude ver. Pero su voz... su voz me recordó a la de su padre. No lo pensé mucho entonces, porque creía que su padre estaba muerto, pero ahora, al recordarlo... bueno, no lo sé. Puede que fuera su padre.

¡Su padre! Y estaba salvando a la gente.

Pobre señor Jefferies. Alex estaba segura de que casi se desmayó cuando ella se acercó, se puso de puntillas, le agarró la cara con ambas manos y le plantificó un beso en los labios. Él enrojeció como la grana.

—No puedo decirlo con seguridad —dijo el señor Jefferies.

—Pero ya es algo —susurró Alex—. Aunque... me gustaría pedirle que no se lo dijera a nadie más...

—Como quiera.

—Dígales a los demás que voy al salón.

—¿Eh? ¿Eso es seguro?

—Los demás están allí, y ellos me cuidarán. Pero si no le importa... ¿podría mirar desde la puerta para asegurarse de que llego sana y salva? No quiero que usted se arriesgue, pero...

—Señorita Gordon, vigilaré por usted gustosamente, y no tiene por qué preocuparse. El padre Joseph es un hombre bueno, pero ha demostrado que también es un guerrero de Dios, y ha adiestrado muy bien a su pequeño ejército —dijo Jefferies. Con eso, la acompañó hasta la salida y abrió la puerta—. Estaré vigilando.

Ella sonrió, se dio la vuelta y cruzó corriendo la calle. Él la miró durante todo el rato.

Y los dos miraron al cielo oscuro.

Cody se quedó junto a Jigs durante un largo rato después de haberle hecho la transfusión.

Brendan había bajado al piso inferior con Dave, Cole, Roscoe y las chicas.

Cody permaneció sentado, observando a Jigs, y no se levantó hasta que oyó que alguien había entrado al salón. Escuchó y frunció el ceño al saber que era Alex.

Oyó que subía las escaleras, abrió la puerta para saludarla y después se detuvo. No iba a verlo a él.

Se paró ante una de las puertas y llamó con fuerza.

—¡Linda!

La puerta se abrió. Linda estaba allí, desarreglada y cansada.

—¿Qué?

—¿Dónde estabas la noche en que esta ciudad fue atacada? —inquirió Alex.

—¿Qué?

—Me has oído perfectamente. ¿Dónde estabas?

—No estaba convirtiendo a la gente en vampiros, y nunca he tocado a Jigs, si es lo que me estás preguntando —dijo Linda acaloradamente.

Alex se puso en jarras.

—Te casaste con mi padre. Y justo después, él murió.

Por un instante, pareció que Linda iba a darle un puñetazo a Alex, que sin duda, se lo habría devuelto.

—¡Eh! —gritó Dave desde el piso de abajo—. Éste no es momento de peleas.

Linda consiguió controlarse.

—Yo quería a tu padre, Alex, pero, adelante, piensa lo que quieras sobre mí —dijo, y comenzó a cerrar la puerta.

Sin embargo, Alex dio una palmada contra la madera.

—Si hay alguien más infectado, o si Jigs muere, lo vas a pagar. Yo misma te lo haré pagar.

—¡Alex! —exclamó Cody. Salió corriendo por el pasillo y la agarró de los brazos.

Linda les clavó una mirada fulminante y cerró la puerta.

—Alex —dijo Cody de nuevo, e hizo que girara para mirarla.

—¿Qué? Es Linda. Tiene que ser ella la que intentó convertir en vampiro a Jigs.

—Eso no lo sabes.

—Se casó con mi padre, ¡y mi padre está muerto! —dijo Alex con furia—. O... es una cosa. Y tú vas a intentar matarlo.

—Alex, tenemos que encontrar a Milo Roundtree y matarlo.

Ella asintió.

—Sí. Y después de que hayas terminado con él, irás por los demás. Por todos los demás.

—Alex... —Cody no encontraba las palabras para explicárselo. Allí no—. ¿Brendan? —dijo, escaleras abajo—. ¿Puedes vigilar a Jigs durante un rato? —preguntó.

—Claro —dijo Brendan, y subió las escaleras. Se alzó el sombrero para saludar a Alex.

—Brendan —dijo ella, y le sonrió cuando pasaba hacia la habitación de Jigs.

Al menos, parecía que estaba menos tensa, pensó Cody.

—Vamos —le dijo—. Vamos a pasar un rato a solas, a comer algo.

Durante un instante, Cody pensó que iba a negarse, que iba a seguir intentando demostrar que Linda era un vampiro.

Sin embargo, ella se limitó a mirarlo más razonablemente.

—Está bien. Por ahora —dijo—. Pero tienes que decírselo a Cole, Cody. Tienes que decírselo.

—Brendan ya le ha dicho que... que hay alguien aquí que no es exactamente lo que parece.

Bajaron juntos las escaleras. Cody alzó la vista y asintió a Cole mientras pasaban, con un movimiento casi imperceptible.

Cuando salieron del edificio, Cody miró al cielo. Había anochecido, pero la luna estaba rodeada de una niebla rojiza.

—Mañana, alguien tendrá que ir a buscar a John Snow. Su familia y él tienen que venir al pueblo a pasar unos días —dijo Cody.

—¿Por qué? ¿Porque la luna está casi llena?

Él la miró y asintió.

—Sí.

—¿Y Milo tendrá más poder entonces?

—Sí.

Cruzaron la calle sin problemas. La puerta de la casa de huéspedes se abrió cuando se acercaban.

Era Bert, que estaba de guardia.

—Aquí estáis por fin —dijo con alivio—. Beulah se estaba preocupando. Todos están en el comedor, cenando, pero Tess ha llevado unas bandejas a vuestros dormitorios. Beulah pensó que necesitaríais descansar. También ha preparado una cesta de comida para la gente del salón.

—Eso es muy amable por su parte. Voy a llevarles la cesta ahora mismo —dijo Cody.

Alex frunció el ceño.

—Acabamos de volver, Cody.

—Sube, Alex. Sólo tardaré un minuto.
Ella no discutió. Agotada, comenzó a subir los escalones.

—Es estupendo. Gracias —dijo Dave con entusiasmo cuando Cody le entregó la cesta de comida.
—Les subiré un par de platos a Brendan y a Linda —dijo Cody.
—Yo puedo hacerlo —dijo Cole.
—Ya lo sé, pero de todos modos me gustaría echarle un vistazo a Jigs.
Cody tomó dos de los platos y subió las escaleras. La puerta de Linda estaba cerrada, así que pasó primero hacia el dormitorio de Jigs.
—¿Cómo está? —le preguntó a Brendan mientras le daba su cena.
—No se ha movido desde que te marchaste. Pero tiene el pulso fuerte, y el color ha mejorado.
—Si resiste toda la noche, se pondrá bien. Creo. Si te cansas de estar aquí sentado...
—Les pediré a Dave o a Cole que me releven —dijo Brendan.
Cody asintió y fue a llamar a la puerta de Linda. Ella abrió con cara de cansancio.
—Te he traído algo de cenar —dijo Cody.
Ella sonrió con agradecimiento.
—Gracias.
—Descansa un poco después de cenar.
—Lo estoy intentando, de veras —dijo ella, y le cerró la puerta en las narices.

Cody se quedó mirando la puerta durante un instante, y después se dio la vuelta y comenzó a bajar las escaleras.

Linda tomó el plato de comida y lo dejó sobre la mesilla de noche. Desprendía un olor delicioso, y ella tenía hambre.

Pero también estaba preocupada.

Miró al hombre que salió de su escondite tras la puerta.

—Esto no es seguro —dijo.

—Pero es necesario —respondió él.

Alex quería esperar a Cody para empezar a cenar, pero el olor que desprendía su plato era demasiado tentador. No se había dado cuenta de que estaba hambrienta hasta entonces, pero en aquel momento sólo podía pensar en comer. Se sentó al borde del colchón y comenzó.

No había tomado más que un par de bocados cuando Cody llegó con su plato y una botella de vino de saúco. La levantó, y ella se encogió de hombros.

—Tiene buen aspecto —dijo.

Él ocupó la silla del tocador de Alex y comenzó a comer como si también acabara de darse cuenta de que tenía un apetito voraz.

—Cody, creo que Linda está... infectada.

Antes de que él pudiera responder, Alex continuó apresuradamente.

—Piénsalo. Ella entra y sale del pueblo, y nadie sabe adónde va. Me da la sensación de que es manipuladora. Creo que mató a mi padre. Y estás equivocado con respecto a él. Me he enterado de lo que pasó en Hollow Tree. Alguien salvó a esa gente en mitad de la masacre. Alguien que lo sabía todo. Alguien que sabía cómo enfrentarse a los vampiros. Cody, creo que él era un vampiro, pero que era fuerte y no se convirtió en un demonio. He hablado con el señor Jefferies, y él conocía a mi padre y piensa que quizá fuera él. ¿No lo ves? Seguro que era mi padre, y tiene que haber un modo de ponerse en contacto con él.

Cody se puso en pie, dejó su plato a un lado y se acercó a la ventana. Se quedó mirando a las cortinas como si pudiera ver a través de ellas.

Ella se levantó y se aproximó a él.

—Cody, tiene que ser mi padre. Tiene que ser mi padre.

Él le puso las manos sobre los hombros, mirándola a los ojos.

—No, Alex —dijo con tristeza—. No es él.

—Pero...

—¿Es que piensas que no sé cómo te sientes? No —dijo, sacudiendo la cabeza—. No, claro que no, porque... Alex, yo sigo pensando, rezando para que fuera mi padre.

Ella jadeó de asombro y se apartó de él.

—¿Qué?

Cody suspiró, se dio la vuelta y caminó hasta la cama. Allí, se detuvo de espaldas a Alex.

—No lo sabes —dijo con suavidad—, porque yo no te lo he contado. Dios sabe que oculto esa verdad todo lo que puedo.

—No sé de qué estás hablando, Cody. ¿Qué verdad?

—Yo nací en Nueva Orleans, Alex, pero fui concebido aquí, en un rancho cerca de Victory. Todavía existe, y es mío. Son mías las tierras y un puñado de edificios medio derruidos.

—Pero, ¿qué significa eso? —preguntó Alex. Tenía miedo, pero al mismo tiempo, quería saber la verdad, toda la verdad que él tuviera que contarle.

Cody suspiró.

—Esta... guerra no ha empezado ahora mismo. Y éste no es el primer lugar del que intentan apoderarse los vampiros. Lo que pasa es que aquí es más fácil, porque uno de ellos puede infiltrarse en un pueblo y alimentarse de su población.

—Es evidente que tú ya has cazado vampiros —dijo Alex.

Él se acercó a ella y la tomó por los hombros. La miró a los ojos y dijo, en un tono lleno de dolor:

—Alex, yo soy un vampiro.

CAPÍTULO 16

—¿Cómo?

Cody... debía de haberse vuelto loco. Aquella continua búsqueda de los monstruos le había enloquecido.

—Cody, eso es imposible. He visto...

—Alex, ¿por qué crees que puedo usar mi sangre para las transfusiones?

La soltó, se alejó de ella y su voz se volvió casi fría.

—Que yo sepa, es una anomalía. La historia que me contaron de niño era muy confusa, pero mi madre no creía que mi padre llevara muerto mucho tiempo. Fue a casa a verla, cuando todo indicaba que estaba muerto en la llanura. Me imagino que... mi padre sufrió un ataque y se convirtió en vampiro, pero consiguió volver con ella, y aquella noche, yo fui concebido. Él la quería mucho, y ella... también lo quería a él. Nunca pensó en casarse de nuevo. Y, como tú, nunca pensó que un hombre a quien ella quisiera pudiera ser malo. Sin embargo, mientras yo crecía, quedó claro que no era un niño normal. Si me hacía una herida, me curaba rápidamente. Durante la guerra sufrí un tiroteo, y todo el mundo pensó que había muerto. Resultó que había sobrevivido, y me enviaron a casa para curarme. Pero ya estaba curado. Por eso fui a la facultad de medicina. Quería ayudar a curarse a los demás —dijo.

Respiró profundamente y continuó.

—Tengo otras habilidades poco comunes. Puedo moverme con la velocidad de un rayo, y si me concentro, puedo convertirme en una sombra. Tengo una fuerza sobrehumana. Mi oído y mi vista son muy agudos. Soy... un vampiro, Alex. Medio vampiro, al menos, y supongo que por eso no necesito invitación para entrar a una casa.

Aquello era una locura.

—Cody, sé que crees lo que me estás contando, pero es sólo porque llevas haciendo esto tanto tiempo que... Tú eres fuerte, eso es todo, y tienes... tienes una buena sangre.

—No, Alex, soy un monstruo a medias.

—¡Tú no bebes sangre!

—Sí.

Sin poder evitarlo, ella se llevó una mano al cuello.

—Pero...

Cody cabeceó y se alejó otra vez de ella, hacia el otro extremo de la habitación.

—No tomo sangre humana, Alex. Como todo el mundo, baso mi nutrición en la comida, y de niño, aprendí a subsistir con cualquier clase de sangre cuando la comida no es suficiente. Y a dejar pasar mucho tiempo entre... bebidas.

—Entonces, ¿qué tipo de sangre...?
—Sangre de vaca. He visitado bastantes mataderos —dijo secamente.
—Sangre de vaca —repitió ella.
—Los cerdos salvajes fueron muy útiles durante la guerra —dijo.
Alex parpadeó.
—Cerdos salvajes.
—Sí, eso es. Una vez, de niño, mordí al perro de la familia. Yo quería mucho a ese perro, y estuvo a punto de morir por mi culpa. Sobrevivió, pero yo supe que nunca volvería a tocar a ningún perro ni a ninguna otra mascota. Ni a un coyote ni a un lobo. Se parecen demasiado a los perros.
—¿Gallinas?
Él se dio la vuelta y la miró a los ojos.
—Gallinas, si no tengo otra elección. No dan tanta sangre como una vaca o un caballo.
—Oh.
—Es cierto. Todo lo que te he dicho es cierto. Yo no quería venir a Victoria. Quería curar a los heridos, a los del Norte y a los del Sur, cuando llegaban arrastrándose a Nueva Orleans. Quería traer bebés al mundo. Pero me había hecho una reputación, por decirlo de algún modo, porque había trabajado en algunos casos para el gobierno antes de la guerra. Y ahora estoy aquí porque Brendan había oído hablar de mí, y me pidió que viniera a ayudarlo con lo que estaba pasando en la zona. Así que ya ves, Alex. Mi padre también está ahí fuera, en algún sitio. Y yo necesito encontrarlo.
Lo único que pudo hacer Alex fue mirarlo. Des-

pués de un largo instante, él se dio la vuelta y tomó su plato.

—Me voy a mi habitación para que puedas pensar a solas.

Se marchó y cerró la puerta, y ella ni siquiera pudo moverse.

No podía, no quería aceptar lo que él le había contado. Estaba loco. Llevaba demasiado tiempo haciendo aquello.

Y, sin embargo…

Aquella primera noche…

Él se había movido como una sombra, se había colocado detrás de Milo de un modo casi sobrehumano. Sabía exactamente lo que estaba haciendo. Él…

«Es cierto. Todo lo que te he dicho es cierto».

Él lo creía. Y después de lo que había visto…

Ella también lo creía.

Rápidamente, se acercó a la puerta y la abrió de par en par. Se quedó mirándolo fijamente.

—¿Qué? —preguntó él con brusquedad, como si quisiera construir un muro entre los dos.

—No lo entiendo —dijo Alex.

—Creo que te lo he explicado con claridad. Mi padre se convirtió en vampiro. Fue a ver a mi madre, y me concibieron. Por lo tanto, soy medio vampiro. Medio monstruo. Y he averiguado que no podré nunca volver a casa y ser un simple médico de pueblo, que se dedica a asistir en los partos y a soldar huesos rotos.

—¿Y?

—¿Y qué? —preguntó Cody con el ceño fruncido.

Alex entró en la habitación y se acercó a él. Tanto, que casi lo acorraló contra el lavabo.

—No te tenía por un cobarde.

—¿De qué estás hablando?

—De que tienes una pequeña singularidad en el pedigrí. ¿Y qué? Esto es América. Yo soy una mezcla de europeos del norte. Entre las dos, Tess y Jewell tienen sangre china, africana, mexicana e india. Dios sabe lo que es Jigs.

Cody sonrió ligeramente.

—Buen intento, Alex, pero eso no es exactamente lo mismo que ser vampiro.

—Sí, Cody. Tú usas tu nacimiento, las habilidades que heredaste, para hacer cosas buenas —dijo Alex suavemente.

Él la abrazó durante un largo instante.

—Alex...

—Aunque vayas a cazar vampiros durante toda tu vida, no hay razón para que no puedas permitirte querer, para no tener un hogar al que volver después de la cacería.

Él hizo que levantara la barbilla.

—Todavía no me crees, ¿verdad? Soy un monstruo.

—Y tú todavía no me crees a mí, ¿verdad? Yo no te veo como un monstruo. Te veo como el hombre que me salvó la vida. Como el hombre al que deseo... durante el tiempo que podamos tener, sea cual sea.

—No, Alex. No tengo derecho. Nunca lo tuve...

—Cody, por el amor de Dios, ¿no me vas a dejar que tenga la última palabra, aunque sea por una vez?

Él se quedó callado.

Alex se puso de puntillas y lo besó, suavemente al principio, después con pasión.

—Cody, te necesito esta noche —susurró contra sus labios.

Él la abrazó y apoyó la barbilla en su cabeza.

—No sé lo que nos depara el futuro, Alex. De verdad, no lo sé.

—Ninguno lo sabemos —le aseguró ella.

Entonces, él la besó. Quizá, en el fondo de su alma, sintiera que debía demostrar su humanidad, porque fue delicado, y su beso fue ligero como una pluma. La levantó del suelo como si fuera algo precioso, y la tendió en la cama con tanta ternura que ella sólo sintió la suavidad del colchón bajo la espalda.

Él se tumbó a su lado y le acarició la mejilla, mirándola a los ojos…

—Alex…

Ella suspiró porque, de algún modo, sabía lo que él estaba pensando.

«Estaré aquí. Te protegeré. Seré tu fuerza contra la noche».

Abrumada por el deseo y el anhelo, de repente tomó las riendas y se colocó a horcajadas sobre Cody, desabotonándose la camisa mientras se inclinaba sobre él. Su pelo le acarició el torso, y Cody gruñó suavemente, de un modo que alimentó la pasión de Alex.

Ella tiró la camisa a un lado y lo besó de un modo exigente. Él aceptó el desafío y le devolvió las caricias febrilmente, rodando con ella mientras se liberaba de la ropa. Alex lo ayudó; se quitó los pantalones de montar antes de desabrocharle el cinturón, y después deslizó los dedos bajo su cintura. Se miraron a los ojos, y ella tuvo que contenerse para no pronunciar unas palabras que no podía decir.

«No me importa quien seas. No me importa que sólo nos conozcamos desde hace unos días, los días más extraños de mi vida. Sé que nunca habrá otro como tú. Me estoy enamorando de ti. No, estoy enamorada de ti...».

No. No podía decírselo.

Así que le hizo el amor, y jadeó de placer cuando él le devolvía los roces y los gestos, mientras giraban por la cama en un lío de caricias, besos y juegos, excitándose cada vez más. Finalmente, alcanzaron juntos el clímax, y el momento los atrapó con una violencia dulce que les reveló la maravilla de la carne, el poder del corazón y el alma.

Después, permanecieron juntos, en silencio, sólo respirando.

—Alex.

—¿Qué?

—Ninguno de los dos podemos engañarnos.

—¿Qué?

Él estaba mirando al techo, pero la abrazó con fuerza.

—Los dos queremos que nuestros padres sean... buenos. Que no sean monstruos, ni asesinos. Pero si vienen a vernos, no podemos dejar que nos engañen. No podemos permitir que la esperanza nos cueste la vida.

—Por supuesto que no —susurró ella—. Puedo ser fuerte. Sin embargo, quiero saber la verdad. Venceremos a Milo, y después descubriremos que puede haber vampiros buenos. No debería costarte tanto creerlo. Tú dices que eres un vampiro, y tú eres bueno.

—Soy un vampiro —repitió él—. Y sí, soy bueno, o al menos intento serlo.
—¿Lo ves? Te dije que era la verdad.
Él la abrazó contra su pecho.
—Me temo que lo averiguaremos muy pronto.
Y entonces, ella se dio cuenta.
La noche del día siguiente tendría luna llena.

CAPÍTULO 17

Alex soñó de nuevo con su padre.

Ella estaba cabalgando, y entonces él aparecía de repente, abriendo los brazos, tan fuerte y tan bueno como había sido siempre.

En el cielo se oía algo retumbar, pero no era un trueno, porque no había ni rastro de tormenta en el horizonte.

Sin embargo, Alex veía una nube roja que se hinchaba y se elevaba por el cielo, y ocultaba el sol.

Al instante, la luna comenzaba a ascender.

Alex lo oía, pero desde lejos. Él la estaba llamando, advirtiéndole algo. Diciéndole que…

¡Que corriera!

De repente, su padre estaba a su lado, y corrían juntos hasta que llegaban a las cavernas, las mismas cuevas que habían dado a Pluma Alta y a su pueblo el nombre de los Guerreros de las Cavernas.

Las cuevas en las que los indios enterraban a sus muertos.

Entraban en aquellas cuevas y penetraban hasta lo más profundo del laberinto, hasta que, de repente, su padre se detenía con la cara contorsionada de terror.

«Una trampa».

Y entonces, aparecía Cody.

«Aléjate de ella, Eugene. Quizá no quieras hacerlo, pero puedes causarle un gran daño».

«No... es mi hija».

Entonces, él se quedaba callado, y Alex se daba cuenta de que los dos hombres estaban escuchando algo que su oído no percibía.

«¡Se acercan!», exclamó Cody.

Alex se despertó de un sobresalto. Cody se equivocaba en cuanto a su padre. Ella sabía que él era fuerte. Quizá el sueño no hubiera ocurrido tal y como ella lo había visto, pero era una predicción.

Su padre estaba en algún lugar, y había sido él, y no el padre de Cody, quien había salvado a los supervivientes de Hollow Tree.

Rodó por la cama, ansiosa por hacerle entender que sabía que su padre nunca le haría daño.

Sin embargo, Cody se había marchado, y la luz entraba a raudales por la ventana.

Se levantó de un salto y corrió a su habitación. Allí se lavó y se vistió rápidamente, y comenzó a bajar las escaleras; pero antes de que pudiera llegar muy lejos, algo le llamó la atención por una de las ventanas de la parte delantera de la casa.

Lo que vio fue a Linda Gordon, en camisa y pantalones de montar, vestida como ella misma, en el balcón del salón.

Linda miró hacia abajo, a su alrededor, y después se deslizó hasta la calle por el tubo del desagüe. Después corrió hacia la parte trasera del edificio, donde estaba el pequeño establo de la taberna, y reapareció un instante después, montada a caballo.

Alex iba a gritar a alguien que se acercara, pero no lo hizo. Estaban en pleno día, y quería averiguar adónde iba Linda. No la abordaría; simplemente, la seguiría a distancia.

Estaría a salvo.

Salió apresuradamente por la puerta y recorrió un lateral de la casa; se detuvo junto a la ventana del comedor, porque oyó a Bert hablando ansiosamente con el padre Joseph.

—¿Cómo vamos a estar seguros? Cody Fox tiene pensado traer a John Snow y a su familia esta noche aquí, pero, ¿cómo sabremos que no va a traer a una familia completa de vampiros?

—Tenemos que confiar en Cody... y en Dios, naturalmente —respondió el padre Joseph.

—Será mejor que tengamos el agua bendita a mano, eso es todo lo que puedo decir —comentó Bert con preocupación.

Agua bendita.

Cuando llegó a la puerta trasera de la casa, Alex entró sigilosamente. Encontró el baúl del sacerdote contra la pared. Estaba allí para que todo el mundo tuviera las armas al alcance de la mano cuando las necesitara. Ella lo abrió, tomó varios frascos de agua bendita y se los metió al bolsillo. Después tomó un arco y varias flechas, y corrió hacia el establo. Le puso la brida a Cheyenne y montó sin silla, al estilo indio.

En la calle, Alex comprobó que Linda ya había desaparecido, pero ella sabía qué dirección había tomado. Se inclinó sobre el cuello de su yegua y dijo:

—Deprisa, Cheyenne. Ya aminoraremos el ritmo cuando la veamos.

La yegua se encabritó nerviosamente, lo cual era bueno.

Estaba preparada para salir al galope.

Cody y Brendan se habían puesto en camino al amanecer, justo cuando los pálidos rayos del sol se habían abierto paso entre la oscuridad.

Cuando llegaron a casa de John Snow, el hombre se alegró mucho de verlos. Su nieta estaba muy bien. Y, aunque habían tenido vampiros en el cielo aquella noche, eran pocos, y sólo estaban volando en círculos, vigilando.

—Creo que eran exploradores en misión de reconocimiento, o buitres en busca de los muertos. Una cosa u otra. Pero derribamos a dos.

—¿Podemos verlos? —preguntó Cody. Se sintió muy tenso.

John asintió.

—Justo a tiempo. Hemos tomado todas las precauciones, pero todavía no hemos enterrado los restos.

Fuera, detrás de la casa, John tenía los cuerpos bajo una lona. La apartó.

Verdaderamente, había tomado todas las precauciones. Les habían cortado la cabeza y les habían arrancado el corazón.

Ninguno de los dos tendría más de treinta años cuando se habían transformado, y ninguno era un vampiro anciano, porque sus cuerpos se habrían convertido en cenizas o se habrían descompuesto. Cody no los conocía. Su padre no estaba allí, ni tampoco Eugene Gordon, o John se lo habría dicho.

Y claramente, tampoco era Milo Roundtree.

No.

Milo estaba esperando la mejor oportunidad, y permitía que los demás se la jugaran por él.

Estaba dejando morir a sus soldados para probar a su presa.

—Adelante. Entiérralos, John —dijo Cody, dejando la lona en su lugar—. Pero rápidamente. Tenemos que llevarnos a tu familia a Victory antes de esta noche.

John frunció el ceño, y a Cody no le sorprendió. Esperaba que el otro hombre se resistiera.

—Podemos luchar aquí. Lo hemos demostrado, Cody.

—John —dijo Brendan—, sabemos que tus hijos y tú, que tu familia entera, podéis defenderos. Sin embargo, puede que haya un ataque en masa esta noche. Habrá luna llena. Y, sinceramente, necesitamos vuestra ayuda para salvar Victory.

Cody bajó la cabeza y sonrió. Que lo arreglara Brendan.

John Snow asintió.

—Un frente unido... Sí, mis hijos y yo ayudaremos. April os debe la vida. Quizá toda la familia, puesto que ya sabemos cómo se propaga la enfermedad. Iremos al pueblo. No tardaré más de una hora en enterrar a los muertos. Estaremos en Victory antes del atardecer –prometió.

Cody le dio las gracias.

–La casa de huéspedes está llena. El sheriff se aloja en el salón, y allí todavía hay sitio.

–Muy bien, Cody Fox –le aseguró John Snow–. Iremos donde sea necesario. Iremos a luchar.

Debería haberlo imaginado.

Linda iba hacia las cavernas.

Alex pensaba que la otra mujer no la había visto, pero cuando se dirigía hacia el primer arroyo, se quedó asombrada al ver que Linda la estaba esperando.

–Alexandra. ¿A qué debo este honor?

–Te he pillado con las manos en la masa.

Linda sonrió.

–¿Me has pillado haciendo qué? ¿Montando a caballo?

–Te he visto bajar por el desagüe para que nadie te viera, y salir del pueblo. A mí, eso me parece una prueba de culpabilidad.

Linda había desmontado, pero Alex no. Eso le daba cierta ventaja.

Sin embargo, no parecía que Linda estuviera muy impresionada.

–No soy un vampiro.

–Entonces, estás infectada. Intentaste matar a Jigs.

–No estoy infectada –dijo Linda con cansancio–. Y yo nunca le haría daño a Jigs.

—¿De veras?

Entonces, Alex se metió la mano al bolsillo, sacó un frasco de agua bendita y le quitó el tapón con los dientes. Después se lo echó a Linda por la cabeza.

—¿Qué estás haciendo? —preguntó Linda, tartamudeando.

Estaba mojada.

Aparte de eso, no parecía que el agua bendita tuviera mucho efecto sobre ella.

—¡Oh, Dios mío! Mocosa —dijo Linda—. Me has echado agua bendita, ¿no? ¡Ya te he dicho que no soy un vampiro!

—Entonces, ¿qué estás haciendo aquí?

Linda suspiró.

—He venido a ver a tu padre.

Cody y Brendan volvieron a la casa de huéspedes a media tarde.

Cody se sentía muy inquieto, y había observado el cielo durante todo el camino. El sol había empezado su descenso. Aunque todavía quedaban horas de luz, la luna ya había aparecido, fantasmal, por el horizonte.

Se acercó al salón para decirles a Cole y a Dave que John Snow y su familia estaban de camino hacia Victory.

Los hombres ya habían preparado las armas. Había muchas estacas en los lugares estratégicos, y se habían fabricado muchas balas de plata. Los arcos y las flechas estaban alineados en la barra.

—¿Y Jigs? —le preguntó a Cole.

—Muy débil. No creo que sirva de mucho esta noche, si es que se produce el ataque. Pero creo que tampoco nos traicionará.

—Pero alguien de esta casa lo hará —dijo Cody—. Estad preparados.

Miró a su alrededor. Todos estaban presentes, salvo Linda.

—¿Dónde está Linda Gordon? —preguntó.

—No lo sé. Creo que no ha bajado todavía de su habitación.

Cole miró a Cody. Después soltó un juramento y subió las escaleras a toda velocidad. Cody oyó que llamaba a la puerta de la habitación de Linda; tras unos instantes, abrió de par en par. Y un momento después, Cole había bajado otra vez.

—No está —dijo.

—Debéis estar atentos a su regreso —le dijo Cody.

Cruzó la calle hacia la casa de huéspedes. Tenía que asegurarse, pero su instinto le decía que Alex también se había marchado.

Al entrar se encontró con el padre Joseph, que estaba haciendo inventario de armas en el vestíbulo.

—Padre, ¿ha visto a Alex?

—No, pero tampoco la he visto marcharse.

Cody subió a su dormitorio y buscó en las dos habitaciones. De antemano, sabía que era una pérdida de tiempo.

Bajó de dos en dos los escalones. Brendan lo llamó cuando llegó al vestíbulo.

—Cody, espera. Voy contigo.

—No, tú tienes que quedarte aquí. Esta gente necesita de tu experiencia. Yo volveré con Alex.

En el establo, ensilló a Taylor y siguió los dos rastros de huellas que salían del pueblo.

Alex había desmontado y estaba sentada en una piedra con Linda, compartiendo el agua que Linda había llevado en una cantimplora.

—Él no quería que lo vieras así —le explicó a Alex—. Tampoco vino a verme directamente a mí. Sólo lo hizo porque no tuvo más remedio que advertirme lo que estaba ocurriendo. Milo lo sorprendió una noche, cuando volvía de Calico Jack. No recuerda lo que le ocurrió, sólo que se despertó en el ataúd con un hambre espantosa, y una fuerza increíble. Se desenterró... y corrió, intentando entender qué le había hecho Milo. Se refugió en estas cuevas, donde vivió de los murciélagos.

—Oh, Dios mío —dijo Alex.

—Vino a verme poco antes de que tú volvieras al pueblo. Yo comencé a traerle carne cruda y sangre de la carnicería. Él no es malo, Alex —le explicó Linda con un suspiro—. Hace poco tiempo que comenzó a esconderse en Hollow Tree. Conocía el pueblo, y se sentía a salvo allí, porque había menos posibilidades de que lo reconocieran. Sin embargo, Milo y sus hombres arrasaron el pueblo, y él tuvo que volver aquí.

—Yo sabía que él no podía ser malo —dijo Alex—. Pero, lo siento. Sí pensaba que tú eras una prostituta, y que eras mala.

—Era una prostituta... hasta que conocí a Eugene —dijo Linda—. Después de su... muerte, volví al salón porque era un sitio al que él podía venir a verme fácilmente.

—Lo siento muchísimo. No debería haberte juzgado.

—Lo entiendo —le dijo Linda—. Tu padre... teme que lo hayas estado viendo en sueños. Me dijo que tienes visiones.

—Algunas veces —admitió Alex.

—Milo enseña a los suyos a llegar así a la gente. Y así es como Milo intentó llegar a ti. Sabe que Eugene está escondido en algún sitio, y cuando haya arrasado Victory, vendrá por él. Es muy poderoso. Pudo entrar en la mente de tu padre porque tu padre es una de sus presas, y de ese modo, te alcanzó. Intentó seducirte para que salieras de la casa, y tú estabas abierta a él.

Alex se estremeció. Gracias a Cody, se había salvado.

De repente, frunció el ceño y se levantó. Miró hacia la llanura.

—¿Linda?

—¿Sí?

—Allí. ¿Es aquél? ¿Viene a verte?

Sin esperar su respuesta, Alex saltó sobre Cheyenne.

—Perdóname, pero tengo que verlo.

Taloneó a Cheyenne, y la yegua salió galopando por la llanura.

Alex oyó vagamente que Linda le estaba gritando algo, pero ya estaba demasiado lejos y no oyó sus palabras, y de todos modos, no le importaba.

Cuando llegó junto a él, tiró de las riendas y desmontó de un salto.

Él llevaba un guardapolvo muy largo y un sombrero, y estaba de espaldas a ella.

—¡Padre! —gritó Alex.

Sin embargo, la palabra se le atascó en los labios

cuando él se dio la vuelta, con una carcajada en los ojos rojos.

Milo Roundree sonrió mientras caminaba hacia ella.

Cody no estaba muy lejos del pueblo cuando se dio cuenta de que la oscuridad roja estaba descendiendo. Miró hacia arriba.

El sol descendía rápidamente.

De repente, se dio cuenta de que había algunas sombras que descendían hacia él; soltó las riendas y tomó el arco y las flechas. Disparó una vez, y oyó un chillido. Supo que había dado en el blanco, aunque no tenía idea de si había matado a la criatura o no.

Una segunda sombra descendió en picado a una velocidad sorprendente. Cody desenvainó la espada que llevaba colgada de la silla y la velocidad del vampiro se convirtió en su propia ruina, porque voló directamente hacia la hoja y después estalló en una lluvia de cenizas y astillas de hueso.

Cody siguió galopando, y blandió la espada ante el siguiente vampiro. No supo si lo mató o sólo lo mutiló, pero no se detuvo a comprobarlo. Una cuarta criatura se abalanzó sobre él, y Cody le disparó con la pistola, una y otra vez. Finalmente, el cuerpo cayó al suelo ante las patas de Taylor, que se encabritó. Cody estuvo a punto de caer, pero apretó los muslos alrededor del animal justo a tiempo para mantener el equilibrio.

—Tranquilo, Taylor —dijo Cody para calmarlo. Después, retomó el galope.

En la distancia, veía a Alex.

Y a Milo Roundtree, acercándose a ella.

Alex retrocedió hacia Cheyenne, pero Milo se echó a reír. Elevó las manos y creó el sonido del trueno. Cheyenne relinchó de miedo y salió corriendo a la velocidad del rayo.

—¿Por qué te deseo tanto? —preguntó Milo. La pregunta era más para sí mismo que para ella. Siguió acercándose y hablando—. Supongo que es porque en esta zona no abundan las mujeres bellas. Prostitutas, sí, pero tú eres una rareza, una belleza con educación, con agallas, con estilo. Sé que piensas que no me deseas, pero lo harás, te lo prometo. Cuando termine contigo, estarás encantada de pertenecerme. Desearás disfrutar de mi compañía.

Estaba casi sobre ella cuando Alex recordó los frascos de agua bendita que llevaba en el bolsillo. Sin perder un segundo, sacó uno y lo destapó.

—¡Ni siquiera cuando nieve en el infierno soportaré tu compañía! —le gritó, y le arrojó el agua directamente a los ojos.

Entonces, Milo gritó de dolor y se tambaleó hacia atrás.

Ella se dio la vuelta y salió corriendo, y entonces vio a otro hombre acercándose. En aquella ocasión sí era su padre.

—Tenemos que llegar a las cuevas —le dijo Eugene a su hija, mientras ella corría hacia él.

Linda, angustiada, estaba justo detrás.

—Daos prisa —dijo—. ¿Tienes más agua bendita? Vamos a necesitarla, porque la banda de Milo no puede estar muy lejos de él.

—Vendrá por ella de nuevo. Esa cantidad de agua no ha sido suficiente para matarlo —dijo su padre, mientras la empujaba hacia las cuevas con una mano en su espalda—. Creo que sus acólitos han estado viviendo en las cavernas del otro lado de la montaña.

Su padre, pensó Alex. Su padre le había puesto una mano en su espalda. Lo miró con desconcierto durante un instante, incapaz de creer lo que estaba viendo.

Ella tenía razón; era un vampiro bueno. Había luchado contra el mal y había vencido. No necesitaba matar.

—¡Eugene! —gritó Linda—. ¡Mira!

Alex también se giró a mirar, y vio que Milo Roundtree se había recuperado y que se acercaba a ellos flotando, volando.

Se estaba convirtiendo en una sombra con alas.

Sin embargo, cuando comenzó a elevarse hacia la oscuridad, algo enorme se abalanzó sobre él. Se oyó el sonido de unas alas enormes, y de repente, una segunda sombra descendió en picado hacia Milo.

Las dos sombras impactaron con un grito. Se retorcieron juntas, y cayeron al suelo, y de repente, sólo quedaron dos hombres, en pie, mirándose el uno al otro.

Milo Roundtree… y Cody Fox.

—Cody —susurró Alex—. Tenemos que volver. Tenemos que ayudarlo.

Linda la agarró por el brazo.

—No, Alex. No podemos ayudarlo. Lo único que conseguiríamos sería distraerlo.

—¡Alex! —dijo su padre con firmeza—. Tenemos que marcharnos. ¡Vamos!

Entonces, Alex oyó otro ruido. Era el sonido de cientos de alas que se elevaban por la cara más lejana de los acantilados. Si no se escondían rápidamente, las criaturas los verían.

Eugene elevó los brazos para proteger a las dos mujeres, y las guió hacia la entrada más cercana de las cavernas.

—¡Rápido!

Sin embargo, Alex se volvió. Cody corría hacia Milo. Chocó contra su estómago, y juntos, rodaron por el suelo, enzarzados en una pelea violenta. A la luz de la luna, Alex vio el brillo de los colmillos, y algo que le parecieron garras.

Y un grito muy parecido al de un rebelde resonó en la noche.

Cody sabía que era un asunto de vida o muerte. Se concentró en Milo, pero pese a sus esfuerzos por cerrar su mente a todo lo demás, no podía dejar de pensar en Alex.

Le agradecía que hubiera llevado el agua bendita; ésa era la única explicación que podían tener las quemaduras de la cara de Milo.

También estaba furioso con ella, por haberse atrevido a salir.

Y asustado...

Sabía que era Eugene Gordon quien estaba con ella, pero le costaba mucho aceptar que pudiera existir un vampiro bueno. Nunca había confiado en que fuera posible, ni siquiera con respecto a su propio padre.

Milo lo empujó con tanta fuerza que ambos salieron despedidos por el aire, y después cayeron al suelo.
Con dureza.
Milo había desenvainado una espada, y ya estaba blandiendo la hoja hacia el cuello de Cody.
Cody rodó por el suelo justo a tiempo para evitar la cuchillada, y después le asestó una tremenda patada a Milo al tiempo que se levantaba. Milo volvió a golpear con la espada, y una vez más, Cody pudo evitar el golpe.
—Idiota —le provocó Milo—. Podrías unirte a mí. Podrías dirigir todo el Oeste.
—No quiero dirigir el Oeste.
—¿No? Bueno, siempre podrías ir con tu padre. Está por ahí, en algún sitio. Pero ya lo sabías, ¿no?
—Lo encontraré algún día —dijo Cody, esquivando sus golpes—. Sin tu ayuda.
—Así que... es la mujer, ¿verdad? —le dijo Milo burlonamente—. ¿Acaso piensas que va a aceptarte? Eres un monstruo. Una abominación. Nunca te querrá.
Cody consiguió propinarle un puñetazo en la mandíbula y gruñó de satisfacción al ver la sangre en el labio del vampiro.
Milo se detuvo, la saboreó, y después miró a Cody con furia.
—Podías haber tenido el mundo, pero ahora morirás como un perro.
Cody sonrió.
No todos sus trucos eran naturales; algunos los había aprendido en el ejército.
Era beneficioso provocar la ira del enemigo, porque

la ira hacía que un hombre se volviera descuidado. Él mismo estaba rabioso, y había sido descuidado, al atacar a Milo desarmado. No volvería a ser tan poco cauteloso.

—Nunca la tendrás, Milo.

—Claro que sí. La tendré, y será mía para siempre.

—Diría «sobre mi cadáver», pero en realidad, el mío es un cuerpo con vida. ¿Lo echas de menos alguna vez? ¿Los placeres de la carne?

—Ríete todo lo que quieras, Fox, pero mientras tú estás aquí luchando conmigo, mis hijos van hacia tu precioso pueblo.

—Entonces, tus hijos morirán.

Milo embistió, y Cody se preparó para el impacto.

Sin embargo, Milo no lo golpeó. Se transformó en sombra y se elevó hacia el cielo.

Y se dirigió a las cavernas.

Las criptas de los guerreros estaban marcadas con piedras. Eugene las condujo por entre las tumbas hacia el interior del laberinto de cuevas.

—Más allá hay un lugar que los indios debieron de preparar para un guerrero... que terminó enterrado en otra parte. Tiene una lápida con la que puedo taponar la entrada, y podemos escondernos aquí hasta mañana —dijo—. Aquí tengo... estacas. Protección.

Sin embargo, no llegaron a su refugio. Eugene retrocedió, protegiendo con su cuerpo a las mujeres, mientras el aire que había ante ellos formaba un remolino y se transformaba en una silueta negra, amenazante.

Milo.

A Alex se le encogió el corazón.

Si Milo estaba allí, entonces...

Milo emitió un sonido furioso, medio gruñido, medio aullido. Agarró a Eugene y lo lanzó hacia la pared de la caverna.

—¡Linda, ponte detrás de mí! —ordenó Alex.

—No... tu padre...

Alex no perdió el tiempo en discusiones. Empujó a Linda tras ella y se preparó para lo que podía ser la última batalla de su vida. El Milo que tenía ante sí era horroroso. Tenía la cara contorsionada, crispada de furia. Sus labios se habían vuelto negros, y exhibía unos colmillos impregnados con una sustancia viscosa.

De repente, estaba encima de ella. La apresó con unos brazos que parecían un cepo. No obstante, Alex pudo sacar un frasco del bolsillo y verter el agua bendita sobre el vampiro.

Su carne chisporroteó, pero él no la soltó. Echó la cabeza hacia atrás y rugió, listo para clavarle los colmillos en el cuello.

Cuando ella cerró los ojos y comenzó a rezar en silencio, Milo gritó y la dejó caer. Ella miró hacia arriba y creyó que estaba presenciando un milagro. Cody estaba allí. Vivo.

Lanzó a Milo hacia el extremo opuesto de la caverna, cerca del lugar en el que su padre yacía sin conocimiento. Unas cuantas rocas sueltas le cayeron encima, pero él se las sacudió y se levantó, rugiendo.

Cody estaba preparado.

Antes de que Milo pudiera reaccionar, echó a correr hacia él y le clavó una estaca en el corazón.

Milo se estremeció y se retorció de dolor, apretando los colmillos, emitiendo un horrible sonido animal.

Entonces, tras un repentino fogonazo, estalló en llamas.

La estaca cayó al suelo entre cenizas.

Cody se dio la vuelta, tenso, furioso, dispuesto a clavarle otra estaca al padre de Alex.

—¡No! —gritó ella, y corrió hacia Eugene para defenderlo. Su padre estaba recuperando el conocimiento e intentaba incorporarse—. Cody, no. Por favor. Tienes que creerme.

Cody se detuvo, y la tensión desapareció de su rostro, dejando sólo al Cody que ella conocía, y amaba.

Se acercaron el uno al otro, y se abrazaron.

Sin embargo, él sólo la sostuvo un segundo. Después bajó los brazos y se concentró en Eugene y en Linda, que había corrido junto a su marido.

—Tenemos que volver —dijo—. Milo ha muerto, pero sus criaturas están atacando Victory.

—Todavía tenemos dos caballos —dijo Linda.

—Eugene, toma los caballos y llévate a las mujeres. Yo llegaré más rápidamente solo. Pero si tú...

—Alex es mi hija, y Linda es mi esposa. Las quiero, y las defenderé con mi vida, hasta mi destrucción —dijo Eugene con firmeza.

—Entonces, adelante —dijo Cody, y comenzó a transformarse ante los ojos de Alex.

Linda y ella montaron en el caballo de Linda, y Eugene montó en Taylor, el semental de Cody. Cabalgaron sin descanso, sin bajar la guardia.

Sin embargo, no vieron a ningún monstruo hasta que llegaron a las afueras del pueblo.

La gente de Victory estaba resistiendo. Mientras recorrían Main Street, Alex vio que Cole y Dave estaban dirigiendo a los hombres como si fueran un batallón adiestrado.

Y lo eran, en cierto modo.

Las prácticas de tiro habían obrado maravillas.

Las flechas alcanzaban sus dianas, y los gritos de los vampiros que morían resonaban por el aire.

Pasaron por encima de una docena de criaturas, y los cascos de los caballos pisaron la carne de los verdaderamente muertos y de los moribundos, y de aquellos que estaban intentando reunirse con su horrible rebaño para continuar la lucha.

Alex vio al padre Joseph en el porche de la casa de huéspedes, arrojando agua bendita sobre las criaturas. Eugene desmontó y se dirigió hacia el porche. La acción se ralentizó para Alex, que vio llegar el desastre.

Saltó al suelo e intentó situarse entre su padre y el sacerdote, pero llegó demasiado tarde. El padre Joseph ya le había tirado un frasco de agua bendita a la cara a Eugene.

Alex vio con horror cómo su padre se quedaba inmóvil, y cómo el padre Joseph se daba cuenta, con espanto, de lo que había hecho.

—Es usted... —dijo el sacerdote—. Usted es el hombre que...

Eugene asintió, y después parpadeó de la sorpresa.

—No me quemo —susurró.

—Porque, por algún motivo, consiguió salvar su alma —dijo el cura, con reverencia.

De repente, un vampiro herido cayó revoloteando a sus pies. Bert salió desde detrás del padre Joseph y le clavó una estaca.

—¿Habéis visto a Cody? —preguntó Alex ansiosamente.

—Está en el salón —respondió el padre Joseph.

Alex cruzó la calle corriendo y entró al salón, temiendo lo que podría encontrarse allí.

Cody estaba frente a Sherry Lyn, cuya preciosa cara se había convertido en una máscara de maldad, y cuyos colmillos brillaban a la luz de las lámparas de queroseno. Tras ella había siete vampiros. Cody estaba calmado, pese al hecho de que Jigs y Dolly estaban tendidos en el suelo, muertos, o al menos inconscientes, y sólo Dios sabía dónde podían estar los demás.

—¿Sherry Lyn? —dijo Alex.

—Oh, por favor, ¡qué idiotas sois! —les dijo la prostituta—. Claro que era yo. Fue muy fácil engañaros, sobre todo con lágrimas de cocodrilo, Milo me dio este increíble regalo, y ahora él y yo hemos vencido. Todos vuestros amigos están en la calle, luchando, y aquí… sólo están la señorita y su amigo. Sólo dos personas que no tienen idea de lo que podemos conseguir mis amigos y yo. Y, por supuesto, Jigs se despertará en cualquier momento, convertido de nuevo en un monstruo hambriento.

De repente, Sherry Lyn echó a volar hacia Cody,

pero él estaba preparado. La atrapó y la arrojó contra sus amigos.

Ella rugió y se transformó en algo grande y feo, y volvió a abalanzarse sobre él, y en aquel momento, los demás vampiros se unieron a la lucha.

Alex se sacó los dos últimos frascos de agua bendita del bolsillo, les quitó el tapón y los arrojó sobre las criaturas.

Consiguió derribar a tres de ellas, que gritaron y revolotearon en mitad de su agonía, con la piel chisporroteando y quemándose.

Cody golpeó a Sherry Lyn, pero ella se repuso y siguió atacando. De repente, Sherry Lyn se quedó paralizada, con una flecha sobresaliéndole del pecho.

Volaron más flechas, y las criaturas cayeron al suelo.

Alex se dio la vuelta. Su padre y Linda estaban allí, con los arcos y las flechas preparados, pero ya no quedaban más vampiros que matar. Linda caminó hacia el cuerpo de Sherry Lyn, que había vuelto a ser ella misma en la muerte. Tenía los ojos muy grandes, muy abiertos. La sangre brotaba de su boca.

—Comprobad si Dolly está bien —les dijo Linda.

Dolly sólo estaba inconsciente, y Jigs se despertó cuando Alex lo tocó. Inmediatamente pidió una estaca, y aquélla fue la demostración de que estaba bien.

—Quédate ahí sentado —le dijo ella. Después tomó una de las estacas y salió a la calle.

Todo estaba tranquilo, silencioso. Todo el mundo estaba mirando a su alrededor, con cautela, a la espera de otro ataque.

Pero no hubo ninguno.

Cody, que debía de haber salido mientras ella estaba comprobando el estado de Dolly y de Jigs, estaba allí, oteando el cielo.

La niebla roja se desvanecía, y dejaba a la vista la luna, blanca, llena, brillante.

En la distancia, los lobos comenzaron a aullar, pero era un sonido natural, extrañamente agradable.

Alex se lanzó a los brazos de Cody como si hubiera llegado a su hogar.

EPÍLOGO

Al día siguiente, John Snow y su familia, aunque estaban contentos de haber ayudado, volvieron a su casa y a su vida.

Varios de los guerreros de Pluma Alta llegaron al pueblo para informar de que su poblado también había sufrido un ataque, pero que habían derribado a todas las criaturas y las habían destruido.

Completamente.

En Victoria también se ocuparon de enterrar debidamente a los muertos.

Se formó un grupo de guerreros apaches y de hombres de Victory, que registraron las cavernas y los alrededores, pero parecía que el peligro había pasado.

—Por ahora —dijo Cody.

Alex y él estaban juntos en el balcón, disfrutando de la brisa y del hecho de que la noche ya no estuviera llena de peligros.

—Te vas a marchar, ¿verdad? —le preguntó Alex.

Para su sorpresa, él vaciló.

En sus labios se dibujó una sonrisa.

—No lo sé. Todavía está el asunto de tu padre.

Eugene había preferido quedarse en el salón. La gente todavía no sabía muy bien qué pensar de él. La mayoría se había conformado con la historia de que lo habían enterrado vivo, pero que había conseguido escapar y había luchado contra los vampiros en secreto.

—¿Qué pasa con mi padre? Ya has visto lo que hizo. Sabes que no es una amenaza.

—Sí, he aprendido algo sobre él. Un vampiro sí puede luchar contra el mal.

—¿Exactamente igual que has estado haciendo tú durante años, por casualidad?

—Es que yo soy medio humano.

—Muy humano —dijo ella con la voz ronca—. Entonces, ¿qué pasa con mi padre?

Cody la abrazó.

—Quería saber cuáles son mis intenciones.

—Ah —murmuró ella—. ¿Y?

—...y yo he tenido que decirle lo que siento por ti.

—¿Y qué pasó después?

—Entonces él mencionó que había un sacerdote episcopal viviendo en la casa de huéspedes.

Ella le posó un dedo en los labios y le habló con seriedad.

—Ya te he dicho que yo... que yo me conformaré con cualquier cosa que podamos tener.

—Sí, pero yo quiero más —dijo él, y la besó con ternura.

Después se echó hacia atrás y la miró, con los ojos dorados, brillantes.

—Mucho más —añadió en voz baja.

—Yo... tengo que admitir que estoy más que un poco enamorada de ti —dijo Alex.

—¿De veras? No me esperaba una complicación tan inesperada y asombrosa. Verá, señorita Gordon, creo que yo también estoy más que un poco enamorado de usted.

—Pero... sé que quieres encontrar a tu padre —dijo ella.

—Es cierto, pero...

—¿Pero?

—Un hombre necesita tener un hogar. Y, si resulta que es un cazador de vampiros, la mejor esposa que puede tener es una que sepa... todo lo que hay que saber. La verdad sobre ese hombre.

Ella se agarró de sus hombros y se puso de puntillas para besarlo.

—En realidad no me has hecho la pregunta —susurró—, pero la respuesta es sí.

Él se echó a reír y la tomó en brazos. En segundos estaban entrelazados, riéndose, pregunta y respuesta formuladas en el lenguaje más antiguo conocido entre un hombre y una mujer.

Títulos publicados en Top Novel

La otra verdad – HEATHER GRAHAM
Mujeres de Hollywood… una nueva generación – JACKIE COLLINS
La hija del pirata – BRENDA JOYCE
En busca del pasado – CARLY PHILLIPS
Trilby – DIANA PALMER
Mar de tesoros – NORA ROBERTS
Más fuerte que la venganza – CANDACE CAMP
Tan lejos… tan cerca – KAT MARTIN
La novia perfecta – BRENDA JOYCE
Comenzar de nuevo – DEBBIE MACOMBER
Intriga de amor – ROSEMARY ROGERS
Corazones irlandeses – NORA ROBERTS
La novia pirata – SHANNON DRAKE
Secretos entre los dos – DIANA PALMER
Amor peligroso – BRENDA JOYCE
Nuevos amores – DEBBIE MACOMBER
Dulce tentación – CANDACE CAMP
Corazón en peligro – SUZANNE BROCKMANN
Un puerto seguro – DEBBIE MACOMBER
Nora – DIANA PALMER
Demasiados secretos – NORA ROBERTS
Cartas del pasado – ROSEMARY ROGERS
Última apuesta – LINDA LAELL MILLER
Por orden del rey – SUSAN WIGGS
Entre tú y yo – NORA ROBERTS
El abrazo de la doncella – SUSAN WIGGS

www.ingramcontent.com/pod-product-compliance
Lightning Source LLC
LaVergne TN
LVHW030339070526
838199LV00067B/6347